20세기의 셔츠

Beatrice and Virgil

20세기의
셔츠

얀 마텔 장편소설 강주헌 옮김

작가
정신

단테의 『신곡』은 세계문학의 고전이다. 다시 말하면, 『신곡』의 매력과 의미가 시간과 공간을 초월해서, 탄생지인 14세기의 피렌체를 훌쩍 넘어 그 서사시를 공들여 읽는 누구에게나 와 닿는다는 뜻이다. 『신곡』은 놀라울 정도로 흥미진진한 걸작으로, 단테가 문자 그대로 또 정신적으로 길을 잃은 후에 어떻게 고향으로 돌아가는 길을 찾아냈는지에 대한 이야기이다. 여기에서 왼쪽으로 돌고 저기에서 오른쪽으로 돌며 몇 블록을 걸어가면 끝나는 귀향이 아니었다. 단테는 가톨릭 신학에서 말하는 공간 – 지옥과 연옥과 천국이라 일컬어지는 도덕적인 세계 – 전체를 여행해야 했다. 예사롭지 않은 여행이었고, 단테가 몹시 혐오했고 사랑했던 사람들이 북적대는 공간의 여행이었다. 『신곡』은 1300년대 이탈리아의 삶을 풍자하는 대서사시인 동시에, 그 풍요로운 유럽 국가의 개인적이고 정치적이며, 지적이고 사회적이며 종교적인 모습을 정밀하게 그려낸 초상이기도 하다.

단테가 혼자서 그 오랜 길을 여행한 것은 아니다. 단테는 아무런 목적도 없이 우연히 사람들을 만나며 지옥과 연옥과 천국을 헤매고 다녔던 것은 아니다. 그에게는 두 안내자가 있었다. 지옥과 연옥에서는 로마 제국의 건국 신화 『아이네이스』를 쓴 고대 로마의 시인 베르길리우스가 단테의 안내자였고, 그 후 천국을 여행할 때는 단테가 지독히 사랑했던 젊은 여인, 베아트리체가 단테를 하느님의 지근거리까지 안내했다.

20대 초반에 『신곡』을 처음 읽었을 때, 나는 단테가 그처럼 안내자를 활용한 수법에 깊은 인상을 받았다. 실제로 나는 태어나서 지금까지 줄곧 안내자의 도움을 받았다. 우리 모두에게는 안내자가 필요하다. 처음에는 부모가 우리 안내자 역할을 하고, 그 후에는 선생님들이 우리 안내자 역할을 한다. 학교를 졸업하고 사회에 진출하면 직장의 선배들이 우리를 안내하는 역할을 떠맡는다. 정치 지도자들도 우리를 올바른 방향으로 인도하는 안내자이기를 바랄 뿐이다. 안내를 요구한다고 부끄러울 것은 없다. 우리 삶은 곳곳에 함정이 도사린 복잡하기 이를 데 없는 사건이다. 역사에 관련해서도 우리에게는 안내자가 필요하다. 과거는 우리가 태어나기 전에 존재했기 때문에, 우리는 당연히 과거를 배워야 한다. 교사들이 우리에게 과거에 대해 가르치지만, 과거에 대해 관심을 갖고 과거를 좀 더 이해하려면 더 많은 안내자가 필요하다.

내가 홀로코스트를 주제로 소설을 쓰기로 결정했을 때, 나에게 안내자가 필요하다는 건 두말할 나위가 없었다. 또 내가 무엇을 쓰든지 간에 안내자를 주인공으로 내세워야 한다는 것도 당연했다. 따라서 내 '홀로코스트' 소설에서 주인공들의 이름, 즉 『베아트리스와 버질』이 곧 소설의 제목이 됐다. 두 등장인물은 『신곡』에 등장하는 유명한 안내자들에게서 이름만을 빌려 온 것이 아니다. 그들 자신이 안내자이다. 더 정확히 말하면, 소설 속의 작가 헨리의 안내자인 동시에 소설을 읽는 독자의 안내자이다.

베아트리스와 버질은 자신들에게 일어나고 있는 사건을 이해하려고 노력한다. 그들에게 닥친 사건은 본질적으로 홀로코스트, 즉 1933년부터 1945년까지 유럽의 유대인들에게 자행된 파멸적인 비극이다. 그러나 이 비극적 사건은 역사를 기술하는 전통적인 기법이 아니라 우화적인 기법으로 그려졌다.

여기에서 내가 이런 접근법을 선택한 이유를 잠깐 설명해야겠다. 나는 유대인도 아니고 독일인도 아니다. 중앙유럽 출신은 더더욱 아니다. 따라서 나는 홀로코스트와 개인적으로 어떤 관계도 없지만, 홀로코스트를 알게 된 이후로 그 사건은 내 마음의 한 귀퉁이를 떠나지 않았다. 어린 시절 유럽의 역사를 처음 배웠을 때 홀로코스트는 천지개벽 같은 비극으로 내게 다가왔다. 그 자체로 고유한 이름까지 지닌 사건이었다! 반면에 전쟁들은 서로 비슷한 점이 많았다. 등장인물이 바뀌고 수식어가 바뀌며, 새로운 숫자를 부여해서 전쟁을 구분하는 정도에 불과했다. 또한 전쟁의 동기도 크게 다른 것 같지 않았다. 언제나 전쟁 당사국의 우두머리들이 탐욕과 오만에 휩싸인 때문이었다. 그러나 홀로코스트는 그렇지 않았다. 홀로코스트의 희생자들은 일반적인 의미에서 적이 아니었다. 다시 말하면, 본국에 총구를 겨눈 외국인이 아니었다. 그와는 반대로 유대인들은 본국의 시민이었는데도 학살을 당했다. 유대인들은 각자의 본국을 위해 성심껏 일했고 세금을 꼬박꼬박 납부했으며, 군대에 입대해서 복무했고, 온갖 종류의 직업에 종사했으며, 그들이 조국으로 받아들인 국가의 문화와 과학을 발전시키는 데 큰 역할을 해냈다. 그런데 왜 나치스와 나치스에 자발적으로 협조한 부역자들은 유대인들을 죽이고 싶어 했을까? 이 의문은 어린 시절부터 내게 수수께끼였다. 그 후로, 유럽의 역사에 대해 배웠던 많은 내용을 잊었지만 홀로코스트만은 내 머릿속을 떠나지 않았다. 나는 홀로코스트에 관련된 글들을 꾸준히 읽었고, 그와 관련된 다큐멘터리와 영화도 빠짐없이 보았다. 결국에는 강제수용소들까지 직접 방문해서 둘러보았다.

그런데 홀로코스트가 이상하다는 것을 깨닫는 데는 상당한 시간이 걸렸다. 이상하게도 홀로코스트는 예나 지금이나 똑같은 방식으로 표현된다. 다시 말하면, 홀로코스트는 1933년부터 1945년까지, 일반적으로는 1942년부터 1945년까지 중앙유럽과 동유럽 출신의 많은 광적인 유대인 혐오자들이 독일 나치스의 명령을 받아 유럽에서 자행한 역사적인 비극으로 정의될 뿐이다.

내 의문에 어리둥절한 독자도 적지 않을 것이다. 홀로코스트가 1933년부터 1945년까지 유대인을 광적으로 혐오한 사람들이 유럽에서 유대인들을 학살한 비극이 틀림없는데 홀로코스트를 그런 식으로 표현했다고 잘못된 것이 있는가?

이런 정의에는 놓친 것이 있다…… 바로, 예술의 자유로움이다. 예술은 문자 그대로 목격자가 되어 사실을 그대로 묘사하기도 하지만, 은유와 비유와 풍자라는 수법을 활용해서 어떤 사실을 다른 형식으로 말하기도 한다. 전쟁이 어떤 식으로 묘사되는지 생각해보라. 전쟁은 역사책과 다큐멘터리에서 사실적으로 묘사되지만 완전히 허구적으로 묘사되기도 한다. 우리는 언제라도 전쟁을 창조해낼 수 있다. 전쟁 코미디, 전쟁 공상과학 소설이나 영화, 전쟁 로맨스 등을 언제라도 만들어낼 수 있다. 전쟁에 대한 사실과 허구를 개의치 않고 뒤섞는다. 그래야 우리가 전쟁에 대한 감정과 생각을 완전히 파헤칠 수 있다고 생각하기 때문이다.

그런데 홀로코스트에 대해서는 그런 상상의 자유를 누리지 못한다. 홀로코스트는 언제나 홀로코스트여야 한다는 강박관념에 사로잡혀, 그와 관련된 이야기를 항상 똑같은 식으로 말한다. 진정한 홀로코스트 소설은 무척 드물다. 게다가 홀로코스트 소설은 거의 언제나 소설을 얄팍하게 가장한 전기나 자서전이다. 물론 그런 수법에 잘못된 것은 없다. 픽션 형식을 띤 자서전에도 훌륭한 전통이 있다. 그러나 사실을 뒤에 감추고 새로운 이야기를 만들어내고 꾸미지만 오히려 진실에 더 가까이 다가가는 픽션은 어떤가? 왜 작가들은 홀로코스트를 주제로 삼아, 역사의 법칙이 아니라 예술의 법칙에 따라 홀로코스트를 묘사하지 않는 것일까? 이런 접근 방식을 포기하는 것은 픽션은 결국 거짓말이라고 말하는 것과 같다. 정말 그렇게 생각하는가?

물론 작가라면 누구도 그렇게 생각하지 않는다. 예술도 역사와 똑같은 진실을 추구하지만, 다른 수단을 사용한다. 홀로코스트를 생각하고 묘사하는 새로운 방법들을 허용하지 않는다면, 홀로코스트의 진실에 다가가는 새로운 안내자를 허용하지 않는다면, 홀로코스트는 언젠가 역사의 먼지 속에 사라질 것이다. 홀로코스트가 우리 마음속에 영원히 존재하려면, 언제까지나 색 바랜 낡은 사진으로만 우리에게 보여서는 안 될 것이다.

한국어판 『베아트리스와 버질』이 『20세기의 셔츠』라는 새로운 제목으로 다시 출간된다. 『20세기의 셔츠』는 내가 영어판의 제목으로 처음에 생각했던 제목이었다. 베아트리스와 버질 이야기의 무대는 셔츠, 아주 커다란 셔츠, 어떤 나라의 크기만 한 셔츠다. 셔츠의 이름도 셔츠로 옷깃, 주머니, 바지 등이 이웃에 있다. 누구나 짐작하겠지만, 이 제목은 알레고리이다. 이 땅에 존재하는 모든 국가, 모든 문명에서 셔츠는 닳아 해졌다. 홀로코스트의 피해자들에 의해 갈기갈기 찢어졌다. 셔츠가 어디에나 있듯이 홀로코스트도 어디에나 있다. 유럽의 유대인들은 집단으로 학살당한 최초의 민족이 아니었다. 그들이 마지막 희생자가 될 가능성도 거의 없다. 한 집단의 인격과 인간성을 말살하려는 집단학살 뒤에 감추어진 생각은 오늘날에도 여전히 팽배하다. 민족주의가 이런 생각을 부추기는 양식이다. 이런 이유에서 나는 홀로코스트를 20세기의 셔츠라고 생각했다. 그 셔츠는 20세기 중엽 유럽 유대인들이 입은 셔츠였지만 이 땅의 어디에서나 입을 수 있다.

이 소설을 읽을 때 '당신'의 셔츠에서 어떤 일이 벌어지고 있는지 생각해보기 바란다. 그럼 홀로코스트의 기원이 바로 옆에, 당신의 박동하는 심장에서 멀지 않은 곳에 있다는 걸 깨닫게 될 것이다.

얀 마텔

차례

헨리는 두 번째 소설도 첫 소설과 마찬가지로 필명으로 발표했고 큰 성공을 거두었다. 두 번째 소설은 많은 상을 받았고 수십 개 언어로 번역됐다. 덕분에 헨리는 세계 전역에서 열리는 문학 페스티벌과 번역된 책을 발간하는 행사에 참가했다. 많은 학교와 북클럽이 그 소설을 권장도서로 채택했고, 비행기나 기차에서도 그 소설을 읽는 사람들이 어김없이 눈에 띄었다. 할리우드까지 그 소설을 영화로 제작하기 시작했고, 그 밖에도 많은 변화가 있었다.

그러나 헨리는 근본에서는 예전과 다름없이 익명의 삶을 계속 살았다. 작가가 유명인사가 되는 경우는 무척 드물다. 당연한 말이겠지만 작품이 모든 인기를 독차지한다. 대부분의 독자가 자신이 읽은 책의 표지는 쉽게 알아보지만 카페에서 한 귀퉁이에 앉아 있는 작가를 보면 대개 '저 사람…… 누구더라? 잘 기억나지 않는데……
머리칼이 길지 않았나…… 어, 가버렸네'라는 반응을 보인다.

헨리는 독자들이 알아봐도 개의치 않았다. 오히려 독자와의 우
연한 만남을 즐겁게 받아들였다. 여하튼 그들이 그의 책을 읽었고,
그의 책에서 영향을 받았다는 뜻이 아닌가. 그렇지 않다면 그들이
그에게 다가올 이유가 없었다. 독자와의 만남은 막역한 친구와의
만남과도 같았다. 생면부지인 두 사람이 만났지만 책과는 무관한
이야기, 그들 모두에게 깊은 감동을 준 신앙의 대상에 대해서도 이
야기를 나누었다. 따라서 모든 장벽이 허물어졌다. 둘 사이에는 거
짓말이나 허풍이 끼어들 여지가 없었다. 서로 머리를 맞대고 앉아
나지막한 목소리로 사아까지 서슴없이 드러냈다. 때로는 개인적인
고해성사까지 더해졌다. 어떤 독자는 교도소에서 그 책을 읽었다
고 말했고, 암 투병 중일 때 그 책을 읽었다는 여자도 있었다. 미숙
아로 태어난 아이가 결국 세상을 떠난 후에 가족 모두가 돌아가며
그 책을 큰 소리로 읽었다는 한 아버지의 이야기에서 헨리는 코끝
이 찡했다. 이런 만남은 한두 번이 아니었다. 그때마다 그의 소설
에 담긴 것, 예컨대 어떤 구절, 등장인물, 사건과 상징에서 그들은
삶에 닥친 위기를 이겨낼 수 있었다고 말했다. 헨리와 속 깊은 이
야기를 나눈 후에 울먹이는 독자도 적지 않았다. 그런 반응에 헨리
는 감동받지 않을 수 없었고 그들을 달래려고 최선을 다했다.

다소 정형적인 만남에서 독자들은 자신의 감상과 찬사를 표현하
는 데 그쳤지만, 때때로 물질적인 정표가 더해졌다. 스냅 사진, 책

갈피, 책 등 손수 만든 선물이나 어딘가에서 사 온 물건이었다. 그들은 한두 가지 질문을 조심스레 건넸다. 헨리를 귀찮게 할 의도는 조금도 비추지 않았다. 헨리가 어떤 식으로 대답하든 그들은 고마워했다. 그들은 책을 가져와 헨리에게 서명을 받았고, 서명 받은 책을 두 손으로 가슴에 꼭 껴안았다. 모두 그런 건 아니지만 대다수가 십 대 청소년이었던 대담한 독자들은 헨리에게 함께 사진을 찍을 수 있겠느냐고 묻기도 했다. 그때마다 헨리는 벌떡 일어나 아이들과 함께 어깨동무를 하고 카메라를 향해 미소를 지어 보였다.

독자들은 헨리를 만났다는 즐거움 때문인지 환한 얼굴로 헤어졌고, 헨리도 독자를 만났다는 생각에 마음이 한결 가볍고 편했다. 헨리가 소설을 쓴 이유는 마음 한구석에 메워야 할 구멍이 있었고, 해답을 찾아야 할 의문과 색칠해야 할 캔버스 조각이 있었기 때문이다. 하기야 열망과 호기심과 환희가 뒤섞이는 곳에 예술의 기원이 있기는 하다. 헨리는 결국 그 구멍을 메웠고, 의문에 해답을 찾았으며, 캔버스에 책을 칠했다. 이 모든 것이 그 자신을 위한 것이었고, 그럴 수밖에 없었다. 그런데 소설을 발표한 후, 생면부지인 낯선 사람들이 헨리에게 그 소설 덕분에 그들의 내면을 공허하게 만들던 구멍을 메웠고 의문에 해답을 찾았으며 그들의 삶이라는 캔버스에 색을 칠할 수 있었다고 말했다. 작은 미소든 어깨를 가볍게 도닥거리는 손길이든 찬사의 말이든, 낯선 사람들의 격려야말로 헨리에게는 진정한 위안이었다.

명성은 조금도 중요하게 생각되지 않았다. 명성은 사랑이나 갈

망이나 외로움처럼 내면에서, 보이지 않는 곳에서부터 외부의 눈으로 샘솟는 감정과는 사뭇 달랐다. 명성은 거의 전적으로 외적인 것이었다. 달리 말하면, 다른 사람들의 마음에서 주어지는 것이었다. 사람들이 그를 바라보고 그를 대하는 태도에 감추어진 것이 명성이었다. 이런 점에서, 명성을 누리는 유명인사는 동성애자나 유대인처럼 눈에 고스란히 보이는 소수집단의 일원과 조금도 다르지 않았다. 요컨대 당신은 예나 지금이나 똑같은 사람이지만, 사람들은 선입견에 사로잡혀 당신을 평가한다는 뜻이다. 헨리는 소설로 큰 성공을 거두었지만 근본에서는 조금도 변하지 않았다. 예전의 헨리 그대로였다. 장점도 그대로였고 단점도 그대로였다. 극히 드문 경우였지만 비위에 거슬리게 도발하는 독자에게 헨리는 필명으로 활동하는 작가라는 최후의 무기를 내밀었다. 잘못 보셨습니다. 나는 XXX가 아닙니다. 나는 헨리라는 필부에 불과합니다.

∞

마침내 소설 판촉 행사에 참가하는 횟수가 크게 사그라지면서, 헨리는 몇 주, 아니 몇 달까지 잇달아 서재에 조용히 앉아 지낼 수 있는 시절로 되돌아갔다. 헨리는 또 한 권의 책을 썼다. 구성을 생각하고 자료를 조사해서 쓰고 또 고쳐 쓰는 데 꼬박 오 년이 걸린 책이었다. 그 책의 운명은 헨리의 주변에 닥친 일과 무관하지 않아, 여기에서 자세히 소개해도 괜찮을 듯하다.

헨리는 그 책을 2부로 써서, 출판계에서 플립북flip book이라 칭하는 형태로 출간하고 싶었다. 말하자면, 각 부에 별도의 페이지를 매기고, 각 부가 등을 맞대고 뒤집어진 형태로 편집된 책을 만들고 싶었다. 플립북의 책장을 획획 넘기면 중간쯤에서 뒤집힌 면들이 나타나게 된다. 이렇게 편집된 책을 처음부터 끝까지 획획 넘기면 이란성 쌍둥이를 보는 듯한 기분이다. 그래서 이런 책을 '플립북'이라 한다.

헨리가 이처럼 파격적인 형태를 선택한 이유는 동일한 제목, 동일한 주제, 동일한 관심사를 다루었지만 형식을 달리한 두 문학작품을 가장 효과적으로 전달할 방법을 고민한 때문이었다. 엄격하게 말하면 헨리는 두 권의 책을 썼다. 하나는 소설이었고, 다른 하나는 논픽션인 평론이었다. 그가 이처럼 이중적인 접근 방식을 취한 이유는, 고심 끝에 선택한 주제를 제대로 다루려면 활용 가능한 모든 수단을 동원해야 한다고 느꼈기 때문이다. 그러나 픽션과 논픽션이 한 권의 책으로 출간된 예는 거의 없었다. 이런 형태는 파격이었다. 픽션과 논픽션은 따로 떼어두는 것이 전통이었다. 삶에 대한 우리의 감상과 지식은 서점과 도서관에서도 픽션과 논픽션으로 구분돼 다른 통로와 다른 층에 진열된다. 출판사들도 책을 기획할 때 상상을 다루는 픽션과 이성을 다루는 논픽션을 구분한다. 하지만 작가는 둘을 뚜렷이 구분하며 글을 쓰지 않는다. 소설이라고 철저하게 비이성적인 창조물은 아니며, 평론이라고 상상력이 철저하게 배제된 글은 아니다. 인간이 살아가는 방식도 마찬가지다. 우리는 뭔가를 생각하고 어떤 행동을 할 때 상상에 관련된 부분과 합리적인 부분을 엄격하게 구분하지 않는다. 진실과 거짓이 있을 뿐이다. 우리 삶에서 그렇듯이, 책에서도 초월적인 기준이 있다면 진실과 거짓이다. 따라서 진실을 말하는 픽션과 논픽션을, 거짓을 이야기하는 픽션과 논픽션을 구분하는 편이 훨씬 낫다.

그런데 헨리의 생각에는 관습이라는 틀에 박힌 사고방식도 문제였다. 그의 소설과 평론이 따로따로, 즉 두 권의 책으로 출간된다면, 둘의 상보성이 명확히 드러나지 않고 상승효과도 상실할 가능성이 컸다. 따라서 소설과 평론이 한 권의 책으로 출간돼야 했다. 하지만 둘을 어떤 순서로 배치하는 게 좋을까? 평론을 소설 앞에 배치한다는 건 헨리의 생각에 받아들일 수 없었다. 픽션은 삶의 충실한 경험에 가깝기 때문에 당연히 논픽션보다 앞자리를 차지해야 했다. 개인의 이야기든 가족의 이야기든 민족의 이야기든 모든 이야기는 인간 실존의 이질적인 요소들을 일관성 있게 짜 맞춘 것이다. 우리는 이야기를 좋아하는 동물이다. 따라서 우리 삶에 대한 위대한 표현을 탐구적 추론이라는 상대적으로 한정된 행위 뒤에 배치한다면 결코 바람직한 배치라 할 수 없다. 그러나 진지한 논픽션에도 인간의 삶이나 그와 관련된 것을 이야기하는 픽션에 못지않은 고민과 사실성이 담겨 있다. 그럴진대 평론을 한낱 맺는말 정도로 끼워 넣어야만 하는 이유가 어디에 있는가?

장단점이 뭐든 간에 소설과 평론을 한 권의 책에 차례로 실으면, 앞자리를 차지한 것의 위세에 뒤에 실린 것은 필연적으로 위축되기 마련이다.

소설과 평론은 유사한 점이 많기 때문에 한 권으로 출간하면서도 둘 모두의 위상을 존중하는 방법을 찾아내야 했다. 이런 이유에서 헨리는 플립북이라는 형태를 선택했다.

이 형태로 결정하고 나자 다른 이점들도 잇달아 헨리의 머리에 떠올랐다. 첫째로 그가 책에서 다룬 핵심 사건은 예나 지금이나 사람들의 마음을 아프게 하는 것이어서, 달리 말하면 세상을 뒤집어 놓았던 사건이어서, 책 자체가 중간쯤에서 거꾸로 뒤집히는 것도 무척 그럴듯하게 보였다. 게다가 플립북으로 출간되면 독자가 책을 읽는 순서를 직접 결정해야 한다. 이성적으로 생각하고 판단하는 성향을 띤 독자라면 평론을 먼저 읽을 것이고, 다소 직접적으로 감정에 접근하는 픽션에서 위안을 찾는 독자라면 소설부터 읽기 시작할 것이다. 어떤 쪽을 선택하든 선택은 독자의 몫이다. 선뜻 결정하기 힘든 문제를 다룰 때는 선택권을 독자에게 위임하는 것도 좋은 방법이지 않겠는가. 끝으로 플립북에서는 앞표지가 둘이 된다는 사소한 이점도 있었다. 헨리는 책을 감싸는 표지를 추가로 더해지는 미학으로만 생각하지 않았다. 플립북에는 앞뒤에 입구가 있지만 출구는 없다. 따라서 플립북이라는 형태는 책에서 논의되는 문제에는 어떤 해결책도 없다는 암시이자, 해결책을 제시하며 깔끔하고 적절하게 끝맺을 수 있는 뒤표지도 없다는 상징적 표현일 수 있었다. 그 문제는 결코 끝나지 않는다. 책은 중간에서 언제나 위아래가 뒤집히므로, 독자는 그 문제를 이해하지 못했을 뿐 아니라 완전히 이해할 수도 없기 때문에 다른 식으로 생각하며 처음부터 시작해야 한다는 압력을 받는다. 헨리는 이런 관계를 고려해서, 반대로 뒤집힌 두 텍스트 사이에 한 장의 여백만을 두고 두 책이 똑같은 페이지에서 끝나야 한다고 생각했다. 그 여백은 픽션과 논픽션 사이의 완충지대이기 때문에 간단한 그림을 그려 넣을 수도 있었다.

그런데 혼란스럽게도 플립북이라는 용어는 장난감 같은 신기한 책, 즉 조금씩 변형한 그림이나 사진을 연속으로 묶은 조그만 책에도 사용된다. 책장을 빠르게 넘기면 그림이 움직이는 것처럼 보이는 것, 예컨대 말이 달리고 도약하는 듯한 애니메이션 효과를 자아내는 책 말이다. 그래서 나중에 헨리는 충분한 시간을 두고, 자신의 플립북이 이런 유형의 책이었다면 어떤 그림을 넣었을까 깊이 생각해보았다. 머리를 꼿꼿하게 세우고 자신만만하게 걷지만 결국에는 곱드러지고 휘청거리며 쓰러지는 사람의 모습을 그렸을 것만 같았다.

헨리가 부딪힌 곤경에 대해, 즉 그가 곱드러지고 휘청거리며 결국 쓰러질 수밖에 없었던 주된 이유를 설명하자면, 그의 플립북이 지난 세기 유럽에서 나치스와 그들에게 자발적으로 협조한 수많은 부역자들에게 남녀노소를 막론하고 죽임을 당한 수백만의 유대인에 관한 책이었다는 걸 언급하지 않을 수 없다. 달리 말하면, 헨리는 자신의 플립북에서, 유대인에 대한 증오를 지루하게 오랫동안 소름끼치도록 폭발시킨 사건, 즉 종교적 용어를 택한 이상한 관습 때문에 홀로코스트로 널리 알려진 사건을 다루었다(홀로코스트는 짐승을 통째로 구워 신전에 바치던 유대교의 제사를 가리킨다─옮긴이). 특히, 헨리는 그 사건이 이야기 형식으로 표현되는 방식을 집중적으로 다루었다. 오랫동안 많은 책을 읽고 많은 영화를 보았지만 홀로코스트를 실질적으로 다룬 픽션이 거의 없다는 사실을 확인한 때문이었다. 그 사건에 대한 접근 방법은 거의 언제나 역사적이고 사실적이었으며, 다큐멘터리나 일화적 형식을 띠었고, 증언을 바탕으로 정확한 기록에서 벗어나려 하지 않았다. 홀로코스트에 대한 원형적 자료는 생존자의 회고록이었다. 프리모 레비의 『이것이 인간인가』가 대표적인 예다. 반면 인간에게 닥치는 또 하나의 격동적인 사건인 전쟁의 경우는 끊임없이 다른 무엇으로 변형되고 있었다. 전쟁은 진부한 사건, 즉 실제보다 덜 잔혹한 사건으로 변해가고 있었다. 현대전은 수천만 명을 죽음에 몰아넣고 적잖은 나라를 쑥대밭으로 만들어버렸지만, 전쟁의 실상을 전달하는 표현 방식들은 전쟁 스릴러, 전쟁 코미디, 전쟁 로맨스, 전쟁 공상과학, 전쟁 프로파간다 등 다양한 형태로 대중에게 보여지고 들려지며 읽히기 위해서 치열한 경쟁을 벌인다. 그렇지만 '전쟁'이 '진부화'와 등호 관계에 있다고 생각하는 사람이 있을까? 전쟁을 진부한 사건으로 전락시켰다고 항의하는 퇴역군인회가 있었던가? 지금까지 한 번도 없었다. 우리가 전쟁을 그런 식으로 다양한 방향에서, 또 다양한 목적에서 말하고 있기 때문이다. 이처럼 다채로운 표현 방식을 통해서 우리는 전쟁이 우리에게 무엇을 뜻하는지 깨닫게 되었다.

이런 상상력이 홀로코스트에는 허용되거나 용인되지 않았다. 그 끔찍한 사건은 거의 전적으로 하나의 관점, 즉 역사적 사실주의로만 표현됐다. 이야기, 항상 똑같은 이야기가 언제나 똑같은 날짜에 일어났다. 무대도 똑같고 등장인물도 변하지 않았다. 약간의 예외가 있기는 했다. 헨리는 미국의 만화가 아트 슈피겔만의 『쥐 : 한 생존자의 이야기』를 그런 예외의 일례로 생각해낼 수 있었다. 데이비드 그로스먼의 『아래를 보라 : 사랑』도 다른 식으로 접근한 소설이었다. 그러나 이런 예외에도 불구하고, 홀로코스트는 특유의 인력을 발휘하며 독자를 원래의 무미건조한 역사적 사실로 되돌려놓았다. 이야기가 다른 시대나 다른 곳에서 시작되더라도 독자는 마틴 에이미스의 소설 『시간의 화살』의 주인공처럼 시간과 공간적 경계를 뛰어넘어 1943년과 폴란드로 되돌아가야만 했다. 따라서 헨리는 '왜 상상력이 허용되지 않고, 창조적인 비유가 억눌리는 것일까?'라는 의문을 품지 않을 수 없었다. 예술작품이 감동적인 이유는 사실적인 묘사 때문이 아니라 진실을 말하기 때문이지 않은가. 홀로코스트를 항상 사실에만 입각해 표현하는 데 어떤 반감도 느끼지 못했던 것일까? 물론, 당시 일어난 사건들을 다룬 문헌들, 예컨대 필수 불가결한 일기, 회고록과 연대기 등에 상상력이 더해진 해석이 간혹 눈에 띄기는 했다. 그러나 인류의 역사에서 다른 사건들은 예술가들에 의해 더 나은 미래를 위해 다루어졌다. 끔찍하기이를 데 없는 사건들도 마찬가지였다. 예술적인 가치를 띤 증언으로 유명한 예를 세 가지만 들어보면, 조지 오웰의 『동물농장』, 알베르 카뮈의 『페스트』, 피카소의 〈게르니카〉가 그것이다. 각각의 예에서 예술가들은 무차별 희생을 낳은 엄청난 비극에 접근해 사건의 근원을 찾아냈고, 상상력을 동원해 오밀조밀하게 그 비극을 표현해냈다. 따라서 우리 역사에서 흉측한 걸림돌이 여행가방에 들어갈 정도로 축소됐다. 가벼워서 어디든 갖고 다닐 수 있고 기본적인 것만을 담은 여행가방 같은 예술, 이런 식의 접근이 유럽의 유대인들에게 닥친 커다란 비극에는 적용될 수 없었던 것일까? 아예 그럴 필요가 없었던 것일까?

헨리는 홀로코스트를 이렇게 다른 관점에서 생각하는 가능성을 예시하고 증명하기 위해서 소설과 평론을 썼던 것이다. 헨리는 오 년간의 각고 끝에 두 작품을 완성했다. 완성된 한 쌍의 원고는 여러 출판사를 돌아다녔다. 원고가 출판사를 옮겨다닐 때마다 헨리는 점심 식사에 초대받았다. 플립북에 그려진 사람이 곱드러지고 휘청거리며 쓰러지는 모습을 상상해보라. 헨리는 그 점심만을 위해 대서양을 넘어갔다. 어느 해 봄 런던 북페어 기간에 런던으로 초대를 받았다. 헨리와 친분 있던 네 명의 편집자는 역사학자와 서적상까지 점심 식사에 초대했다. 헨리는 그들의 초대를 이중의 승인, 즉 이론적인 승인과 상업적인 승인으로 해석했다. 하지만 헨리는 앞으로 어떤 일이 닥칠지 전혀 모르고 있었다. 아르데코풍의 호화로운 식당이었다. 그들이 차지한 테이블은 우아하게 곡선을 그리며 길쭉해서 눈 모양과 비슷했다. 테이블 뒤로 벽에 고정식으로 설치된 긴 의자의 굴곡진 자태도 테이블의 곡선과 썩 어울렸다. 한 편집자가 긴 의자를 가리키며 "왜 저기에 앉지 않으시고?"라고 물었다. 헨리는 '그래야죠. 신간을 낼 저자가 신랑 신부처럼 주빈석에 앉지 않으면 어디에 앉겠습니까?'라고 생각하며 그 자리에 앉았다. 그의 양편에는 편집자가 한 명씩 앉았고, 그들의 맞은편으로 나란히 놓인 의자 네 개에는 두 편집자가 역사학자와 서적상을 가운데 두고 앉았다. 격식을 차린 자리 배치였지만 아늑하고 포근한 분위기가 감돌았다. 웨이터가 메뉴판을 그들에게 하나씩 나눠주고, 그날의 환상적인 특별 요리에 대해 설명했다. 헨리는 기분이 좋았다. 결혼식 피로연장에 앉아 있는 기분이었다.

그러나 그들은 총살대원이었다.

일반적으로 편집자들은 작가의 비위를 맞추며 책에서 잘못된 점을 하나씩 짚어간다. 모든 칭찬 뒤에는 비판이 교묘하게 감춰져 있다. 작가의 기를 꺾어놓지 않으면서 더 나은 책을 만들기 위한 외교적인 수법인 셈이다. 그들도 식사를 주문하고 한담을 잠깐 나눈 후에, 버넘 숲이 던시네인 성을 공격하듯이 거부하기 힘든 제안을 감춘 칭찬을 폭포처럼 쏟아내기 시작했다. 그러나 헨리는 오리무중에 빠진 맥베스였다. 그들의 말이 귀에 들어오지 않았다. 헨리는 껄껄대고 웃으며, 그들의 점점 날카로워지는 의문들을 일축해버렸다. 그리고 그들에게 말했다.

"지금 여러분이 반응하듯이 독자들도 똑같이 반응할 겁니다. 질문을 퍼붓고 논평도 하고 반발도 할 겁니다. 당연히 그래야겠지요. 책은 말의 일부입니다. 대화를 통해서만 살아남을 수 있는 지독히 당혹스러운 사건이 내 책의 저변에 흐르고 있습니다. 그러니까 어떤 형태로든 말을 할 수 있어야 한다는 겁니다!"

런던에서 활동하는 미국인 서적상이 마침내 헨리의 멱살을 움켜잡고 심장에 인정사정없이 확실하게 비수를 꽂는 악역을 맡고 나섰다. 그는 비음이 섞인 목소리로 노골적으로 말했다.

"평론은 귀찮은 골칫거리입니다."

그리고 그는 대서양 양편을 오가며 서점을 운영한 경험에 대해서, 또 평론을 읽을 때마다 느꼈다는 비판적인 경험에 대해 늘어놓았다.

"더구나 홀로코스트 같은 신성불가침한 문제를 다룬 글은 더욱 그렇습니다. 수개월마다 홀로코스트를 다룬 책이 시장에 나와서는 심금을 울리고 전 세계에 퍼집니다. 하지만 그런 책이 나올 때마다 다른 홀로코스트 책들은 궤짝으로 폐기돼 펄프로 변해버립니다. 또 선생의 접근 방식, 플립북만을 말하는 게 아닙니다. 홀로코스트에도 상상력이 더해져서 홀로코스트 서부극, 홀로코스트 공상과학, 자메이카 봅슬레이팀 같은 홀로코스트 코미디 등이 있어야 한다는 선생의 생각도 문제입니다. 그래서 어쩌자는 겁니까? 선생은 플립북을 만들고 싶어 합니다. 플립북은 엄격하게 따지면 독자의 눈을 끌려는 속임수에 불과합니다. 정확히는 모르겠지만, 선생의 플립북은 엄청나게 큰 플랍북(플랍flop은 '털썩 쓰러지다', '퍼덕거리다'를 뜻하기도 하지만 '완전히 실패하다'라는 뜻도 있다—옮긴이)이 될 겁니다. 퍼덕퍼덕, 퍼덕퍼덕, 퍼덕퍼덕."

그는 이렇게 말을 끝맺었다. 그때 첫 요리가 도착했다. 먹음직스러운 음식을 앙증맞게 담은 작은 접시들이 테이블 위에 가지런히 놓였다.

헨리는 커다란 금붕어처럼 여러 번 눈을 깜빡이고 침을 꿀꺽 삼킨 후에 대답했다.

"말씀 잘 들었습니다. 하지만 우리가 언제까지나 똑같은 식으로 접근할 수는 없습니다. 진지한 책으로 내용과 형태 모두에서 새로움을 추구해서 독자의 관심을 끌어야 하지 않을까요? 책을 기획할 때 그런 점도 고려해야 하지 않을까요?"

서적상은 음식을 입에 가득 넣고 우적우적 씹으면서 물었다.

"선생이 서점 주인이라면 그 책을 어디에 진열하시겠습니까? 픽션 부문이요? 논픽션 부문이요?"

헨리가 대답했다.

"두 군데 모두면 좋겠지요."

"그럴 수는 없습니다. 너무 복잡합니다. 한 서점에서 책을 몇 권이나 취급하는지 선생도 아시지 않습니까? 올바른 표지가 위쪽으로 오도록 모든 책을 일일이 펼쳐봐야 한다고 생각하면 끔찍하기만 합니다. 또 바코드는 어느 쪽에 표시할 겁니까? 통상 바코드는 뒤표지에 표시합니다. 선생의 말처럼 양면 모두가 앞표지면 바코드는 어디에 표시할 거냐고요?"

헨리가 대답했다.

"글쎄, 책등에 표시하면 되지 않을까요?"

"너무 좁습니다."

"책날개 안쪽이면?"

"계산대 직원이 바코드를 찾아 책을 펴고 사방을 뒤적일 수는 없습니다. 게다가 책이 비닐 포장되면 어떻게 할 겁니까?"

"띠지에 표시하면 어떨까요?"

"띠지는 찢어지고 떨어져나가기 쉽습니다. 그럼 바코드까지 사라지겠죠. 그야말로 악몽 같은 일이 닥치는 겁니다."

"그런 것까지는 몰랐습니다. 홀로코스트에 대한 책을 쓰면서 그 빌어먹을 바코드가 문제가 될 줄은 꿈에도 생각하지 않았습니다."

서적상은 눈알을 뒤룩거리며 말했다.

"선생 책을 파는 데 도움을 주려는 것일 뿐입니다."

한 편집자가 끼어들며 분위기를 수습하러 나섰다.

"제프는 선생님이 이번에 출간하려는 책에 현실적으로나 개념적으로 약간의 문제가 있다는 걸 지적하는 겁니다. 다 선생님을 위한 조언이라 생각하십시오."

헨리는 빵을 한 조각 뜯어내고, 시칠리아 섬의 외딴 벽지에 딱 여섯 그루로만 조성된 과수원에서 수확한 올리브로 만든 타프나드 소스를 신경질적으로 찍어 발랐다. 아스파라거스가 헨리의 눈에 들어왔다. 웨이터가 그 소스에 대해서, 조리법도 복잡하고 재료도 조심스레 다루어야 한다는 것 등에 대해서 장황하게 설명하던 말이 문득 헨리의 머릿속에 떠올랐다. 웨이터는 그들에게 한입만 먹어도 박사학위를 받은 것만큼이나 황홀한 기분에 젖어들 거라고 말했다. 헨리는 분홍빛 소스를 뚝뚝 떨어질 정도로 찍어 바른 빵을 아스파라거스와 함께 입에 밀어 넣었다. 그러나 머릿속으로 딴생각을 하느라 풋내 나는 죽을 먹는 기분이었다.

역사학자가 말했다.

"다른 관점에서 접근해볼까요."

역사학자는 자상한 얼굴에 목소리마저 상대를 편하게 해주었다. 그는 고개를 약간 기울이고 안경 너머로 헨리를 뚫어지게 바라보며 물었다.

"당신은 무엇에 관해 쓰신 겁니까?"

헨리는 그 질문에 당황하지 않을 수 없었다. 뻔한 질문이었지만, 그가 선뜻 대답할 수 없는 질문이었다. 따지고 보면, 작가가 글을 쓰는 이유는 짧막하고 간결한 질문들에 충분히 대답하기 위함이었다. 서적상에게 적잖이 상처를 받은 터라 헨리는 숨을 깊이 들이마시며 마음을 가라앉혔다. 그리고 역사학자의 질문에 최선을 다해 대답하려 애썼다. 그러나 그의 대답은 갈피를 잡지 못하고 오락가락했다.

"나는 홀로코스트를 표현하는 방법에 대해 썼습니다. 홀로코스트라는 사건은 이미 끝났습니다. 우리에게는 그에 대한 이야기들만 남겨져 있습니다. 나는 다른 식으로 이야기할 가능성을 타진한 겁니다. 물론 역사적 사건에 대해서 우리는 당연히 증언을 해야 합니다. 달리 말하면, 어떤 일이 있었는지 말하고, 유령들의 원혼을 풀어줘야 합니다. 또 역사적 사건을 해석하고 결론도 맺어야 합니다. 그래야 지금 살아 있는 사람들, 즉 유령들의 자식 세대가 바라는 걸 해결해줄 수 있을 테니까요. 하지만 역사를 지식으로 아는 것도 중요하지만 예술적 관점에서 이해할 필요도 있습니다. 이야기들과 일체감을 갖고 하나가 되며 거기에 의미를 부여하는 작업이 필요합니다. 음악이 의미를 만들어가는 소리이고, 회화가 의미를 만들어가는 색이듯이, 이야기는 의미를 만들어가는 삶이어야 합니다."

"맞습니다, 맞는 것 같습니다."

역사학자는 이렇게 헨리의 말을 대강 흘려버리고는 눈에 더욱 힘을 주고 헨리를 쳐다보며 다시 물었다.

"하지만 나는 당신에게 무엇에 '관해' 썼느냐고 물었습니다."

헨리는 불안하고 초조해서 견디기 힘들었다. 그는 방향을 바꿔 플립북 뒤에 감추어진 생각을 늘어놓기 시작했다.

"픽션과 논픽션은 쉽게 구분되지 않습니다. 픽션은 사실이 아닐 수 있지만 진실을 말합니다. 픽션은 사실이라는 꽃장식을 넘어 정서적이고 심리적인 진실에 다가갑니다. 한편 논픽션, 예컨대 역사는 사실일 수 있지만, 그 안에 감추어진 진실에 접근하기 힘듭니다. 또 역사에는 고정된 의미가 없기 때문에 그 안에 담긴 진실을 파악하기 어렵습니다. 따라서 역사가 이야기 식으로 변하지 않으면, 역사학자를 제외한 모든 사람에게 잊히고 말 겁니다. 예술은 역사의 여행가방입니다. 우리가 반드시 알아야 할 것을 전달한다는 점에서 그렇게 말할 수 있을 겁니다. 예술은 역사의 구명부표이고, 예술은 씨앗입니다. 예술은 기억이고, 예술은 백신입니다."

이쯤에서 헨리는 역사학자가 말을 가로막고 나설 기미를 보이자, 두서없이 황급히 덧붙였다.

"홀로코스트는 거대한 역사적 뿌리를 지녔지만 픽션에서는 간헐적으로 작은 열매만을 맺은 나무에 비교할 수 있을 겁니다. 그열매에 씨가 들어 있습니다! 우리가 거두어야 할 것은 열매입니다. 열매가 없다면 그 나무는 잊히고 말 겁니다. 우리 모두가 플립북같은 존재입니다."

그리고 헨리는 방금 말했던 내용과는 앞뒤가 맞지 않는 말을 불쑥 내뱉었다.

"우리 하나하나는 사실과 허구의 복합체입니다. 우리 몸뚱아리안에는 온갖 이야기가 짜깁기돼 있습니다. 그렇지 않습니까?"

역사학자는 인내심이 한계에 이르렀다는 기색을 감추지 않으며말했다.

"무슨 말인지는 알겠습니다. 하지만 다시 묻겠습니다. 당신은 무엇에 관해 쓰신 겁니까?"

똑같은 질문이 세 번이나 되풀이되자, 헨리는 입을 다물지 않을 수 없었다. 어쩌면 헨리 자신도 무엇에 대해 썼는지 몰랐을 수 있다. 어쩌면 그것이 바로 헨리의 책이 지닌 문제였다. 헨리는 가슴이 들썩거릴 정도로 숨을 깊이 들이마셨고 긴 한숨을 내쉬었다. 그는 얼굴이 벌게진 채 할 말을 잃고 하얀 식탁보를 물끄러미 쳐다보았다.

한 편집자가 어색한 침묵을 깨며 말했다.

"데이브가 핵심을 지적한 것 같습니다. 소설과 평론 모두에서 논점을 좀 더 확실하게 할 필요가 있습니다. 선생님이 쓰신 책은 상당히 설득력이 있습니다. 정말 대단한 책을 쓰셨습니다. 그 점에서는 우리 모두가 같은 생각입니다. 하지만 현 상태에서 소설은 역동성이 부족하고, 평론은 일관성이 떨어지는 것 같습니다."

웨이터가 다가왔다. 그 악몽 같던 점심이 계속되는 동안 새로운 요리를 가지고 오는 웨이터는 헨리의 한결같은 구원자였다. 새로운 요리를 핑계로 화제를 바꾸고, 억지로라도 즐거운 분위기를 되살리며 먹는 데 열중했기 때문이다. 그러나 결국에는 편집자나 서적상이나 역사학자가 직업적인 본능으로 - 어쩌면 헨리를 들볶으려는 개인적인 욕망에서 - 다시 라이플총을 거머쥐고는 헨리를 겨냥해 방아쇠를 당겼다. 경박스러울 정도로 세련된 음식에 탐닉하는 시간에서 헨리의 책을 난도질하는 시간으로 오락가락하는 과정이 식사 내내 반복됐다. 헨리가 애매한 말로 얼버무리다 핏대를 올리면 그들은 헨리를 달래다가 다시 기를 꺾어놓았다. 입씨름이 이렇게 반복되는 과정에서 마침내 먹을 음식도 끝나고 할 말도 바닥났다. 좋은 말로 포장되기는 했지만 모든 것이 백일하에 밝혀졌다. 소설은 따분하고 구성이 치밀하지 못하며 등장인물들도 설득력이 없어 그들의 운명마저 흥미를 끌지 못했다. 한마디로 논점을 상실한 소설이라는 결론이었다. 또한 평론은 근거가 박약해 알맹이가 없고 논증을 끌어가는 힘도 부족한 형편없는 글이라는 결론이었다. 게다가 플립북이라는 발상은 짜증스러운 속임수여서 상업적 자살이 될 터였다. 결론적으로 소설과 평론은 출판할 수 없는 완전한 실패작이었다.

마침내 점심 식사가 끝나고 악몽 같은 시간에서 해방되자, 헨리는 멍한 기분으로 식당에서 빠져나왔다. 다리만이 제대로 움직이는 것 같았다. 헨리는 발길이 닿는 대로 정처 없이 걸었다. 잠시 후 그는 어떤 공원에 들어갔다. 헨리는 의식하지 못하는 사이에 자신이 공원에 와 있는 걸 알고는 깜짝 놀랐다. 그의 고향인 캐나다에서 공원은 나무들로 울창한 피난처였다. 그러나 런던의 그 공원은 캐나다의 공원과 달랐다. 파릇한 잔디밭이 곳곳에 널찍하게 펼쳐져, 잔디의 향연장이었다. 나무들도 간혹 눈에 띄었지만, 한결같이 높다랗고 나뭇가지들도 높은 곳에만 있어 잔디의 자유로운 성장을 방해하지 않으려고 조심하는 듯했다. 공원 한가운데에서는 둥그런 연못이 햇살에 반사돼 반짝거렸다. 날씨가 포근하고 화창한 때문인지 산책을 즐기는 사람이 많았다. 공원을 배회하던 헨리는 조금 전에 자신에게 닥쳤던 일을 문득 떠올렸다. 오 년간의 고생이 한순간에 물거품이 되고 말았다. 아연실색해 말조차 잊었던 그의 머리가 다시 꿈틀대기 시작했다. '이렇게 말했어야 했는데…… 그렇게 말했어야 했는데…… 대체 그 빌어먹을 자식은 뭐 하는 놈이야? 그 여자가 감히?' 그의 머릿속에서 요란한 말다툼이 시작되고 분노까지 치밀어 올랐다. 그는 캐나다에 있는 아내 세라에게 전화를 걸었다. 그러나 세라는 일을 하고 있는지 휴대폰이 꺼져 있었다.

헨리는 음성 사서함에 애끓는 메시지를 두서없이 남겨놓았다.

헨리의 몸 안에서 실룩실룩 움직이던 긴장된 근육과 내면에서 부글부글 끓어오르던 감정이 하나로 결합돼 한목소리로 외치는 순간이었다. 그는 주먹을 불끈 쥐고 허공에 휘둘렀다. 그리고 한 발을 높이 들었다가 온 힘을 다해 땅을 내려딛었다. 그와 동시에 그때까지 억눌렀던 소리를 힘차게 내뱉었다. 헨리가 의식적으로 그렇게 행동하려 했던 것은 아니었다. 몸이 저절로 그렇게 움직였다. 상처와 분노와 좌절이 한꺼번에 폭발하는 순간이었다. 그의 옆에 나무 한 그루가 있었다. 주변의 흙이 부드럽고 풀도 자라지 않아서 발을 내려딛는 소리가 얼마나 컸던지, 그에게는 천둥소리처럼 들렸고, 근처 풀밭에 누워 있던 한 쌍이 그에게로 눈길을 돌릴 정도였다. 헨리도 깜짝 놀라 그 자리에 꼼짝 않고 서 있었다. 땅이 뒤흔들렸고 그 여운이 느껴졌기 때문이었다. 지구가 그의 절규를 듣고 응답한 것 같은 기분이었다. 그는 나무를 올려다보았다. 어마어마하게 큰 나무였다. 모든 돛을 활짝 편 갤리온선, 온갖 소장품을 전시한 박물관, 수많은 예배자가 절대자를 찬양하는 모스크처럼 보였다. 헨리는 한참 동안 나무에서 눈을 떼지 못했다. 전에는 나무에게 그처럼 마음의 위로를 받은 적이 없었다. 그렇게 나무를 바라보는 동안, 헨리는 분노와 슬픔이 몸에서 빠져나가는 기분을 느낄 수 있었다.

헨리는 주변의 사람들을 살펴보았다. 혼자인 사람, 쌍쌍인 사람, 아이들을 데리고 나온 가족, 무리지어 다니는 사람. 피부색도 가지각색이었다. 또 책을 읽는 사람, 낮잠을 자는 사람, 한담을 나누는 사람, 달리기를 하는 사람, 공놀이를 하는 사람, 개와 함께 산책하는 사람…… 각양각색의 사람들이었지만 서로 화기애애했다. 화창한 날의 평화로운 공원이었다. 이런 곳에서 홀로코스트에 대해서 말해 무엇 한단 말인가? 이처럼 평온한 공원에 유대인들이 있다면, 그가 대량학살이라는 이야기로 그들의 아름다운 날을 핏빛으로 물들이는 걸 허락할까? 생면부지인 사람이 슬그머니 다가와 "히틀러가 아우슈비츠에서 육백만의 영혼을 죽음에 몰아넣었다면서요?"라고 속삭이는 말에 흔쾌히 맞장구칠 사람이 있을까? 게다가 헨리는 유대인도 아니었다. 그런데 왜 그는 남의 일에 참견하고 나선 것일까? 어떤 일에나 배경이 있는 법이다. 배경이 잘못된 것이 분명했다. 왜 이제 와서 홀로코스트에 대한 소설을 쓰려는 것일까? 그 문제는 이미 해결됐는데. 프리모 레비, 안네 프랑크 등 많은 작가가 홀로코스트를 완벽하게 정리해서 끝냈잖은가. 헨리는 혼잣말로 웅얼거렸다. "그래 그만두자. 그만두자. 그만두자고!" 샌들을 신은 청년이 옆을 지나갔다. 그가 발을 뗄 때마다 '퍼덕퍼덕, 퍼덕퍼덕, 퍼덕퍼덕' 소리가 들렸다. 서적상의 빌어먹을 결론처럼. 헨리는 혼잣말로 중얼거렸다. "그만두자. 그만두자고. 그만두면 되잖아."

그로부터 한 시간 남짓 후, 헨리는 공원의 끝자락에 이르렀다. 팻말을 보고서야 자신이 하이드 파크에 있다는 걸 알았다. 그는 로버트 루이스 스티븐슨의 소설 속 하이드 씨처럼 분노와 독선과 원망에 사로잡혀 그 공원에 들어섰지만, 선량한 지킬 박사로 변해 공원을 나섰다.

헨리는 역사학자에게 어떻게 대답해야 했는지를 그제야 깨달았다. 그의 플립북은 그의 영혼과 혀가 갈가리 찢어지고 떨어진 현상에 대해 쓴 것이었다. 홀로코스트를 다룬 모든 책은 결국에는 그런 현상, 즉 실어증을 다룬 것이 아니었던가? 헨리는 통계자료 하나를 기억해냈다. 홀로코스트 생존자 중 2퍼센트 미만만이 고통스러운 시련에 대해 글을 남기거나 증언을 남겼다는 자료였다. 따라서 홀로코스트에 대해 말하는 사람들의 전형적인 접근 방식은, 말하는 방법을 다시 배우며 최대한 간결하면서도 분명하게 말하기 시작하는 뇌졸중 환자처럼 사실에 근거해 정확성을 기할 수밖에 없었다. 헨리도 홀로코스트에 의해 말문이 닫혀버린 무수한 사람의 상황과 다를 바가 없었다. 그의 플립북은 목소리를 잃어버려 말을 할 수 없게 된 상황에 대해 쓴 것이었다.

헨리는 하이드 파크를 떠날 때 더 이상 작가가 아니었다. 그는 글쓰기를 중단했다. 글을 쓰고 싶은 욕망마저 사라졌다. 작가들이 흔히 말하는 글길이 막힌 경우였을까? 헨리가 나중에 세라에게 억지를 부렸듯이, 글길이 막히지는 않았다. 그 기간에 한 권의 책 ‒ 실제로는 두 권 ‒ 을 썼기 때문이다. 따라서 작가이기를 포기했다고 말하는 편이 더 정확한 표현일 수 있다. 헨리는 정말 포기했다. 하지만 글을 쓰지 않았다면 그는 겨우 숨이나 쉬면서 살았을 것이다. 런던의 한 공원을 정처 없이 거닐며 아름다운 나무를 만남으로

써 그는 다음과 같은 유용한 교훈을 깨달았다. 비참한 상황에 빠지면, 이 땅에서 너희에게 남은 날들을 헤아려보고 그날들을 최대한 이용하는 편이 낫다는 걸 기억하라!

∞

헨리는 캐나다로 돌아가, 휴식과 환경의 변화가 필요하다고 세라를 설득하기 시작했다. 세라는 새로운 삶이라는 모험의 유혹을 이겨내지 못했다. 곧 그녀는 직장을 그만두었고, 그들은 서류를 작성하고 짐을 꾸려 해외로 이주했다. 그리고 그 자체로 하나의 세계라는 세계에서 가장 큰 도시 중 하나에 집을 마련했다. 온갖 유형의 사람들이 자신을 발견하고 자신을 상실하는 곳으로 알려진 대도시였다. 그곳은 뉴욕일 수도 있고 파리일 수도 있었다. 베를린일 수도 있었다. 여하튼 헨리와 세라가 그 도시로 이주한 이유는 잠시라도 그 도시의 맥박에 맞춰 살고 싶었기 때문이었다. 간호사였던 세라는 취업비자를 발급받아 중독증을 전문적으로 치료하는 병원에서 일자리를 얻었다. 헨리는 합법적인 거주 외국인이었지만 어떤 권리도 없는 유령이었던 까닭에, 글도 쓰지 않는 삶의 시간들을 어떤 식으로든 채워가야 했다.

헨리는 음악 수업을 들으며 십 대 시절에 악기를 연주하던 기억을 되살렸다. 그러나 안타깝게도 그에게는 악기를 다루는 재주가 없었다. 처음에는 바순에 손을 댔지만 더블 리드와 복잡하게 배열된 구멍들은 그를 좌절감에 몰아넣기에 충분했다. 그래서 그는 좀 더 젊었을 때는 쳐다보지도 않던 클라리넷으로 눈길을 돌렸다. 날카로운 소리에서 장중한 소리까지 감상적인 음역이 넓은 악기였다. 헨리는 괜찮은 선생을 찾아냈다. 끈기 있고 직관력이 있으며 재밌기도 한 나이가 지긋한 신사였다. 그는 악기를 잘 연주하는 데 유일하게 필요한 천부적 재능은 즐거움밖에 없다고 말했다. 언젠가 헨리가 모차르트의 클라리넷 협주곡을 끙끙대며 연습하고 있을 때, 그는 갑자기 연습을 중단시키고 말했다. "경쾌함이 어디로 도망갔나? 자네는 모차르트를 둔한 검은 황소로 둔갑시켜버렸네. 그런 놈을 데리고 밭을 갈고 있다고!" 그러고는 자신의 클라리넷을 집어 들고 직접 연주해 보였다. 맑고 밝지만 강한 힘이 느껴져 음표들이 소용돌이치는 폭풍 소리 같았다. 헨리는 귀가 먹먹할 정도였다. 염소와 말, 신랑과 신부가 울긋불긋한 하늘에서, 중력이 없는 세상에서 빙글빙글 돌아가는 마르크 샤갈의 그림을 소리로 표현해낸 듯했다. 그가 연주를 중단하자, 갑자기 밀려온 정적감에 헨리는 허공으로 빨려드는 기분이었다. 헨리는 자기 클라리넷을 멍하니 바라보았다. 선생은 헨리의 얼굴에 드리운 표정을 읽었던지 "걱정하게 말게. 연습의 문제일 뿐이니까. 자네도 조만간 그렇게 연주할 수 있을 걸세"라고 말했다. 헨리는 다시 검은 황소 뒤로 돌아가 밭을 갈기 시작했다. 선생은 빙긋이 미소를 짓고 눈을 감았다. 가끔 고개를 끄덕이며, 헨리의 황소가 날개를 달고 날기 시작한 듯 "좋았어, 잘했어"라고 나지막이 중얼거렸다.

또 헨리는 젊었을 때 배웠지만 그때까지 묻어두었던 지식을 활용하려고 스페인어 강좌에도 등록했다. 헨리의 모국어는 프랑스어였지만, 외국 공관을 돌아다니는 캐나다 외교관의 아들로 태어나는 행운을 누린 덕분에 영어와 독일어까지 유창하게 구사할 수 있었다. 하지만 뭐든지 스펀지처럼 빨아들이는 학습기간에 스페인어만은 그의 뇌에 완벽하게 스며들지 못했다. 어린 시절에 삼 년 동안 코스타리카에서 살았지만 영어를 쓰는 학교를 다닌 때문이었다. 산호세의 거리를 쏘다니며 스페인어의 대략적인 골격과 독특한 음색은 배웠지만, 그것들을 떠받치는 문법을 배우지 못했다. 따라서 그의 발음과 어법은 훌륭했지만, 문법적인 지식은 형편없었다. 헨리는 이런 부족함을 채우려고, 역사학 박사학위 과정을 공부하는 얌전한 스페인 대학원생에게 스페인어 문법을 배웠다.

헨리가 영어로 글을 써서 발표하자, 그의 모국 땅에서는 많은 사람이 쌍심지를 켜고 나섰다. 헨리는 자신이 영어로 글을 쓴 건 '우연'이라고 설명했다. 누구라도 영어와 독일어를 사용하는 학교를 다니면 당연히 영어와 독일어로 생각하는 법을 배울 것이고 따라서 영어와 독일어로 글을 쓰기 시작하지 않겠느냐는 설명이었다. 그는 처음으로 상상력을 발휘해 쓴 창조적인 졸작들 – 세상에 발표할 생각 없이 순전히 개인적인 습작 – 은 독일어로 썼다고 말하며 기자들을 어리벙벙하게 만들었다. 그는 독일어의 아작아작한 발음과 소리에 일치하는 철자, 암호 같은 문법과 건축 같은 문장구조가 마음에 들었다. 그러나 더 큰 꿈을 갖게 되면서 캐나다 작가가 독일어로 글을 쓴다는 게 무모한 짓이라는 생각을 떨칠 수 없었다. 다스 이스트 도흐 페어뤼크트!(그건 미친 짓이다!) 그때부터 헨리는 영어로 글을 쓰기 시작했다. 식민지주의는 식민지 통치를 당하는 사람들에게는 끔찍한 고통의 씨앗이지만, 언어에게는 축복이다. 성격이 다른 완전히 새로운 언어를 활용하려는 진취성, 다른 언어들에서 단어를 훔치려는 열정, 그런 착취에서 아무런 죄의식도 느끼지 못하는 무감각, 박물관을 방불케 하는 엄청난 어휘, 소리와 약간은 머쓱한 관계에 있는 철자, 그리고 규격에 지나치게 얽매이지 않고 자유로운 문법 등으로 풍요로운 빛깔을 내며 반짝이는 영어를 헨리는 사랑하지 않을 수 없었다. 순전히 그의 개인적인 경험에 의한 비유지만, 영어가 재즈라면 독일어는 클래식이었고 프랑스어는 교회음악이었으며, 스페인어는 거리의 음악이었다. 따라서 단검으로 그의 심장을 찌르면 프랑스어가 피처럼 흘러나오고, 그의 뇌를 잘라 열면 뇌이랑이 영어와 독일어로 싸여 있으며, 그의 손을 만지면 스페인어가 느껴질 것 같았다. 그러나 이 모든 것은 그의 생각일 뿐이었다.

헨리는 꽤 유명한 아마추어 연극단에도 가입했다. 탁월한 연출자의 지휘 아래 연극단원들은 무척 진지하게 노력했다. 헨리는 그들과 어울리며 이 도시에서 가장 아름다운 기억을 쌓아갔다. 헨리와 아마추어 배우들은 평일 저녁마다 연습을 하며 자신들의 삶을 잊고, 해럴드 핀터와 헨리크 입센, 루이지 피란델로와 윌레 소잉카의 인물들에게 느긋하게 생명을 불어넣으며 혼신을 다해 무대 위의 인물로 변신해갔다. 이 헌신적인 비극 배우들 간의 우애는 값을 매길 수 없는 것이었다. 대리 경험이긴 했지만 더할 수 없이 깊고 높은 감동을 경험함으로써 위대한 예술이 어떻게 태어나는가를 뼈저리게 깨달을 수 있었다. 연극을 연습할 때마다 헨리는 또 다른 삶을 살며 그 삶에 감춰진 지혜와 어리석음을 배워가는 기분이었다.

그 도시로 이주한 후, 때때로 헨리는 한밤중에 깨어나 침실에서 살그머니 나와 컴퓨터 앞에 앉아, 자신의 작품을 모니터에 띄워놓고 퇴고하고 또 퇴고했다. 그는 평론의 길이를 절반쯤으로 줄였다. 소설에서도 어울리지 않는 형용사와 부사를 찾아내 지워버렸다. 또 어떤 장면의 묘사와 문장을 고쳐 쓰고 또 고쳐 썼다. 그러나 그렇게 기를 쓰고 안달해도 평론과 소설 모두에서 본연의 결함까지 지워낼 수는 없었다. 몇 달을 그렇게 씨름해도 별다른 결실을 맺지 못하자, 이란성 쌍둥이 책을 수정해서 되살려내겠다는 열의마저 식어버렸다. 헨리는 저작권 대리인과 편집자들의 이메일에 답장하는 것조차 중단해버렸다. 세라도 헨리가 너무 낙담한 것 같다는 뜻을 넌지시 비추며, 일을 계속하도록 용기를 북돋워줄 지경이었다. 훨씬 나중의 일이고 다소 엉뚱한 이야기지만, 적절한 때에 세라는 임신을 했고, 헨리에게 첫 아기, 사내아이인 시오를 안겨주었다. 헨리는 시오를 바라보며 전에는 한 번도 경험하지 못한 감격에 사로잡혀 아들을 자신의 펜으로 삼겠다고, 그리고 사랑을 한껏 안겨주는 훌륭한 아버지가 되겠다는 마음으로 아들과 함께 아름다운 이야기를 써내려가겠다고 결심했다. 시오가 정말로 최고의 펜이라면 헨리는 얼마든지 글을 다시 쓸 수 있을 것 같았다.

클라리넷 선생이 지적했듯이 예술은 즐거움에 뿌리를 두고 있다. 연극 연습을 하거나 악기를 연습한 후에, 또 박물관을 둘러보거나 좋은 책을 읽고 난 후에, 헨리는 과거에 새로운 이야기를 창조하며 느꼈던 즐거움을 다시 맛보고 싶은 열망을 견디기 힘들었다.

바쁘게 지내기 위해서 헨리는 최후의 수단을 동원했다. 여느 때보다 낮시간을 더 많이 할애하고, 더 진지한 자세로 뛰어든 모험이었다. 카페에서 일하는 것이었다. 정확히 말하면, 카페가 아니라 초콜라테리아였다. 그곳은 그의 마음을 완전히 사로잡았다. 커피도 팔았는데, 커피 맛도 나무랄 데 없었다. 그러나 '초콜릿 로드'는 무엇보다 공정무역으로 수입한 코코아에 우유를 첨가한 화이트 초콜릿부터 다크 초콜릿까지, 초콜릿 함유량을 달리하고 맛도 다양한 각양각색의 초콜릿을 생산해서 판매하는 협동조합이었다. 막대 모양과 상자 모양, 뜨겁게 마시는 코코아 분말뿐 아니라, 제빵용 코코아 분말과 코코아 칩까지 있었다. 초콜릿 로드라는 상표를 내건 상품은 전부 도미니카, 페루, 파라과이, 코스타리카, 파나마 등의 협동농장에서 생산됐고, 하루가 다르게 늘어나는 건강식품 상점과 슈퍼마켓에서 판매됐다. 초콜릿 로드는 조그맣지만 나날이 성장하는 기업이었고, 본사인 초콜라테리아는 절반은 다양한 초콜릿을 판매하는 미니 마켓이자 절반은 코코아 음료를 마실 수 있는 공간이었다. 주석 천장이 돋을새김으로 장식되고 괜찮은 예술품이 번갈아 전시되는데다 주로 라틴 음악이 흘러나와 분위기도 썩 좋았다. 게

다가 남향으로 커다란 창문이 있어 거의 언제나 밝은 햇살이 비추었다. 헨리와 세라가 사는 집에서 멀지도 않았다. 헨리는 틈날 때마다 그곳에 들러 신문을 읽고, 뜨거운 코코아를 홀짝거렸다.

어느 날 창문에 나붙은 게시문 하나가 헨리의 눈에 들어왔다. 구인광고였다. 헨리는 충동적으로 무슨 일인지 알아보았다. 헨리는 굳이 일자리가 필요하지는 않았다. 게다가 법적으로는 그 나라에서 일할 수도 없었다. 그러나 초콜릿 로드에서 일하는 사람들이 좋았고, 그들이 내세운 원칙이 마음에 들었다. 그는 곧바로 지원했다. 그들은 당황했지만, 주식으로 임금을 지급하는 조건에 헨리를 고용하기로 했다. 이리하여 헨리는 초콜릿 회사의 소액주주가 됐고 시간제 웨이터로 일하며 어떤 일이든 돕고 나섰다. 세라는 한편으로는 좋아하면서도 한편으로는 당혹스러워했지만, 헨리가 글을 쓰기 위한 자료를 조사하려는 것이라 생각했다. 헨리는 낯선 사람을 시중들며 자의식을 곧 떨쳐냈고, 오히려 웨이터로 일하는 걸 즐겼다. 일종의 힘들지 않은 운동이었고, 그 기회를 통해 다양한 손님들, 예컨대 혼자서 코코아를 마시는 사람, 남녀 커플, 가족, 친구들끼리 몰려온 무리의 행태와 심리 역학을 잠시 동안이나마 꾸준히 관찰할 수 있었다. 초콜릿 로드에서 보내는 시간은 헨리에게 즐겁기만 했다.

내친김에 세라와 헨리는 동물 보호소에서 어린 강아지와 새끼 고양이를 한 마리씩 입양했다. 두 녀석 모두 순종은 아니었지만 눈망울이 반짝거렸고 활달했다. 동물 보호소에서는 강아지에게 에라스무스, 고양이에게는 멘델스존이라는 이름을 붙여주었다. 헨리는 녀석들이 어떻게 어울려 살아가는지 유심히 관찰했다. 에라스무스는 제멋대로 까불었지만 쉽게 훈련시킬 수 있었고, 헨리가 잠깐 밖에 나갈 때는 거의 언제나 뒤따라 나섰다. 반면 예쁘장한 검은 고양이, 멘델스존은 무척 조심스러운 동물이었다. 낯선 사람이 찾아오면 녀석은 어김없이 소파 아래로 숨어버렸다.

헨리와 세라는 그 대도시에서 그런 식으로 삶을 꾸려갔다. 처음에 그들은 그 도시에서 일 년 남짓 머물 예정이었다. 그러나 첫해가 지난 후에 그들은 그곳을 떠나고 싶지 않았다. 다시 한 해가 지난 후에도 마찬가지였다. 그들은 언제 그 도시를 떠나야겠다는 생각마저 머릿속에서 지워버렸다.

∞

그 도시에서 지내는 동안, 헨리는 전에 작가였다는 기억을 완전히 떨쳐낼 수는 없었다. 독자들이 보낸 편지가 그의 의식의 문을 살며시 두드리며 옛 기억을 되살려주었기 때문이다. 독자들이 쓴 편지는 멀고 먼 길을 돌고 돌았지만 헨리에게 꾸준히 전달됐다. 독자가 우체통에 넣고 수개월이 지난 후에야 헨리의 손에 도착한 편지도 적지 않았다. 일례로 폴란드의 한 독자는 크라쿠프의 출판사에 편지를 보내, 그 편지를 헨리에게 전달해주기를 바랐다. 폴란드 출판사는 그 편지를 캐나다에 있는 헨리의 저작권 대리인에게 보냈고, 대리인이 헨리에게 다시 전달해주었다. 또 한국의 한 독자는 영국 출판사의 주소로 헨리에게 편지를 보냈고, 영국 출판사는 그 편지를 헨리에게 다시 발송해주었다.

영국과 캐나다와 미국 및 옛 대영제국의 모든 식민지에서는 물론이고 유럽과 아시아 전역에서 편지가 날아왔다. 편지를 보낸 독자들의 연령과 신분은 그야말로 제각각이었고, 영어도 지독히 세련된 영어부터 이해하기 힘들 정도로 엉망인 영어까지 극과 극이었다. 편지를 병에 넣고 바다에 던지는 심정으로 헨리에게 편지를 보낸 독자도 적지 않았을 것이다. 그러나 그들의 노력은 결코 헛되지 않았다. 어떤 일이든 꼼꼼하게 처리하는 출판계는 그 편지들을 착실하게 헨리에게 전달해주었다.

정확히 말하면 편지가 아니라 소포인 것도 있었다. 어떤 소포에는 고등학교 교사의 소개 편지와, 헨리의 소설을 주제로 학생들이 진지하게 쓴 독후감들이 잔뜩 들어 있었다. 사진이나 헨리가 관심 있게 읽어주기를 바랐을 논문이 든 소포도 있었다. 그러나 프린터로 인쇄하거나 손으로 직접 쓴 깔끔한 편지가 대부분이었다. 컴퓨터 프린터로 인쇄한 편지들은 대체로 복잡하고 논증적이었으며, 때로는 짧은 평론도 있었다. 그에 비해 손으로 쓴 편지들은 상대적으로 짧았고 개인적인 느낌을 피력한 경우가 많았다. 헨리는 손으로 쓴 편지가 더 좋았다. 그는 한 사람 한 사람의 필체를 살펴보는 걸 좋아했다. 어떤 필체는 거의 로봇처럼 또박또박 써서 읽기에 무척 편한 반면, 괴발개발 아무렇게나 끼적거려 읽어내기 힘든 필체도 있었다. 고도로 양식화된 26자의 문자가 살아 있는 생명체의 손으로 쓰일 때 그처럼 다양하게 표현될 수 있다는 걸 확인할 때마다 헨리는 놀라지 않을 수 없었다. 언어는 무질서한 알파벳에 불과하다고 거트루드 스타인이 말했던가? 손으로 쓴 편지에서는 글의 배열도 흥밋거리이며, 때로는 불안감마저 불러일으킨다. 비옥도가 다른 땅에서 자라는 식물처럼 줄의 끝이 일정하지 않은 때가 많았고, 자간이 처음에는 널찍하지만 끝으로 갈수록 점점 빽빽해졌다. 글을 쓸 공간은 점점 줄어드는데 하고 싶은 말을 아직 다 하지 못한 때문이었는지, 문장이 작은 화분에 심긴 식물처럼 종이의 옆면을 따라 슬금슬금 기어 올라갔다. 낙서 같은 그림과 조그마한 스케치를 건네며 예술품 교환을 제안하는 독자도 많았다. 그들이 직접 그린 그 그림과 헨리가 소장한 예술품을 교환하자고. 또한 대다수의 편지에는 질문이 담겨 있었다. 한 독자가 대체로 한두 질문, 많게는 세 개의 질문을 던졌다.

헨리는 모든 편지에 빠짐없이 답장을 보냈다. 그는 인쇄소에 부탁해 접으면 초대장 크기가 되는 엽서를 마련했다. 그의 책을 출간한 세계 각국 번역본의 표지로 앞면을 아름답게 꾸민 엽서였다. 그 엽서는 두 가지 면에서 이점이 있었다. 하나는 독자에게 감사의 뜻으로 전하는 개인적인 기념품 역할을 해주었다는 점이고, 다른 하나는 헨리가 최대한 삼 면, 즉 안쪽 두 면과 뒷면에만 답장을 쓰도록 한계를 두었다는 점이다. 따라서 헨리는 독자의 마음을 충분히 채워줄 긴 답장을 쓸 수 있었고, 한편으로는 그의 시간을 지나치게 빼앗기지 않도록 짤막하게 답장할 수도 있었다.

왜 헨리는 그렇게 많은 편지에 일일이 답장을 했던 것일까? 그의 소설이 그에게는 과거에 불과했지만 그 소설을 읽는 모든 독자에게는 새로운 것이어서 그 새로움을 독자의 편지에서 전달받았기 때문이다. 그런 호의와 열정에 침묵한다면 인간답지 못한 짓이었다. 더 나쁘게 말하면, 감사할 줄 모르는 짓이었다. 따라서 헨리는 감사하는 마음으로, 여기저기에서 틈날 때마다 어디에든 앉아서 독자들에게 답장하는 걸 습관으로 삼았다. 그는 카페에 앉아, 혹은 초콜릿 로드나 연극 연습 중에 한가한 틈이 나면, 요컨대 어디에서나 크게 어렵지 않게 대여섯 통의 편지에 답장할 수 있었다.

편지를 보낸 독자가 어린아이인 경우에는 예외였지만, 헨리는 사사로운 질문에는 답하지 않았다. 그러나 그의 소설에 대한 논의에는 적극적으로 응했다. 질문이나 비평에는 똑같은 식으로 대답하는 경우가 잦았다. 따라서 얼마 지나지 않아 헨리는 모범답안 답장을 술술 뽑아낼 수 있었다. 편지의 특정한 관점이나 어조에 맞추어 약간의 변화만 주면 그만이었다. 헨리의 소설에서는 야생동물들이 주인공이었다. 따라서 그 동물들에 대해 질문하는, 즉 실제로 존재하는 동물인지 아니면 인간을 빗댄 동물인지 묻는 편지가 많았다. 독자들은 헨리가 동물학을 전공했거나, 적어도 자연세계를 오랫동안 연모했을 거라고 생각했다. 헨리는 자연을 사랑하는 마음이 이 땅에서 살아가는 여느 감성적인 사람과 다를 바가 없으며, 동물들에게 유별나게 관심 있는 것도 아니고 이른바 성격 형질이라 할 만큼 동물들을 변함없이 사랑하는 건 아니라고 대답했다. 그의 소설에서 동물들을 주인공으로 내세운 것은 감성적인 이유가 아니라 기술적인 이유였다는 설명을 덧붙였다. 인간을 상대로 솔직하게 말하고 싶어도 그도 결국은 인간이기 때문에 거짓말을 할 가능성이 높았기 때문이다. 아니, 거짓말을 할 게 확실했기 때문이다. 그러나 털과 깃털을 뒤집어쓰면서 그는 샤먼이 되어 누구도 부인할 수 없는 진실을 말했다. 우리는 우리와 같은 종인 인간에게는 냉소적이지만, 동물들, 특히 야생동물에게는 그렇지 않다. 우리는 야생동물들의 서식지를 파괴하며 그들의 피난처를 빼앗지만, 이상하게도 야생동물을 극단적인 풍자의 대상으로는 삼지 않는 경향이 있다.

헨리는 답장에서도 재밌는 비유를 사용하곤 했다. 독일 바이에른이나 캐나다 서스캐처원 출신의 치과의사에 대해 이야기한다면, 치과의사와 바이에른이나 서스캐처원 사람들에 대한 독자들의 생각, 즉 사람들과 이야기들을 작은 틀에 옭아매는 선입견과 편견을 어떻게든 다루어야 하지 않는가. 하지만 바이에른이나 서스캐처원의 코뿔소가 치과의사 역할을 하면 이야기가 완전히 달라진다. 바이에른 출신이든 그 밖의 어디 출신이든 간에 코뿔소 치과의사에 대해서는 어떤 편견도 없기 때문에 독자는 이야기 자체에 더 큰 관심을 기울인다. 독자의 불신이 무대의 커튼처럼 걷히기 시작한다. 따라서 작가는 이야기를 한결 쉽게 전개할 수 있다. 이런 방법으로는 믿기 어려운 것조차 독자들이 믿게 만들 수 있다.

독자의 편지는 우편물로 하늘을 통해 전해졌고, 헨리의 답장 역시 우편물로 하늘을 날아 되돌아갔다. 헨리의 손가방에 작가를 위한 작은 도구, 즉 엽서, 우표와 봉투, 그리고 독자가 보낸 편지 꾸러미가 들어 있지 않은 경우는 거의 없었다.

∞

그리고 겨울 어느 날, 헨리는 커다란 봉투 하나를 받았다. 헨리는 발신인 주소를 보고 멀지 않은 곳에서, 정확히 말하면 그 도시 내에서 보낸 우편물인 걸 확인했지만, 그 우편물도 다른 우편물들과 마찬가지로 먼 길을 돌아, 이번 경우에는 영국 출판사를 경유해 그에게 도착했다. 어떤 독자, 그것도 할 말이 많은 독자가 보낸 우편물이 분명했다. 봉투가 두툼한 것으로 충분히 그렇게 생각할 수 있었다. 헨리는 한숨을 내쉬며, 그 우편물을 일단 우편물 모아두는 곳에 올려놓았다.

주말을 앞두고 헨리는 집에서 그 우편물을 열었다. 우편물은 귀스타브 플로베르의 단편소설 「호스피테이터 성 쥘리앵의 전설」을 복사한 것이 대부분을 차지했다. 헨리는 그 단편에 대해서는 들어본 적도 없었다. 플로베르의 소설로는 『보바리 부인』을 읽은 정도였다. 헨리는 어안이 벙벙했다. 여하튼 단편소설을 획획 넘겨보았다. 단편소설치고는 기름했고, 노란 형광펜으로 강조된 부분들이 눈에 띄었다. 헨리는 단편소설을 내려놓았다. 생면부지인 사람이 그에게 요구하는 수고가 짜증스레 느껴졌다. 그 사람은 헨리가 원칙적으로 무시하는 편지를 쓴 독자의 범주에 속하는 듯했다. 그러나 커피를 끓이는 동안 헨리는 마음이 바뀌었다. '왜 19세기 프랑스 작가의 단편소설을 복사해 보냈을까?' 하는 궁금증이 일었다. 헨리는 서재로 가서 '호스피테이터hospitator'라는 단어를 찾아보았다. 옥스퍼드 사전에서 그 단어를 찾아냈다. 깨알같이 작은 글씨여서 돋보기로 확대해서 읽었다. "반갑게 맞아주고 환대하는 사람"이라는 뜻이었다. 만약 헨리를 초대하는 편지라면……. 헨리는 부엌 식탁에 앉아 그 소설을 집어 들고 읽기 시작했다. 소설은 이렇게 시작했다.

쥘리앵의 아버지와 어머니는 언덕 기슭, 숲으로 둘러싸인 성에 살고 있었다.

성의 네 모퉁이에 우뚝 솟은 탑은 지붕이 뾰족했으며 납빛의 비늘무늬 기와로 덮여 있었다. 성벽은 바위 위에 튼튼하게 지어졌고, 바위는 해자 바닥까지 가파르게 떨어지며 급경사를 이루었다.

성의 안뜰에 깐 포석은 성당의 바닥돌처럼 깨끗했다. 주둥이를 밑으로 향한 용 모양의 긴 홈통이 천수반에 빗물을 토해냈다……

성안 어디에나…… 침실마다 태피스트리를 걸어놓아 추위를 막았고…… 장롱들에는 옷가지가 가득 차 있었으며……

지하 창고에는 포도주 통이 산더미처럼 쌓여 있었다…….

따라서 중세시대가 배경인 전설이었다. 헨리는 복사지를 묶은 클립을 뽑아내고 다음 쪽으로 넘어갔다. 영주이자 성의 주인이 등장했다.

영주는 항상 여우털로 감싼 외투를 입고 성안을 돌아다니며 신하들의 공과를 평가했다…….

쥘리앵의 어머니가 기도에 응답받는 장면도 있었다.

……피부가 유난히 희고…… 오랜 기도 끝에 그녀는 마침내 아들을 낳게 됐다.
……성대한 잔치가 벌어졌다…… 사흘 밤낮으로 대향연이 계속됐다…….

헨리는 계속 읽어갔다.

어느 날 밤 그녀는 문득 잠에서 깼다…… 달빛에 어른거리는 그림자가 보였다…… 속세를 떠난 은둔자…… 입술조차 움직이지 않고 말했다.
"기뻐하시오, 어머니여. 그대의 아들이 성자가 될 터이니!"

그 페이지가 끝날 즈음에 아버지도 예언의 목소리를 들었다.

　……성문 밖에 서 있을 때…… 그의 앞에 홀연히 한 걸인
이 나타났다…… 집시였다…… 더듬거리며 이렇게 말했다.
　"아! 아! 아드님은…… 많은 피! ……무한한 영광! ……
운 좋게도 영원히 행복할 것이고…… 황제의 가족이 될 것입
니다!"

아들, 쥘리앵은

　……아기 예수를 닮아 보였다. 아이는 단 한 번도 울지 않
고 이가 돋았다.
　……어머니는 쥘리앵에게 노래를 가르쳤다. 아버지는 아
들에게 용기를 길러주기 위해 큰 말에 태웠다…….
　학식이 뛰어난 늙은 수도자는 아이에게 성경을 가르쳤
고…… 성주는 옛 전사들을 초대해 주연을 베풀었다…… 그
들은…… 끔찍한 상처와…… 그들이 처절하게 싸웠던 과거
의 전쟁들을 회상했다…… 쥘리앵은 그런 이야기들을 들을
때마다 좋아하며 탄성을 내질렀다…… 아버지는 아들이 언
젠가 정복자가 될 거라고 확신했다. 그러나…… 쥘리앵은 저

녁기도를 끝내고…… 머리를 조아리는 가난한 사람들 앞을
지날 때…… 아주 겸손한 자세로 지갑에 있던 돈을 그들에게
나눠주었다…… 그래서 어머니는 아들이 언젠가 대주교가
되리라고 진심으로 기대했다.

    ……성당에서…… 예배 시간이 아무리 길어져도…… 기
도대에 무릎을 꿇고 앉아…… 두 손을 모아 기도했다.

  그쯤에서 그 단편소설을 보낸 독자의 의도를 짐작할 수 있는 표
지가 헨리의 눈에 들어왔다. 독자가 노란색 형광펜으로 깔끔하고
분명하게 표시한, 어린 쥘리앵에 관련된 단락이었다.

    어느 날 미사 도중에 우연히 고개를 든 쥘리앵은 성당 벽
의 구멍에서 흰 생쥐 한 마리가 기어 나오는 것을 보았다. 생
쥐는 제단의 가장 아랫계단을 따라 조르르 달려와 두세 번
좌우를 두리번거리더니, 조금 전의 구멍으로 재빨리 달아나
버렸다. 다음 주 일요일, 쥘리앵은 생쥐를 다시 볼지도 모른
다는 생각에 가슴이 두근거렸다. 생쥐는 또 기어 나왔다. 따
라서 일요일이면 쥘리앵은 생쥐를 기다렸고, 나중에는 괜히
화가 치밀고 생쥐가 미워져서 생쥐를 죽이기로 마음먹었다.

    그래서 쥘리앵은 문을 꼭 닫고 계단 위에 과자 부스러기를
뿌려놓았다. 그리고 막대기를 손에 쥐고 쥐구멍 앞에 서서
기다렸다.

한참 후에 생쥐는 분홍빛을 띤 주둥이를 먼저 내밀더니 곧 몸 전체를 드러냈다. 쥘리앵은 막대기로 번개처럼 생쥐를 내리쳤고, 조그만 몸뚱이가 눈앞에 꼼짝 않고 누워 있는 걸 보고는 어안이 벙벙했다. 돌바닥에 피 한 방울이 묻어 있었다. 쥘리앵은 소매로 재빨리 핏자국을 닦아내고는 생쥐를 밖으로 던져버렸다. 그리고 누구에게도 그 이야기를 하지 않았다.

다음 쪽에도 형광펜으로 표시되어 헨리의 눈길을 끄는 부분이 있었다.

어느 날 아침, 쥘리앵은 성벽을 따라 돌아오다가 흙벽 위에 앉아 햇볕을 쬐고 있는 살찐 비둘기 한 마리를 보았다. 쥘리앵은 걸음을 멈추고 비둘기를 물끄러미 쳐다보았다. 마침 그곳에는 성벽이 조금 허물어진 곳이 있어 쥘리앵은 돌조각 하나를 손에 쥘 수 있었다. 그는 팔을 크게 휘둘렀고, 돌조각에 맞은 비둘기는 해자 아래로 툭 떨어졌다.

쥘리앵은 비둘기를 찾아 개보다 날렵하게 해자 아래로 내려가 사방을 뒤졌다.

비둘기는 날개가 부러진 채 쥐똥나무 가지에 걸려 바들바들 떨고 있었다.

비둘기가 죽지 않으려고 발버둥치는 모습을 보자 쥘리앵은 화가 치밀어, 비둘기의 목을 비틀기 시작했다. 비둘기가 경련을 일으키자 쥘리앵은 가슴이 더 두근거렸고, 말로 표현하기 힘든 격정적인 쾌감에 사로잡혔다. 마침내 비둘기의 몸이 뻣뻣하게 굳어버리자 쥘리앵은 현기증까지 느꼈다.

따라서 헨리에게 이 소설을 보낸 독자는 '동물의 살상'이라는 점에서 이 소설과 헨리의 소설이 어떤 관계가 있으리라 생각한 모양이었다. 헨리는 그다지 충격을 받지 않았다. 그의 소설에 등장하는 동물들은 감상적인 풍자를 위해 도입한 수단이 아니었다. 문학적인 목적에서 사용하기는 했지만, 헨리의 소설에서 동물들은 야생동물이었고, 헨리는 야생동물의 행동을 정확히 그려내려 애썼다. 야생동물은 워낙에 일상적으로 죽이고 죽임을 당하지 않는가. 헨리는 애초부터 성인들을 위한 소설을 의도했기 때문에, 동물적인 폭력성을 가감 없이 그려냈다. 삶의 한계에서 발버둥치며 죽음의 그림자를 직감한 소년에게 생쥐와 비둘기는 죽임을 당한 것이다. 그런 상황에서 소년을 망설이게 할 것은 아무것도 없었다.
헨리는 다시 단편소설로 눈을 돌렸다. 쥘리앵은 무자비한 사냥꾼이 된다. 헨리의 독자는 그런 판단의 증거인 양 그 부분도 충실하게 노란 형광펜으로 표시해두었다.

……무리에서 떨어져 혼자 말을 타고 매를 데리고 사냥하는 걸 더욱 즐겼다…… 매는 곧 어떤 새를 발기발기 찢어 가지고 돌아왔다…….

……이런 식으로 왜가리와 솔개, 까마귀와 독수리를 잡았
다.

……뿔나팔을 불면서 사냥개들을 뒤따라가는 것을 좋아했
다…… 수사슴…… 개들이 수사슴의 살을 뜯어냈다…….

안개가 짙게 낀 날이면…… 늪에 깊이 들어가…… 거위와
수달과 들오리를 포획했다.

……칼을 던져 곰을 죽였고, 도끼로 들소를 때려눕혔으며,
창으로 멧돼지를 죽였다…….

……다리가 짧은 사냥개…… 토끼들…… 토끼들을 쫓아
가…… 토끼들의 등뼈를 부러뜨렸다.

……산봉우리…… 산양 두 마리…… 맨발로 다가갔다……
단도로 옆구리를 푹 찔렀다…….

……호수…… 비버…… 화살을 쏘아 비버를 죽였다.

그 뒤로도 헨리의 독자가 역시 노란 형광펜으로 표시한 긴 구절
이 이어졌다.

그리고 쥘리앵은 나뭇가지 끝이 서로 맞닿아 마치 개선문
처럼 보이는 가로수길로 들어갔다. 숲에서는 노루가 뛰쳐나
왔고, 갈림길에서는 사슴이 얼굴을 내밀었다. 또 오소리가
굴에서 엉금엉금 기어 나왔고, 공작이 풀밭에서 날개를 활짝
펴고 있었다. 쥘리앵이 그 동물들을 모두 죽여버리자, 더 많

은 노루와 사슴, 오소리와 공작이 나타났고, 검은지빠귀와 어치, 족제비와 흰담비, 고슴도치와 살쾡이 등 무수한 동물들이 나타났다. 게다가 그가 걸음을 뗄 때마다 그 수효는 늘어만 갔다. 동물들은 부드럽고 애원하는 듯한 시선으로 쥘리앵을 바라보며, 그의 주위를 빙빙 돌았다. 그러나 쥘리앵은 활을 쏘고 칼을 휘두르거나 단도로 찌르며 동물들을 닥치는 대로 죽였다. 그는 아무런 생각도 하지 않았고 어떤 것도 기억하지 않았다. 오직 그 순간만을 위해 살아 있을 뿐이었다.

그는 시간이 모든 의미를 상실하고 모든 것이 꿈에서처럼 쉽게 일어나는 환상적인 세상에 존재하는 사냥꾼이었다. 그때 그는 이상한 광경을 보고 걸음을 우뚝 멈추었다. 원형 경기장처럼 생긴 작은 계곡에 사슴들이 잔뜩 모여 있었다. 녀석들은 한데 모여 입김으로 서로 몸을 녹여주고 있었다. 입김이 안개에 감싸인 구름처럼 보였다.

멋진 피의 살육을 머릿속에 그리자 그는 너무 좋아 한참 동안 숨조차 제대로 쉴 수 없었다. 쥘리앵은 말에서 내려 소매를 걷어 올리고 활을 쏘기 시작했다.

첫 화살이 바람을 가르며 날아가는 소리에 모든 사슴이 일제히 고개를 돌렸다. 사슴들 사이에 조금씩 틈이 생겼고, 사슴들은 구슬프게 울어대며 큰 혼란에 빠져들었다.

계곡의 절벽은 뛰어넘기에는 너무 높았다. 산허리가 사슴들을 완전히 에워싸고 있었다. 사슴들은 미친 듯이 이리저리 뛰어다니며 도망갈 길을 찾았다. 쥘리앵은 계속 화살을 겨냥하고 쏘아댔다. 화살들이 빗물처럼 사슴들에게 쏟아졌다. 두려움에 질린 사슴들은 서로 부딪치고 뿔로 들이받았으며, 서로 딛고 올라서려고 법석을 피웠다. 녀석들의 뿔이 서로 뒤엉켜 바닥에 넘어지며 하나의 살덩어리처럼 발버둥쳤다.

마침내 모든 사슴이 모래에 사지를 뻗고 죽어갔다. 녀석들은 콧구멍에서 게거품을 토해냈고, 내장을 쏟아내며 들썩이던 배의 움직임도 점점 사그라졌다. 그리고 모두가 꼼짝하지 않았다.

어둠이 내리기 시작했다. 나뭇가지 사이로 숲 너머에 보이는 하늘마저 피로 채워진 연못처럼 새빨갰다.

쥘리앵은 나무에 몸을 기댔다. 눈을 휘둥그레 뜨고 그 엄청난 살육의 현장을 둘러보았다. 자기가 이처럼 무지막지한 짓을 저질렀다는 사실이 이해되지 않는 듯한 표정이었다.

그때 계곡의 반대편, 숲의 가장자리에서 새끼 사슴을 데리고 있는 한 쌍의 사슴이 눈에 들어왔다.

큼직한 몸집에 검은빛을 띤 수사슴은 거대한 뿔과 흰 수염을 위엄 있게 과시했다. 낙엽처럼 옅은 갈색을 띤 암사슴은 풀을 뜯고 있었고, 얼룩덜룩한 반점이 있는 새끼는 어미의 옆을 총총걸음으로 따라다니며 젖을 빨았다.

활시위가 다시 윙윙거렸다. 새끼 사슴이 그 자리에서 죽어나자빠졌다. 그러자 어미는 하늘을 바라보며 비탄에 빠진 듯이 울부짖었다. 인간의 울음소리와 비슷했다. 쥘리앵은 자제심을 잃고, 어미의 가슴 한복판에 화살을 맞혔다. 어미는 힘없이 땅바닥에 쓰러졌다.

　거대한 수사슴이 쥘리앵의 위치를 확인하고는 쥘리앵을 향해 달려왔다. 쥘리앵은 수사슴의 가슴을 겨냥해 마지막 화살을 발사했다. 화살은 수사슴의 이마를 정확히 꿰뚫었다.

　어떤 의미에서 독자의 인용은 거기에서 끝났다. 노란 형광펜으로 표시된 부분이 중단되고, 그 이후의 이야기가 계속됐다. 바로 다음 줄에서 수사슴이 쥘리앵의 마지막 화살로 죽은 게 아니라는 사실이 언급되고 있어, 독자가 거기에서 표시를 끝낸 것은 이상하기만 했다. 오히려 수사슴은 쥘리앵에게 달려들어 그를 힘껏 들이받았다. 그리고 수사슴은 멀리서 들려오는 종소리에 맞추어 쥘리앵에게 저주를 퍼부었다.

　　"저주가 있으리라! 저주가 있으리라! 저주가 있으리라! 잔
　　혹한 놈, 네가 언젠가 네 아비와 어미를 죽일 것이다!"

　단편소설에서 이 부분은 중대한 전환점이었지만 헨리의 독자에게는 아무런 관심을 불러일으키지 못한 듯했다.

　헨리는 계속 소설을 읽어갔다. 수사슴의 저주를 들은 후, 쥘리앵은 사냥을 끊고 부모 곁을 떠나 세상을 방랑하기 시작한다. 그

는 용병, 아주 유능한 용병이 된다. 그 후 치열한 전투에 연이어 참전하며, 많은 나라에서 온 많은 용병이 죽어가는 현장을 목격한다. 쥘리앵은 코르도바 칼리프의 마수에서 옥시타니아의 황제를 구해내며, 황제의 사랑을 받게 된다(스페인의 코르도바는 8~13세기 초까지 이슬람 세력의 지배를 받았다. 옥시타니아는 오크어가 쓰이는 지역, 즉 남부 프랑스와 인접 스페인 지역을 가리킨다-옮긴이). 또 보상으로 황제의 딸과 결혼한다. 쥘리앵의 아버지에게 전해졌던 예언 중 하나, '황제의 가족이 될 것'이라는 예언이 마침내 실현된 것이다. 그러나 이런 예언의 실현도 헨리의 독자에게는 어떤 관심도 끌지 못한 듯했다.

노란 형광펜으로 표시된 마지막 부분은 쥘리앵의 내면에서 끓어오르는 열망을 묘사한 두 단락이었다. 그 열망을 떨쳐냈다면 쥘리앵은 결혼 생활을 행복하게 꾸려갔을 것이다.

심홍색 옷을 입은 쥘리앵은 팔꿈치를 창틀에 괸 채 사냥하던 지난날을 생각해보곤 했다. 그때마다, 영양과 타조를 쫓아 사막을 달리고, 대나무숲에 숨어 표범이 나타나기를 기다리며, 코뿔소들로 가득한 숲을 헤집고 다니고, 독수리를 더 정확하게 겨냥하기 위해서 아무도 가까이 가지 못하는 산꼭대기까지 올라가며, 바다를 항해해 얼음 덩어리가 떠다니는 곳까지 가서 백곰과 싸우고 싶은 욕망을 억제하기 힘들었다.

때때로 그는 에덴동산에서 우리의 조상인 아담이 되어 온갖 짐승들에게 둘러싸여 사는 꿈을 꾸기도 했다. 그는 꿈속에서 팔을 뻗어 짐승들을 죽였고, 짐승들이 노아의 방주에 올라타던 날처럼 코끼리와 사자에서부터 족제비와 오리에 이르기까지 몸집의 크기 순서대로 둘씩 짝을 지어 그의 앞을 지나가는 걸 보기도 했다. 어두운 동굴에서도 그가 짐승들을 향해 창을 던지면 정확히 명중했다. 그런데도 짐승들은 끝없이 동굴로 들어왔고 학살도 끝없이 계속됐지만,

정확히 여기에서, 쉼표로 잠깐 끊어진 문장에서 독자는 형광펜을 멈추었다. 뒤로 이어지며 단락을 끝맺는 마지막 문장은 형광펜으로 밝게 표시하지 않았다.

쥘리앵은 꿈에서 깨어나 눈알을 뒤룩거리며 사방을 둘러보았다.

그 이후에는 수사슴의 예언대로 쥘리앵이 어떻게 부모를 살해했는지와, 더 중요하게는 그로 인해 회한과 자기희생적인 삶을 택해 가난한 사람들을 위해 봉사하며 결국에는 소설의 제목처럼 성자의 반열에 오르게 된 과정이 이야기되고 있다. 쥘리앵의 전설에서 결코 빠질 수 없는 부분이지만, 이 부분에는 어떤 표시도 없었다. 헨리의 독자는 오로지 동물들과 그들의 잔혹한 운명에만 초점을 맞추었다. 쥘리앵과 그의 속죄에 대해서는 아무런 관심도 없는 듯했다.

에라스무스가 날카롭게 짖어대며 산책을 하자고 졸라댔다. 더구

나 헨리에게는 전화를 해야 할 곳이 몇 군데 있었고, 마무리 지어야 할 글도 있었다. 또 고급 의류점에서 찾아야 할 옷도 있었다. 헨리는 단편소설을 천천히 식탁에 내려놓았다.

∞

며칠 후, 헨리는 초콜릿 로드에서 오후의 한가한 시간에 다시 그 단편소설을 집어 들었다. 이번에는 독자가 형광펜으로 강조한 부분만이 아니라 소설 전체를 차분하게 읽어갔다. 소설에서는 흥미로운 불균형이 눈에 띄었다. 달리 말하면, 핵심적인 요소 하나가 완전히 해결되지 않고 남겨졌다. 쥘리앵의 이중적인 성격, 즉 인정 많으면서도 잔혹한 성격은 소설의 인간 세계에서 얼마든지 가능할 수 있었다. 예컨대 용병으로 활동하던 시절, 쥘리앵의 행동은 상당히 폭력적이었지만 일정한 도덕적인 틀을 벗어나지 않았다. "그는 프랑스 황태자, 영국 왕, 예루살렘의 템플 기사단, 파르티아의 족장, 아비시니아(에티오피아의 옛 이름 - 옮긴이) 황제, 캘리컷(인도 코지코드의 옛 이름 - 옮긴이) 황제를 잇달아 도와주었다." 이런 군주들이 쥘리앵에게 도움을 받을 만한 자격이 있었다면, 그렇게 많은 적을 죽일 수밖에 없었던 이유가 인정된다. 그처럼 피를 흘릴 수밖에 없었던 정당한 이유는 같은 쪽에서 분명하게 드러난다. "그는 억압받는 민중들을 해방시켜주었고, 탑에 갇힌 여왕들을 구해내기도 했다. 밀라노의 독사와 오베르비르바흐의 용을 물리친 주인공도 바로 쥘리앵이었다." 백성을 억압하고 여왕을 탑에 감금한 사람들은 밀라노의 독사만큼이나 가증스러운 사람들이었다. 따라서 인간의 폭력성은 도덕이라는 나침반의 지침을 따라야 하며, 누군가를 죽여야 한다면 고결한 황태자와 군주, 예루살렘의 템플 기사단보다 "물고기 비늘 모양의 갑옷을 입은 스칸디나비아 사람들…… 하마 가죽으로 만든 둥근 방패를 든 흑인들…… 혈거인들…… 식인종들"처럼 괘씸한 죄인들을 죽이는 편이 낫다는 점에서 쥘리앵은 상대적으로 덜 악한 길을 걸었다. 폭력이 난무하던 시대에 도덕이라는 나침반의 그러한 사용은 타당한 면이 있었다. 그런 시대에는 그런 나침반이 사용될 수밖에 없었다.

쥘리앵은 순전히 착각으로 아버지와 어머니를 무참하게 죽였다. 그의 침대에서 자고 있던 부모를 그의 아내와 샛서방이라 착각한 때문이었다. 아내가 효심을 발휘해 부모에게 그의 침대에서 쉬라고 청한 것을 몰랐던 것이다. 쥘리앵은 자신이 어떤 짓을 저질렀는지 알게 되자 죄책감을 견딜 수 없었다. 그의 도덕이라는 나침반은 갈피를 잡지 못하고 빙글빙글 돌았다.

나침반의 지침은 이야기가 끝날 쯤에야 가까스로 진정된다. 쥘리앵은 끔찍하게 징그러운 문둥이를 반갑게 맞아들였다. 온몸이 차갑게 얼고 굶주림에 지친 문둥이였다. 쥘리앵은 그에게 먹을 것과 잠자리를 마련해주는 데 그치지 않고, 자신의 침대까지 내주었다. 그리고 그에게 그리스도인으로서 온기를 더해주기 위해 옷을 벗고 그를 포근히 안았다. "입술과 입술을 맞추었고 가슴과 가슴을 맞대었다." 문둥이는 예수 그리스도였다. 그리스도는 구원받은 쥘리앵을 데리고 하늘로 올라갔다. 피로 더럽혀진 쥘리앵의 도덕적 나침반이 마침내 진북을 가리킨다는 점에서 도덕의 승리를 상징하는 모습이었다. 세상을 보는 두 가지 방법, 즉 설화적 방법과 종교적 방법이 플로베르에 의해 나란히 놓였고, 그 방법에서 가장 흔하고 거의 동의적 관계에 있는 결말, 즉 해피엔딩과 죄인의 구원이라는 결말이 내려졌다. 전통적인 성인전의 관례를 그대로 따랐다는 점에서 이런 결말은 그런대로 타당성이 있었다.

그러나 동물들이 살상당하는 이유는 도무지 이해되지 않았다. 이야기의 어디에서도 동물들을 살상하는 이유는 설명되지 않고, 그에 따른 응보도 없다. 종교적인 관점에서 보아도 동물의 살상은 당혹스럽기만 하다. 쥘리앵이 동물들을 괴롭히고 죽이는 걸 좋아했다는 사실—이런 장면이 인간을 죽이는 장면보다 훨씬 길고 자세하게 설명된다—은 그의 저주와 구원과는 지엽적으로만 관계있을 뿐이다. 쥘리앵이 세상을 정처 없이 방랑한 이유는 부모를 죽인 때문이었고, 그가 구원받은 이유는 문둥이로 변장한 그리스도에게 마음의 문을 열었기 때문이다. 그의 무지막지한 살육은 수사슴에게 저주를 받았을 뿐이다. 그 저주를 제외하면, 동물의 멸종을 바란 듯한 도살은 무분별한 난행에 불과했다. 게다가 쥘리앵의 구원자는 그런 도살에 대해서 한마디도 언급하지 않았다. 그들은 동물이 흘린 엄청난 피에 대해서는 함구한 채 영원의 나라로 올라간다. 이야기는 이렇게 끝나며 쥘리앵과 하느님의 화해를 확실하게 해주지만, 동물에게 가한 폭력은 해결되지 않은 중대한 문제로 남겨졌다. 이런 폭력성을 고발함으로써 플로베르의 단편소설은 기억할 만한 작품이 됐지만, 헨리에게는 당혹스럽고 불만스럽게만 느껴졌다.

헨리는 단편소설을 마지막으로 다시 한번 대강 훑어보았다. 작은 생쥐부터 에덴의 모든 피조물까지 동물이 학살당하는 경우를 그의 독자가 빠짐없이 노란 형광펜으로 표시했다는 것을 확인할 수 있었다. 이런 표시도 헨리에게는 당혹스럽기만 했다.

봉투에는 플로베르의 단편소설만 들어 있지는 않았다. 역시 클립으로 묶인 종이 다발 하나가 더 있었다. 제목도 알 수 없고, 작가도 알 수 없는 어떤 희곡에서 발췌한 것인 듯했다. 헨리는 그 희곡이 독자의 작품일 거라고 짐작했다. 갑자기 무기력증이 밀려왔다. 헨리는 플로베르의 단편과 희곡을 다시 봉투에 밀어 넣고, 그의 개인 우편물함에 던져버렸다. 상점 뒤에 놓아둔 새로 사들인 코코아를 정리해야 한다는 기억이 번뜩 떠올랐다.

그러나 헨리가 다른 독자들의 편지를 처리하며 몇 주가 흐르자, 그 봉투가 다시 우편물함에서 가장 윗자리에 올라섰다. 어느 날 저녁 헨리는 연극 연습에 참가했다. 아마추어 연극단이 연극을 연습하는 극장은 어떤 원예회사가 운영하던 온실이었다. 그 때문인지 아마추어 연극단의 이름은 그린하우스 플레이어스였다. 가변식 무대가 지어졌고, 화분을 놓던 선반들은 안락한 좌석으로 바뀌었다. 이 모든 것이 한 자선가의 지원 덕분이었다. 장소가 사업 성공의 열쇠라는 전설은 예술만이 아니라 삶 자체에도 적용되는 듯하다.

우리 주변이 얼마나 번성하느냐에 따라 우리의 성패도 좌우되지 않는가. 여하튼 극장으로 개조된 온실은 연극을 공연하기엔 안성맞춤이어서, 누구든 무대에서 서성대며 세상을 한눈에 조감할 수 있었다. 좀 더 사실적으로 말하면, 안에서는 따뜻한 온기와 친분을 즐기면서 냉기가 감도는 바깥세상을 훔쳐볼 수 있었다. 어느 날 저녁, 헨리는 극장에서 무대 앞에 느긋하게 앉아 동료의 서툰 연기를 지켜보고 있었다. 그때 그에게 플로베르의 단편을 복사해 보낸 독자의 희곡을 읽어보는 것도 괜찮겠다는 생각이 문득 머리를 스쳤다. 헨리는 곧바로 희곡을 꺼내 읽기 시작했다.

(버질과 베아트리스가 나무 아래에 앉아 있다. 그들은 멍하니 어딘가를 본다. 침묵.)

버질 배라도 하나 먹었으면 좋겠는데.

베아트리스 배?

버질 응. 잘 익어 단맛이 나는 걸로.

(휴지.)

베아트리스 나는 배를 먹어본 적이 없어.

버질 정말?

베아트리스 정말이야. 배를 본 적도 없는 것 같은데.

버질 어떻게 그럴 수가? 배는 아주 흔한 과일인데.

베아트리스 아빠와 엄마가 항상 사과와 당근만 먹었거든. 아마 아빠와 엄마가 배를 싫어했나 봐.

버질 　배가 얼마나 맛있는데! 이 부근에도 배나무가 한 그루 정도는 있을 거야. (버질은 주변을 둘러본다.)

베아트리스 　배가 어떻게 생겼는지 말해봐. 뭐랑 비슷해?

버질 　(나무에 편히 기대며) 글쎄 뭐랄까…… 일단, 배는 좀 독특하게 생겼어. 바닥이 둥그렇고 넙적하지만 위로 갈수록 가늘어져(이들의 대화에서 배는 서양배를 가리킨다 - 옮긴이).

베아트리스 　호리병박이랑 비슷하구나.

버질 　호리병박? 호리병박은 알면서 배는 모른단 말이야? 정말 이상한 걸 많이 알고 있군. 여하튼 배는 보통 호리병박보다는 작아. 또 배 모양이 훨씬 멋있어. 거의 대칭적으로 점점 가늘어져. 위쪽 절반이 아래쪽 절반의 위로 한가운데 똑바로 올려져 있다고 생각하면 돼. 내가 무슨 말을 하는지 알겠어?

베아트리스 　대강 짐작하겠어.

버질 　그럼 아래쪽부터 시작해볼까. 아래쪽이 둥그렇고 넙적한 과일이 뭐가 있을까?

베아트리스 　사과랑 비슷한가?

버질 　많이 비슷하진 않아. 마음의 눈으로 사과를 본다고 생각해봐. 사과는 중간이나 위에서 삼분의 일쯤이 가장 넓잖아, 그렇지 않아?

베아트리스 　그런 것 같은데. 그럼 배는 사과랑 비슷하지 않다는 건가?

버질   그래. 밑에서 삼분의 일쯤이 가장 넓은 사과를 상상해보면 될 거야.

베아트리스   어떤 건지 알겠어.

버질   하지만 그런 비교를 너무 믿어서는 안 돼. 배의 아래쪽은 사과의 아래쪽이랑 달라.

베아트리스   다르다고?

버질   응. 대부분의 사과는 그러니까 엉덩이로 앉아 있는 모양이야. 말하자면, 둥근 산마루에서 네다섯 개의 봉우리 위에 앉아 있어 넘어지지 않아. 엉덩이를 지나서 조금 올라가면 사과의 항문이라 할 수 있는 게 있지. 사과가 동물이라면 말이야.

베아트리스   네가 무슨 말을 하는지 정확히 알겠어.

버질   아니야, 배는 그런 모양이 아니야. 배에는 엉덩이가 없어. 바닥이 둥글어.

베아트리스   그럼 어떻게 똑바로 서 있을 수 있지?

버질   똑바로 서 있지 못해. 배는 나무에 대롱대롱 달려 있거나, 그렇지 않으면 옆으로 누워 있어.

베아트리스   달걀처럼 다루기 힘들겠군.

버질   그래도 배의 바닥에는 다른 뭔가가 있어. 대부분의 배에는 사과에 세로로 나 있는 홈이 없어. 배는 대개 바닥이 매끈하고 둥글어.

베아트리스   상당히 예쁘겠군.

버질 　당연하지. 이제 배의 적도를 지나 북쪽으로 올라가볼까.

베아트리스 　원한다면.

버질 　내가 좀 전에 말한 대로 배는 위쪽이 점점 가늘어져.

베아트리스 　상상이 안 돼. 배가 뾰족해진다는 건가? 그러니까 원뿔 모양이라는 거야?

버질 　아니. 바나나 끝부분을 상상해봐.

베아트리스 　어느 쪽으로?

버질 　꼭지쪽. 그러니까 네가 바나나를 먹을 때 손에 쥔 쪽.

베아트리스 　그런데 어떤 바나나? 바나나 종류가 수백 가지는 되는데.

버질 　그렇게 많아?

베아트리스 　그럼! 굵은 손가락 정도에 불과한 것도 있고, 곤봉만큼 큰 것도 있어. 모양도 무척 다양하고 맛도 달라.

버질 　나는 일반적인 노란 바나나를 말한 거야. 맛도 좋은 거 말이야.

베아트리스 　보통 바나나는 무사 사피엔툼이야. 아마 네가 말한 일반적인 바나나는 그로스 미셸 변종일 거야.

버질 　대단하셔.

베아트리스 　내가 바나나에 대해 좀 알지.

버질 　원숭이보다는 낫군. 여하튼 보통 바나나의 꼭지 끝을 사과 위에 올려놓았다고 생각해봐. 물론 내가 방금 말한 대로 사과와 배의 차이점도 생각하면서.

베아트리스 재밌는 접목이군.

버질 또 윤곽이 더 매끄럽고 부드럽다고 생각하고. 그러니까 바나나가 천천히 벗겨지면서 사과하고 하나가 된다고 생각해봐. 어떤 건지 알겠어?

베아트리스 알 것 같아.

버질 이제 하나 남았어. 사과하고 바나나를 결합시킨 것의 꼭대기에 아주 딱딱한 자루가 있다고 생각해봐. 진짜 나무줄기 같은 자루. 이쯤이면 배가 어떤 과일인지 대강 알겠지?

베아트리스 배는 꽤 예쁜 과일일 것 같아.

버질 물론. 색은 대체로 노란색인데 검은 점이 좀 있어.

베아트리스 그것도 바나나랑 비슷하네.

버질 아니야, 전혀 아니야. 배는 아주 밝은 노란색이 아니야. 윤이 나지도 않고, 약간 어두운 노란색이야. 바나나보다 어슴푸레하고 흐릿한 노란색이야. 베이지색에 가깝다고 할까? 하지만 크림색은 아니고, 수채화 물감을 엷게 칠한 것처럼 엷은 색이야. 점도 때로는 밤색을 띠고.

베아트리스 점은 어떻게 분포돼 있는데?

버질 표범의 점 같지는 않아. 배가 익은 정도에 따라 다르지만, 진짜 점이라기보다 부분적으로 어두운 색을 띤다고 말하는 게 맞을 거야. 그런데 잘 익은 배는 쉽게 홈집이 생기니까 조심해서 다루어야 해.

베아트리스 당연히 그렇겠지.

버질 이번에는 껍질에 대해 얘기해줄게. 배 껍질은 별나서 설명하기가 쉽지 않아. 좀 전에 사과와 바나나에 대해서 말했지?

베아트리스 응.

버질 사과와 바나나 껍질은 반들반들하고 미끄러운 편이지.

베아트리스 맞아.

버질 배는 그 정도로 반들반들하고 미끄럽지는 않아.

베아트리스 정말?

버질 응, 배 껍질이 더 거친 편이야.

베아트리스 아보카도 껍질처럼?

버질 그 정도는 아니야. 하지만 네가 아보카도를 말했으니까 하는 말인데 배는 아보카도랑 약간 비슷하게 생겼어. 하지만 밑부분은 배가 훨씬 오동통해.

베아트리스 정말 예쁠 것 같다니까.

버질 그런데 위쪽 절반은 아보카도보다 배가 훨씬 가늘어. 여하튼 배와 아보카도는 모양이 약간 비슷해.

베아트리스 이제 배가 어떤 모양인지 분명히 알겠어.

버질 하지만 껍질은 전혀 달라! 아보카도 껍질은 두꺼비 껍질처럼 두툴두툴하잖아. 그러니까 아보카도는 문둥병에 걸린 식물 같아. 하지만 배 껍질은 약간 두툴거리지만 얇고 약해서 만지면 재밌어. 백 배로 확대해서 보면 뭐처럼 보일지 알겠어? 또 마른 배 껍질을 손가락 끝으로 살살 긁으면 어떤 소리가 날지 상상할 수 있겠어?

베아트리스 무슨 소린데?

버질 전축 바늘이 레코드판 홈에 들어가는 소리랑 비슷해. 바싹 마르고 가벼운 불쏘시개가 타는 것처럼 바지직 소리가 난다고.

베아트리스 배는 세상에서 제일 좋은 과일일 것 같아!

버질 당연하지, 당연해! 배 껍질은 너를 위해 존재하는 거야.

베아트리스 그런데 배는 껍질도 먹을 수 있어?

버질 물론. 밀랍처럼 반들거리지만 두꺼운 오렌지랑은 많이 달라. 배는 잘 익으면 껍질이 보들보들하고 나긋나긋하다고.

베아트리스 맛은 어때?

버질 잠깐만. 먼저 냄새부터 맡아봐야 해. 잘 익은 배는 은은하면서 미묘한 향기가 나서 후각을 자극하지. 육두구나 계피 냄새가 어떤 건지 알지?

베아트리스 물론 알지.

버질 잘 익은 배의 향기는 이런 향료들과 똑같이 우리 정신에 영향을 미치지. 정신이 몽롱해지고 멈춰버리는 것 같다고. 온갖 기억과 그에 관련된 생각을 하얗게 지워버리고 정신이 그 매혹적인 향내의 매력을 알아내려고 깊이 파고들지만, 그 매력을 알아내기는 정말 힘들지.

베아트리스 그런데 맛은 어때? 빨랑 알고 싶단 말이야.

버질 잘 익은 배는 달콤한 즙이 줄줄 흘러내리지.

베아트리스 우아, 정말 맛있겠는데.

버질 배를 작게 잘라내면 속살은 새하얗지. 안에 전등이 켜진 것처럼 하얗게 빛난다고. 그래서 과도 하나와 배 하나만 있으면 어둠도 무섭지 않아.

베아트리스 배를 꼭 먹어봐야겠어.

버질 배를 씹을 때 입 안에서 느껴지는 느낌이나 감각도 정말로 말로 설명하기는 힘들어. 어떤 배는 아삭아삭기도 해.

베아트리스 사과처럼?

버질 아니라니까, 사과하고는 완전히 다르다니까! 사과는 먹기 힘들잖아. 사과는 먹는 게 아니라 싸워서 정복해야 하는 과일이야. 하지만 배가 아삭아삭 씹히면 온몸이 짜릿해지는 기분이야. 아무런 저항도 없이 자기를 모두 우리에게 내주는 것 같다고. 그래서 배를 먹으면…… 꼭 키스하는 기분이야.

베아트리스 우아! 정말 굉장한데.

버질 배는 속살이 약간 껄끄럽게 느껴지기도 하지만 입 안에서 살살 녹아버려.

베아트리스 어떻게 그럴 수가 있지?

버질 모든 배가 그래. 겉모습과 촉감, 향기와 속살의 결이 그렇다는 거야. 맛은 아직 너한테 말하지도 않았는걸.

베아트리스　맙소사!

버질　괜찮은 배는 맛이 굉장해. 한 입만 먹어도, 그러니까 이로 배를 깨무는 환희에 빠지는 순간, 마음을 완전히 빼앗겨버릴 거야. 배를 먹겠다는 것 말고 다른 건 생각도 하고 싶지 않을 거야. 그러니까 서서 먹지 말고 앉아서 먹는 게 안전할 거야. 다른 누군가랑 나눠 먹지 않고 혼자서 몰래 먹는 게 나을 거야. 음악을 틀지 말고 조용한 분위기에서 먹는 게 나을 거고. 미각 이외엔 어떤 감각도 느끼지 못할 테니까. 아무것도 보이지 않고 어떤 소리도 들리지 않을 거야. 아무것도 느끼지 못하고. 그래야 배의 신성한 맛을 제대로 느낄 수 있지.

베아트리스　그럼 배 맛은 뭐랑 비교할 수 있을까?

버질　배 맛은 뭐랑 비슷하냐면, 뭐하고 비교할 수 있냐면…… (고민하는 표정이다. 결국 어깨를 으쓱하며 포기한다.) 모르겠어. 말로는 표현할 수가 없어. 배 맛은 배 맛 그 자체야. 어떤 맛으로도 비교할 수 없어.

베아트리스　(안타까운 표정으로) 너한테 배가 있으면 좋을 텐데.

버질　그래, 나한테 지금 배가 있다면 당장 너한테 맛을 보여주었을 거야.

(침묵.)

그 장면은 그렇게 침묵으로 끝을 맺었다. 헨리는 대학에 다닐 때

단테의 『신곡』을 읽었던 까닭에, 그 서사시에 등장하는 인물들의 이름을 떠올렸지만, 그것만으로는 이 짧은 희곡을 이해하는 데 아무런 도움을 얻지 못했다. 뭔가를 감춘 듯한 이 희곡으로 무엇을 하자는 것인지도 짐작할 수 없었다. 이 작은 물방울로 어떤 세계를 보여주려고 했는지도 불분명했다. 그래도 "과도 하나와 배 하나만 있으면 어둠도 무섭지 않아"라는 말은 무척 마음에 들었다. 극의 흐름도 괜찮았다. 두 배우가 무대에 들어서는 모습을 머릿속에 충분히 그려낼 수 있었다. 그러나 쥘리앵 성자의 이야기와, 무엇을 상징하는지 이해하기 어려운 배에 집착하며 매달리는 대화 사이에 무슨 관계가 있는지는 짐작하기도 힘들었다.

봉투에는 다음의 글이 타이프라이터로 또박또박 쓰여 있었다.

선생님께,

선생님의 책을 읽고 많은 감동을 받았습니다. 선생님의 도움이 필요합니다.

숙배.

서명이 있었지만 읽어내기 불가능했다. 뒷부분은 틀림없이 성이겠지만 그저 꼬불거리는 선에 불과했다. 휘갈겨 쓴 서명에서 헨리는 한 글자도 읽어낼 수 없었고, 몇 음절인지도 파악할 수 없었다. 하지만 앞에 쓰인 이름을 어렵사리 알아낼 수 있었다. 헨리였다! 그렇게 무심하게 끼적거린 서명 아래에는 주소와 전화번호가 적혀 있었다.

도움이 필요하다니, 대체 무슨 뜻일까? 어떤 도움을 원하는 걸까? 간혹, 자신이 쓴 글을 헨리에게 보내는 독자들이 있기는 했다. 대부분의 글이 깊이 없이 겉만 번지르르했지만, 헨리는 누군가의 꿈을 짓밟고 싶지 않아 격려하는 답장을 보냈다. 이 독자가 원한 도움도 그런 것이었을까? 칭찬이나 충고, 또는 개인적인 만남을 원했던 것일까? 아니면 다른 도움을 원했던 것일까? 하기야 헨리는 이따금 이상한 요구를 받기도 했다.

헨리는 그 헨리가 십 대 소년일지 모른다는 생각이 들었다. 그렇다면, 플로베르의 단편에서 피와 잔혹성에 집중적으로 관심을 보이고 종교적인 관점에는 눈을 돌리지 않은 이유가 설명되는 듯했다. 그러나 그 희곡은 유려하게 쓰였고 문장의 쓰임새도 깔끔했다. 철자와 문법에서 틀린 곳도 없었고, 통사적으로 터무니없는 실수를 범한 곳도 없었다. 그렇다면 훌륭한 선생에게 배운 책벌레일까? 어머니가 작가를 꿈꾸는 어린 딸의 습작을 자랑스러워하며 고쳐 쓴 것일까? 십 대 소년이 그처럼 야무지게 글을 쓸 수 있을까?

헨리는 봉투를 다시 치워두었다. 헨리는 봉투를 까맣게 잊었고, 그렇게 몇 주가 흘렀다. 초콜릿 로드에서 일하고, 일주일에 두 번 클라리넷 레슨을 받고 매일 연습에 매진했다. 연극 연습에도 빠지지 않았다. 또 세라와 함께 친구를 사귀는 사교생활도 본격적으로 시작한 터였고, 대도시답게 놓치고 싶지 않은 문화 공연도 연이어 계속됐다. 에라스무스와 멘델스존 때문에도 헨리는 딴생각을 할 틈이 없었다. 두 녀석은 생각보다 훨씬 많은 시간을 헨리에게서 빼앗았다. 에라스무스는 행동으로, 멘델스존은 철학적으로 헨리와 함께하는 시간을 갖고 싶어 했다. 따라서 헨리는 고양이들이 탐닉하는 정적을 탐구해야 할 지경이었다. 예컨대 멘델스존이 그의 무릎에 앉으면 헨리는 거의 기계적으로 녀석을 살며시 쓰다듬어주었고, 멘델스존은 가르랑거리기 시작했다. 그때마다 헨리는 "옴, 옴, 옴"이라 웅얼대며 묵상하는 불교 승려가 떠올랐고, 자신도 모르게 한가한 명상에 빠져들었다. 그러다 정신을 차리면, 아무 일도 하지 않은 채 반나절을 훌쩍 보낸 걸 깨달았다. 그래서 헨리는 종종 에라스무스를 데리고 나서서 오랫동안 산책하면서 무위도식하는 시간을 해결해보려 했다. 에라스무스는 무척 명랑하고 사람을 잘 따르지만 영원히 불구인 개였다. 헨리는 에라스무스와 함께하는 시간을 자신도 무척 즐겁게 생각한다는 걸 알고 놀랐지만, 아파트에 틀어박혀 지낼 때만이 아니라 산책을 나가서도 곧잘 에라스무스에게 뭔가를 말하고 있는 자신을 발견하고는 당황하기도 했다. 그런데 에라스무스의 표정을 보면, 헨리가 말하는 걸 정확히 알아듣는 것 같기도 했다.

하지만 그동안에도 봉투는 헨리의 책상에서 헨리를 무섭게 노려보거나, 비참하게 반으로 접힌 채 그의 가방 속에서 발버둥치고 있었다.

봉투 위에 쓰인 간결하면서 생략적인 짧막한 편지도 흥미롭고, 주소도 가까운 곳이라, 마침내 헨리는 이름이 같은 사람이 어디에

사는지 알아보고 싶어졌다. 에라스무스를 데리고 기분 좋게 산책할 수 있는 좋은 변명거리이기도 했다. 그는 헨리에게 답장을 쓰기로 했다. 그런데 헨리 뭐였더라? 그는 봉투를 다시 유심히 살펴보았다. 발신인 주소는 분명히 있었지만 이름은 없었다. 상관없었다. 그는 자기만의 엽서에 헨리 누군가에게 답장을 쓰기로 했다. 공들여 쓴 희곡을 보내줘 고맙고 행운을 빈다고 말하며, 끝에 읽기 쉬운 필체로 서명하되 발신인 주소는 쓰지 않기로 했다. 또 '조만간 그곳을 방문할지도 모르겠다'라는 말을 덧붙이고, 엽서를 우체통에 넣기로 마음먹었다.

∞

며칠 후 헨리는 헨리에게 답장을 썼다. 그의 희곡에 대해 먼저 언급했다.

……희곡의 구성은 무척 좋았습니다. 등장인물도 흥미로웠고요. 글이 무겁지 않아 좋았고, 글의 전개 속도도 괜찮았습니다. 그 때문인지 무대가 한결 설득력 있게 느껴졌습니다. 당신은 맛있는 배에 대한 글을 썼습니다. 특히 '과도 하나와 배 하나만 있으면 어둠도 무섭지 않아'라는 구절이 마음에 들었습니다. 등장인물의 이름을 버질과 베아트리스라한 것도 흥미로웠습니다. 단테의 『신곡』을 떠올리게 해준 덕

분인지 당신이 공들여 쓴 작품을 더 세심하게 읽었습니다.
감사합니다. 부디⋯⋯.

헨리는 편지에서 단테를 거의 무의미하게 언급한 이유를 독자가
간파할지 궁금했다. 헨리는 플로베르의 단편에 대해서 언급했다.

⋯⋯플로베르의 단편소설도 정말 고맙습니다. 「호스피테
이터 성 쥘리앵의 전설」을 읽은 적이 없었거든요. 당신이 표
시한 대로 사냥하는 장면이 특히 실감나게 표현됐더군요. 그
엄청난 피! 그 모든 것이 무엇을 의미할까요⋯⋯.

"세라, 산책을 나가려고 하는데. 당신도 같이 갈래?"
헨리가 물었다. 세라는 하품을 하며 고개를 저었다. 당시 세라는
건강했지만 임신한 탓에 틈만 나면 졸았다. 헨리는 외투를 입고 에
라스무스를 데리고 밖으로 나왔다. 햇살은 눈부시게 환했지만, 기
온은 0도를 조금 웃돌아 상당히 쌀쌀했다.
산책길은 헨리가 예상한 것보다 훨씬 멀었다. 지도에서 눈짐작
으로 보며 계산한 거리가, 도로를 따라 걸어야 하는 실제 거리와
달랐다는 뜻이다. 헨리는 에라스무스를 데리고, 생전 처음 보는 동
네로 들어섰다. 그는 주거용 건물과 사무용 건물을 눈여겨보았다.
건물들의 특징이 변해간 모습에서 그 도시의 역사와, 그곳의 시민
들이 건축적으로 도시를 표현한 방법의 변화 과정을 엿볼 수 있었

다. 헨리는 찬 공기를 가슴 깊이 들이마셨다.

헨리는 번화한 상가거리를 지났다. 유행을 좇는 상점들이 많았지만 대형 혼수 상점, 귀금속 가게, 호화로운 식당이 유난히 눈에 띄었다. 번화가를 벗어나기 직전, 오른쪽으로 널찍한 테라스가 설치된 매력적인 카페가 있었다. 추운 날씨 때문인지 테라스에는 의자와 탁자가 놓여 있지 않았다. 그러나 테라스 너머로, 번화가의 반대쪽 어귀에서도 훤히 보이는 벽돌담에 커피잔과 잔에서 모락모락 커피향이 피어오르는 듯한 김을 그린 벽화가 바로 눈앞에 따스한 온기가 있다고 말해주는 것 같았다. 카페를 지나자 도로가 왼쪽으로 꺾어졌다가 곧바로 오른쪽으로 꺾어졌다. 그래서 오른쪽으로 돌아가자, 길의 왼편으로 다시 상점들이 줄지어 이어졌고, 오른편은 벽돌로 높이 벽을 쌓아 창문이 하나도 없는 커다란 건물 하나가 완전히 독차지하고 있었다. 한참 걸어가자 길이 다시 굽어졌다. 이번에는 오른쪽으로 굽어졌다. 도로가 기하학적으로 그처럼 이상하게 구불대는 이유는 도로 자체와 접해 벽을 쌓은 그 커다란 건물 때문인 게 분명했다. 건물이 한눈에 들어오지 않을 정도로 커서, 도로가 그 건물을 따라 굽어지는 수밖에 없었던 것이다. 헨리는 에라스무스와 함께 그 길을 따라 걸었다. 길 양편에 늘어선 상점들은 유행과는 거리가 멀었다. 세탁소, 천갈이 전문점, 아담한 식료품점 등이 눈에 띄었다. 헨리는 건물의 번지수를 하나씩 확인하며 걸었다. 목적지가 점점 가까워지고 있었다. 1919번지…… 1923번지…… 1929번지……. 헨리는 다시 모퉁이를 돌았다. 그리고 걸음을 우뚝 멈추었다.

오카피 한 마리가 길 건너편에서 머리를 앞으로 내밀고 헨리를 쳐다보았다. 마치 헨리를 기다리고 있는 듯한 모습이었다. 에라스무스는 오카피를 보지 못했던지 건물 담에 코를 대고 킁킁거렸다. 헨리는 에라스무스를 억지로 끌고 길을 건너 오카피에게 가까이 다가갔다. 세 겹의 커다란 퇴창 안으로, 박제된 오카피가 찌는 듯이 더운 아프리카 정글처럼 꾸민 디오라마(배경을 그린 길고 큰 막 앞에 여러 사물을 배치해 실물처럼 보이게 한 장치 – 옮긴이)에 설치돼 있었다. 박제였지만 헨리의 눈에는 살아 있는 것처럼 보였다. 디오라마가 얼마나 완벽하게 꾸며졌던지, 나무들과 덩굴들은 퇴창을 뚫고 주변의 벽돌담까지 빠져나올 것처럼 보였다. 오카피의 키는 삼 미터는 될 듯싶었다.

오카피는 이상한 동물이다. 다리에는 얼룩말처럼 줄무늬가 있고 적갈색을 띠는 몸통은 영양만 하다. 머리와 길쭉한 어깨는 기린과 비슷하며, 실제로도 기린과 밀접한 관계가 있다. 사실 오카피의 생물학적 유연관계를 알고 나면, 다리에 줄무늬가 있고 얼굴 크기에 어울리지 않게 커다랗고 둥그런 귀를 가졌을 뿐, 그 밖의 모든 면에서 오카피가 목이 짧은 기린처럼 보이는 이유에 고개가 끄덕여진다. 오카피는 온순한 반추동물로 겁이 많고 혼자서 생활한다. 유럽 사람들에게는 1900년에야 콩고의 열대우림에서 발견되어 처음 알려졌지만, 그 지역 사람들은 예전부터 오카피라는 동물을 알고 있었다.

헨리의 눈앞에 서 있는 오카피 박제는 최상급 작품이었다. 살아 있는 듯한 모습과 자연스러운 자세, 그리고 기막히게 꾸며놓은 서식지까지, 한마디로 뛰어난 작품이었다. 전체가 인공적으로 꾸민 환경이었지만 열대의 아프리카 땅뙈기를 옮겨놓은 듯했다. 여기에 숨결만 더해지면 환상이 현실로 바뀔 것 같았다.

헨리는 박제의 뱃가죽이나 다리에 바느질한 흔적이 있는지 허리까지 굽혀 살펴보았다. 어떤 흔적도 없었다. 매끄러운 가죽이 근육 위로 물 흐르듯이 이어졌고, 심지어 여기저기에서 불끈대는 핏줄까지 생생하게 표현됐다. 헨리는 박제의 눈을 쳐다보았다. 촉촉하게 젖은 검은 눈동자였다. 귀는 미심쩍은 소리를 들은 듯 쫑긋 세웠고, 코는 금방이라도 바르르 떨 것처럼 보였다. 네 다리는 언제든지 도망칠 준비가 된 자세였다. 사진을 찍으려면 사진사가 반드시 현장에 있으면서 똑같은 현실을 공유해야 하기 때문에 사진이 현장의 명백한 증거라면, 그 박제도 사진 못지않게 확실한 증거인 듯했다. 게다가 박제는 그런 증언 행위에 공간성까지 더해주었다. 삼차원적인 사진, 그것은 헨리가 항상 감탄해 마지않던 작품이었다. 야생에서 카메라가 찰칵거리는 소리를 들으면 오카피가 뒤도 돌아보지 않고 도망치듯, 박제된 오카피도 곧 달아날 것만 같았다.

꽤 시간이 지난 후에야 헨리는 고개를 들어 오른쪽 현관문 위에 쓰인 번지수를 확인했다. 1933번지였다. 그가 찾던 주소였다! 퇴창 위로 검은 바탕에 황금색으로 쓰인 간판이 있었다. 오카피 박제상회. 헨리는 고개를 돌려, 그가 걸어온 길을 쳐다보았다. 얼굴을 약간 내밀어야 식료품점의 한 귀퉁이가 보였다. 그 밖에는 모퉁이를 돌기 전의 길이 전혀 보이지 않았다. 길은 반대편 방향으로도 몇 걸음 앞에서 다시 왼쪽으로 굽어진 후에 그 거대한 벽돌 건물에서 해방되며 반듯하게 이어졌다. 오카피 박제상회는 그 숨겨진 골목길에 있는 유일한 상점이었다. 그 평화로운 오아시스는 오카피에게는 만족스러웠겠지만 돈벌이를 위한 상점으로는 전혀 어울리지 않았다. 조금 떨어진 번화가를 분주하게 오가는 손님들을 그곳에서는 전혀 볼 수 없어, 그 상점 주인의 절망감을 짐작할 수 있을 것 같았다.

그에게 봉투를 보낸 독자는 박제사였다. 성자 쥘리앵이 사냥한 동물들에 관심을 가진 이유가 다시 설명됐다. 헨리는 조금도 망설이지 않았다. 그의 원래 계획은 답장을 쓴 엽서를 살짝 떨어뜨려놓고 가는 것이었다. 하지만 그는 전에 박제사를 만난 적이 한 번도 없었다. 박제사가 그때까지 존재하는지도 몰랐다. 에라스무스의 목줄을 단단히 잡고 헨리는 현관문을 밀어 열었다. 그리고 에라스무스를 끌고 오카피 박제상회에 들어갔다. 작은 종이 땡그랑거리며 울렸다. 헨리는 문을 닫았다. 왼쪽으로 창유리가 있어, 열대의 디오라마를 계속 감상할 수 있었다. 복잡하게 뒤엉킨 덩굴 너머로 오카피의 옆구리도 보여, 헨리는 몰래 정글에 들어온 탐험가가 된 기분이었다. 얼룩말에게는 온몸에 줄무늬를 허락하고 오카피에게는 다리에만 줄무늬를 허락한 자연선택의 변덕이 신기할 따름이었다. 디오라마를 다시 눈여겨보았다. 신중하게 배치한 전구들 중에서 퇴창 위 귀퉁이에 설치된 전구 하나는 기계장치가 더해져 느릿하게 회전했다. 반대편 귀퉁이에는 역시 좌우로 회전하는 작은 선풍기가 설치돼 있었다. 헨리는 그것들의 목적을 나름대로 짐작해보았다. 전시물에 빛을 어른거리게 하고, 잎들이 살며시 바스락거리게 해서 생동감을 더해주려는 것이었다. 내친김에 헨리는 덩굴까지 유심히 살펴보았다. 조화나 철사 조각이라고 생각할 만한 근거가 전혀 눈에 띄지 않았다. 여하튼 속임수라고 단정할 만한 증거가 전혀 찾아지지 않았다. 그럼 진짜 덩굴일까? 그럴 리는 없었다. 원예에 아무리 재주가 있더라도 이런 온대기후에서 열대의 덩굴식물을 키울 수는 없다. 진짜 덩굴일지는 모르지만, 어떤 식으로든 미라로 만들어 보존한 것이 분명했다.

나지막하고 침착한 목소리가 들렸다.

"찾으시는 게 있습니까?"

헨리는 그 목소리를 향해 고개를 돌렸다. 훤칠한 남자가 그를 바라보며 서 있었다. 에라스무스가 으르렁거렸다. 헨리는 목줄을 확 잡아당겼다. 헨리가 입을 떼기 전에 그 남자가 먼저 말했다.

"아, 당신이군요. 잠깐만 기다려주십시오."

그리고 그 남자는 옆문으로 모습을 감추었다. '당신이군요?' 헨리는 그 남자가 자기를 알아본 게 아닐까 생각했다.

그런 궁금증에 헨리는 사방을 두리번거렸다. 오카피 디오라마 옆으로 카운터가 있었고, 그 위에는 은색을 띠고 커다란 기계식 단추가 달린 낡은 금고가 놓여 있었다. 카운터 뒤로는 문장紋章이 그려진 방패 모양의 나무판에 연노란색 유리섬유 형틀 같은 것이 고정돼 벽과 디오라마 뒤에 걸려 있었다. 그것들이 무엇인지 알아차리는 데 많은 시간이 걸리지는 않았다. 사냥한 동물의 머리 모형에 얼굴과 뿔을 덧붙여놓은 것이었다. 그것들 뒤로는 박제한 작은 신체기관들이 벽에 설치된 선반에 진열돼 있었다. 한 선반에는 온갖 크기의 눈알이 크기 순서대로 진열됐지만 그 간격이 일정하지 않았다. 예컨대 골프공 크기의 눈알에서 단번에 구슬만 한 눈알로 확 작아지더니, 그 이후에는 크기를 구분하기 힘들 정도로 미세하게 줄어들었다. 대부분의 눈알이 검은빛을 띠었지만, 다른 색깔에 눈동자가 이상하게 생긴 눈알도 있었다. 곧은 바늘부터 굽은 바늘까지 모양이나 크기가 다양한 바늘이 진열된 선반도 있었고, 작은 물감통이 반듯하게 정돈된 선반도 있었다. 다양한 액체가 담긴 유리병들, 이런저런 분말 봉지들, 박제의 속을 채울 때 사용하는 다양한 재료가 담긴 자루들, 크기가 제각각인 실타래도 눈에 띄었다. 물론 박제술에 관련된 책과 잡지도 있었다. 이런 것들은 진짜 얼룩말 다리처럼 조각된 탁자의 위와 아래에 가지런히 정돈돼 있었다. 탁자 옆에는 유리문이 달린 진열장이 있었고, 그 안에는 다채로운 종류의 곤충과 형형색색의 나비가 상자로 구분돼 정리돼 있었다. 독특하게 생긴 하나의 표본―커다란 푸른색 나비와, 작은 코뿔소처럼 생긴 딱정벌레―만 담긴 상자가 있는 반면, 다양성을 살려 많은 표본이 담긴 상자들도 있었다.

카운터의 오른쪽으로는 박제사에게 필요한 온갖 물건들이 상점을 가득 채우고 있었다. 삼단으로 설치된 널찍한 선반이 벽을 따라 쭉 이어졌다. 상점의 천장은 꽤 높은 편이었다. 상점 가운데도 많은 선반이 몇 겹으로 줄줄이 세워져, 온갖 크기의 동물 표본들로 빼곡히 채워져 있었다. 털로 덮인 동물과 깃털로 덮인 동물, 얼룩점이 있는 동물과 비늘 같은 가죽으로 덮인 동물, 포식 동물과 피식 동물 등 모든 표본이 헨리의 출현에 놀란 듯 그 자리에 얼어붙은 모습이었다. 하지만 한결같이 살아 있는 동물처럼 언제라도 번개같이 반응해, 노아의 방주에서 해방되던 날처럼 으르렁거리고 날카롭게 울어대며, 또 우렁차게 짖어대고 구슬프게 킹킹대며 상점을 순식간에 아수라장으로 만들어버릴 것 같았다.

이상하게도, 상점에서 유일하게 살아 숨을 쉬는 동물인 에라스무스는 눈앞에 늘어선 야생동물들의 표본에 전혀 영향을 받지 않은 듯했다. 자연의 냄새가 풍기지 않았기 때문일까? 섬뜩할 정도로 꼼짝하지 않았기 때문일까? 이유가 무엇이든 간에 표본들은 따분한 조각상처럼 에라스무스에게 아무런 영향을 주지 못했고, 에라스무스도 표본들에 전혀 관심을 보이지 않았다. 녀석은 한숨을 푹 내쉬며 바닥에 축 늘어져 앞발에 머리를 괴고 엎드려버렸다. 미술관을 찾은 어린아이처럼 지루해서 죽겠다는 모습이었다.

그러나 헨리는 눈을 크게 뜨고 사방을 둘러보았다. 야릇한 흥분감에 가슴이 울렁거렸다. 상점은 온갖 이야기로 가득 찬 무대였다. 한가운데 늠름하게 서 있는 호랑이 세 마리가 눈에 들어왔다. 수컷은 뭔가를 공격하려는 듯 잔뜩 웅크린 자세로 정면을 뚫어지게 쳐다보았다. 귀를 바싹 세우고 털까지 곤두세운 모습이었다. 암컷은 수컷 조금 뒤에서 앞발 하나를 공중에 올린 자세로, 꼬리를 신경질적으로 말아 올리고 이빨을 드러내며 으르렁거렸다. 끝으로 새끼 호랑이는 딴 데를 쳐다보며 순간적으로 방심한 모습이지만 불안에 사로잡힌 듯 날카로운 발톱을 드러내고 있었다. 세 호랑이가 풍기는 팽팽한 긴장감은 지독히 강렬하고 선명했다. 금방이라도 호랑이들이 본능에 사로잡혀 상황이 파국으로 치달을 것만 같았다. 수컷은 무엇, 아니 어떤 동물에 맞서고 있었던 것일까? 혼자 떠돌아다니는 수컷 호랑이가 나타났던 것일까? 두 수컷 중 어느 녀석도 물러서지 않았다면 무시무시한 포효가 있었을 것이고, 처절한 싸움이 벌어졌을 것이다. 암컷은 수컷들의 싸움에서 어린 새끼를 지키려고 여느 때보다 신속하게 행동하며 수풀 뒤로 눈 깜짝할 사이에 사라졌을 것이다. 어린 호랑이도 심장이 두근거렸겠지만 어미를 쫓는 발걸음을 늦추지 않았을 것이다. 세 호랑이가 죽었다는 걸, 분명히 죽었다는 걸 알았기 때문에 헨리는 그들처럼 두려움에 싸여 뒷걸음질 치지는 않았지만, 심장이 미친 듯이 두근대는 건 막을 수 없었다.

헨리는 다른 곳도 찬찬히 살펴보았다. 디오라마와 현관 유리창을 통해 스며드는 빛을 제외하고는 자연의 빛은 어디에도 없었다. 천장에 걸린 인공조명도 그다지 밝지 않았다. 어두한 그림자가 숲과 바위와 나뭇가지로 어우러진 분위기에 썩 어울렸다. 얼핏 둘러봐도 가까이에 뒤쥐와 생쥐, 햄스터와 모르모트, 집쥐가 여럿 보였다. 솜꼬리토끼도 여러 마리 있었고, 박쥐 두 마리도 눈에 들어왔다. 한 마리는 공중을 날고, 다른 한 마리는 선반에 거꾸로 매달린 모습이었다. 애완용 고양이, 고슴도치, 밍크, 족제비, 산토끼, 오리너구리, 이구아나, 키위새, 붉은다람쥐, 회색여우, 오소리, 아르마딜로, 비버, 수달, 미국너구리, 스컹크, 여우원숭이, 왈라비, 코알라, 황제펭귄, 땅돼지도 한 마리씩 있었다. 뱀들은 한군데 뭉쳐 있었는데 밝은 초록빛을 띤 가느다란 뱀, 꼿꼿이 머리를 치켜들고 목의 뒷부분을 활짝 편 코브라, 선반 위에 똬리를 틀고 축 늘어진 보아뱀이 유난히 눈길을 끌었다. 좀 떨어진 곳에는 커다란 설치동물인 카피바라, 스라소니와 호저, 기상천외한 뿔을 자랑하는 무플런양, 늑대, 표범과 맥, 사자, 영양, 바다표범, 치타, 비비원숭이와 침팬지가 눈에 띄었다. 한 선반에서는 중간 크기인 네발 포유동물의 뼈대들이 대부분을 차지했고, 대여섯 개의 뼈대 옆에는 막대 위에 올려진 두개골이 둥근 유리덮개에 씌워져 있었다. 구석진 곳으로 맨 끝에는 누와 오릭스 영양, 타조, 뒷다리로 우뚝 선 회색곰, 아기 하마와 그 위로 날개를 활짝 편 공작이 있었다. 선반들의 위쪽에는 벌새, 앵무새, 어치와 까치, 오리와 꿩, 매와 올빼미, 큰부리새, 작은 펭귄 세 마리, 캐나다기러기, 칠면조, 그리고 헨리가 이름조차 알 수 없는 새들까지, 온갖 새들이 앉아 그야말로 색의 향연을 벌였다. 어떤 새들은 횃대에 점잖게 앉아 있었고, 어떤 새들은 비상을 준비하는 듯한 자세였다. 또 천장에 매달리긴 했지만 날개를 활짝 편 새들도 있었다. 가장 눈에 띄지 않는 구석에는 여러 동물이 바닥에서 어슬렁대고, 사자와 호랑이, 온갖 종류의 사슴들, 말코손 바닥 사슴, 낙타와 기린과 인도코끼리 등 많은 동물의 머리만이 벽을 뒤덮고 있어, 상점은 온갖 동물과 어둠으로 가득한 굴의 끝이라는 인상을 주었다.

왈라비 옆에 앉은 코알라, 맥 옆에 서 있는 재규어, 그리고 짝을 이룬 몇몇 동물을 제외하면 동물들이 어떤 기준으로 배열됐는지 짐작하기 힘들었다. 날개가 달린 동물이 육상 동물 위에 있고, 작은 동물이 큰 동물 위에 있으며, 몸집이 유난히 큰 동물들은 주로 구석진 곳에 모여 있다는 개략적인 원칙을 가늠할 수 있었지만, 그 밖에는 모든 것이 제멋대로였다. 그러나 이상하게도 아무런 원칙 없이 뒤죽박죽인 배열에서도 어떤 통일성, 즉 야수성이라는 문화를 공유하는 듯한 인상이 짙게 풍겼다. 다양한 구성원들이 공통된 끈으로 하나가 된 공동체가 여기에서 살아 숨 쉬고 있었다.

"당신 책을 가져왔습니다."

그 남자가 옆문에서 모습을 드러내며 말했다. 그가 헨리를 알아보았다는 뜻이었다. 그의 관찰력은 날카로웠다. 헨리는 수년 전부터 언론에 얼굴을 비치지 않았기 때문에, 헨리의 얼굴에 대한 그의 기억도 새로울 까닭이 없었다.

"저도 당신에게 줄 답장이 있습니다."

헨리는 기계적으로 대답했지만 얼굴을 맞대고 답장을 전해줄 생각은 꿈에도 없었다. 헨리가 덧붙여 말했다.

"그 책에 제 서명을 받고 싶으십니까?"

"당신만 괜찮다면."

헨리가 손을 내밀며 말했다.

"만나서 반갑습니다."

"아, 예."

헨리의 손을 잡은 박제사의 손은 의외로 부드러웠다. 그들은 손에 쥔 물건을 서로 주고받았다. 헨리는 서명을 하려고 책을 펼쳤다. 머릿속에 떠오른 첫 구절을 썼다. '동물들의 친구, 헨리에게'라고. 그동안 박제사는 봉투를 열고 엽서를 한참 동안 읽었다. 헨리는 자신이 쓴 답장이 은근히 걱정됐다. 하지만 그 틈에 박제사를 자세히 관찰할 수 있었다. 키가 상당히 컸다. 백팔십 센티미터는 쉽게 넘을 것 같았다. 어깨는 넓지만 야윈 편이어서 옷이 헐렁해 보였다. 팔이 길고 손이 컸다. 기름으로 반질거리는 검은 머리칼은 뒤로 빗어 넘긴 모습이었다. 훤칠한 이마 아래의 넙적한 얼굴에는 핏기라곤 없었고, 코는 길쭉하고 아래턱이 유난히 발달한 듯했다. 나이는 육십 대쯤으로 보였다. 눈살을 찌푸린 표정은 진지해 보였고, 검은 눈동자는 초롱초롱 빛났다. 천성적으로 사교성이 없어 보였다. 악수도 서툰 것으로 보아 사교와는 담을 쌓고 지낸 게 분명했다. 책에 서명해주겠다는 것도 순전히 헨리의 생각이었지, 그가 부탁한 게 아니었다.

에라스무스는 그에게 흥미를 느끼는 듯했지만 평소처럼 애교스러운 모습을 보이지 않았다. 녀석은 슬그머니 일어서서 조심스레 그에게 다가갔다. 잔뜩 긴장해서 네 다리를 쫙 벌린 채 그의 바짓

단에 코를 대고 킁킁거리며 냄새를 맡았지만, 불온한 냄새를 맡으면 곧바로 도망칠 태세였다. 그는 에라스무스에게 미소조차 짓지 않았고 다정한 말을 건네기는커녕 눈길조차 주지 않았다. 귀여운 개를 만났을 때 대부분의 사람이 보이는 반응과는 사뭇 달랐다. 그래서 헨리는 에라스무스의 목줄을 세게 잡아당겨 그의 뒤로 물러서게 했다. 헨리는 괜스레 불안하고 초조해졌다.

"개를 싫어하십니까? 그렇다면 밖에 묶어두겠습니다."

그가 엽서에서 눈을 떼지도 않고 대답했다.

"아닙니다."

"그 엽서는 무시해도 됩니다. 당신을 만나지 못할 경우를 대비해서 서둘러 쓴 겁니다."

"괜찮습니다."

그는 엽서를 접고, 헨리가 그에게 돌려준 책에 끼워 넣었다. 그는 헨리가 책에 뭐라고 썼는지 보려고도 하지 않았고, 엽서에 쓴 답장에 대해서도 전혀 언급하지 않았다.

헨리가 물었다.

"당신 가게입니까?"

"그렇습니다."

"멋진 곳이군요. 이런 곳을 본 적이 없습니다. 언제부터 박제사로 일하셨습니까?"

"육십오 년이 넘었습니다. 내가 열여섯일 때부터 시작해서 하루도 쉬지 않았습니다."

헨리는 깜짝 놀랐다. 육십오 년이 넘었다고? 그렇다면 저 사람이 지금 여든을 조금 넘었다는 말이 아닌가! 그러나 그는 전혀 그렇게 보이지 않았다.

"이 호랑이들은 정말 살아 있는 것처럼 보입니다."

"암컷과 새끼는 '반 잉겐 앤 반 잉겐'에서 구입한 겁니다. 인도에 있던 박제회사인데, 그 회사가 문을 닫을 때 구입했지요. 수컷은 내가 동물원에서 얻은 호랑이로 직접 만든 겁니다. 이 호랑이는 심장장애로 죽었지요."

그는 조금도 주저함 없이 말했다. 발음도 또렷하고 확실했다. 그렇다고 침묵을 두려워하는 것도 아니었다. 헨리는 '나도 저렇게는 말하지 못해. 빨리 말하다 보면 항상 더듬거리고, 주저하면서 말꼬리를 흐리는데 말이야'라고 생각했다.

"이 동물들은 모두 파는 겁니까?"

"거의 그렇다고 봐야지요. 박물관에 있던 것을 내가 수선한 후에 지금 말리고 있는 것도 조금 있습니다. 전시용도 조금 있고요. 오카피는 파는 게 아닙니다. 오리너구리와 땅돼지도 그렇고요. 하지만 나머지는 전부 파는 겁니다."

"좀 둘러봐도 될까요?"

"물론입니다. 마음껏 둘러보십시오. 모든 동물이 살아 있습니다. 심장을 멈춘 그 시간의 모습 그대로일 겁니다."

에라스무스를 끌어당기며 헨리는 상점 안을 돌아다니기 시작했다. 박제사는 그 자리에 서서 말없이 눈으로만 헨리의 뒤를 좇았다. 대부분의 동물 뒤에 다른 동물이 숨어 있었다. 대체로 같은 종류의 동물이었지만 항상 그렇지는 않았다. 치타의 다리 아래로는 거북이들이 우글거렸고, 무플런 양의 옆에는 뿔들이 무더기로 쌓여 있었다. 타조 뒤의 구석에는 둘둘 말린 가죽이 몇 겹으로 포개졌고, 그 옆에는 엄니와 뿔이 약간 쌓여 있었다. 송어와 배스, 복어 등 몇몇 물고기는 나무판에 고정된 채 곰의 발밑에 놓여 있었다. 박제 솜씨는 최상급이었다. 털, 비늘, 깃털에서도 생동감이 느껴졌다. 헨리가 발을 힘껏 구르면 모든 동물이 벌떡 뛰어올라 쏜살같이 어디론가 달아날 것 같았다. 상점은 박제들로 꽉 차 있었지만, 박제된 동물들은 자기만의 상황, 자기만의 이야기를 간직한 듯 표정이 제각각이었다. 헨리는 거기에 성자 쥘리앵에게 저주를 퍼부은 수사슴도 있지 않을까 생각해보았다. 성자가 칼을 던져 죽인 곰, 도끼로 때려눕힌 들소, 호수에서 화살을 쏘아 죽인 비버는 있을까?

코끼리의 코가 손을 뻗으면 닿을 거리에 있었다. 코끼리가 방금 시원하게 재채기를 한 듯 콧구멍에서 흘러나온 콧물 방울이 반짝거리며 빛났다. 손을 뻗으면 콧물이 만져질 것만 같았다. 그러나 투명한 합성수지로 만든 딱딱한 방울을 만지게 될 뿐이라는 걸 모르지는 않았다.

"여기 와서 선반에 놓인 박제들을 사 가는 사람이 많습니까?"

"좀 있습니다."

"사냥꾼들이 동물들을 갖고 오겠지요?"

"그렇기도 합니다."

"그렇군요."

그는 세상 이야기를 끌어가는 데는 능숙하지 않았다. 헨리는 무릎을 굽히고 앉아 늑대를 뚫어지게 쳐다보며 기다렸다. 헨리는 그가 먼저 이야기를 꺼낼 때까지 기다리겠다고 다짐했다. 여하튼 헨리가 그를 찾아오지 않았던가. 그 먼 길을 걸어오지 않았던가. 또 그의 말이 맞다면, 그는 헨리에게 도움을 구했다. 헨리는 늑대를 쳐다보고 있는 것만으로 좋았다. 늑대는 속력을 내 달리는 모습이었다. 허공에 치켜든 앞다리는 앞쪽의 땅을 향해 쭉 내밀고, 어깨는 활처럼 구부린 자세였다. 걷잡을 수 없이 앞으로 뛰쳐나가는 늑대의 전형적인 모습이었다. 뒤로 쭉 뻗은 오른쪽 뒷다리는 거의 직선에 가까웠다. 따라서 늑대는 지극히 자연스러운 자세로 뒷다리 하나만으로 온몸을 떠받치고 있었다. 또 다른 늑대가 벽에 기대 서 있었다. 몸집은 상당히 컸지만 차분하게 서서 고개를 한쪽으로 돌려 멀리 있는 무언가를 유심히 지켜보는 모습이었다. 동물의 자세를 완벽하게 그려낸 한 폭의 그림과도 같았다.

결국 헨리가 먼저 입을 뗐다.

"오카피 박제상회에 대해 말씀을 좀 해주시겠습니까?"

그랬다. 헨리가 적절한 화제를 꺼냈다. 박제사는 거침없이 일장 연설을 시작했다.

"오카피 박제상회는 박물표본을 전문적으로 제작합니다. 가죽, 동물의 머리, 뿔, 발굽, 수렵 기념물, 융단용 모피 등 머리부터 몸통 전체까지 온갖 동물의 표본을 만듭니다. 우리는 박제만이 아니라 뼈에 대해서 전문가입니다. 쉽게 말하면, 두개골과 일반적인 뼈, 또 관절로 연결된 해골까지 취급하고 박제로 만듭니다. 또 박제한 동물을 전시할 무대, 말하자면 서식지를, 단순한 나뭇가지부터 복잡하기 이를 데 없는 디오라마까지 꾸미는 데 필요한 재료와 기법에 대해서도 속속들이 압니다. 아마추어 박제사들이 좋아하는 동물이나 기억하려는 동물을 직접 박제로 만들고 싶어 할 때 모형을 만들어주기도 합니다. 동물의 신체 일부를 이용해서 장식물이나 가구를 만드는 경우도 있습니다. 물고기를 박제할 때 필요한 염료부터 온갖 종류의 눈알까지, 박제를 만드는 데 필요한 온갖 재료도 팝니다. 물론 박제용 연장, 속을 채우는 물건들, 바늘과 실, 나무판도 팔지만, 박제를 전시할 디오라마를 제작하는 데 필요한 특수 재료들도 취급합니다. 각양각색인 포유동물, 조류와 어류, 해골을 보관하는 진열 상자는 주문을 받아 만듭니다. 그레이하운드 경주에 사용하는 기계 토끼도 제작합니다. 병아리의 발육 과정, 개구리나 나비의 일생을 손님의 요구대로 실물을 영구 보존 처리하거나, 석고로 확대해서 만들어주기도 합니다. 우리의 편안한 삶을 방해하는 동물들, 예컨대 벼룩, 체체파리와 일반적인 파리, 모기 같은 것의 모형을 만들 수도 있습니다. 우리는 박제를 포장하고 운반하는 데도 남다른 기술력을 가지고 있어서, 어떤 박제라도 목적지까지 안전하게 배달할 수 있습니다. 박제는 파는 게 원칙이지만 임대해주기도 합니다. 훼손된 박제를 수선하기도 합니다. 더러워지고 먼지가 쌓인 박제, 탈색되고 훼손되거나 부서진 박제, 가라앉거나 부분이 떨어져나간 박제, 털이 빠지거나 찢어진 박제, 안팎으로 무너진 박제, 벌레들에게 시달린 박제까지 완벽하게 처리해서 새 것으로 만들어냅니다. 우리는 먼지를 제거하고 깨끗하게 탈바꿈시킵니다. 먼지는 박제사의 영원한 적입니다. 터진 곳을 다시 꿰매고, 털을 빗질해 가지런히 정돈합니다. 뿔에는 기름을 발라 윤을 내고, 엄니와 상아에도 광택을 냅니다. 물고기는 색을 다시 칠한 후에 니스까지 덧칠합니다. 서식지와 디오라마도 수선해서 새롭게 만들어냅니다. 사소한 것 하나도 그냥 넘어가지 않습니다. 우리가 만든 작품은 철저하게 보증하며, 합리적인 가격에 완벽하게 사후 관리를 해줍니다. 우리 오카피 박제상회는 그런대로 평판이 괜찮아서, 안목이 뛰어난 개인부터 까다로운 기관까지 많은 단골이 있습니다. 한마디로 우리는 박제에 관련된 모든 것을 해결할 수 있는 상점입니다."

그는 옆구리에 손을 얹고 무대 위의 배우처럼 이 모든 것을 단숨에 청산유수처럼 쏟아냈다. 얼굴에는 미세한 떨림도 없었고 헛기침조차 하지 않았다. 그 때문에 헨리는 그가 아마추어 연극단에 가입하면 성공할 거라는 생각마저 들었다. 헨리는 그가 '우리'라는 단어를 자주 사용한다는 걸 놓치지 않았다. 생계를 위해 늙어서도 일해야 하는 외로운 노인이 아니라 복수 대명사로 오카피 박제상회를 표현함으로써 더 믿을 만하고 더 설득력 있는 상점이라는 인상을 심어주려고, 우리 회사라는 뜻에서 우리라고 말하는 것이라는 생각이 들었다.

"정말 굉장하군요. 그런데 장사는 어떻습니까?"

"죽어가고 있습니다. 박제사업은 오래전부터 사양사업입니다. 우리가 사용하는 재료들도 그렇고요. 지금은 얼마 안 되는 반려동물을 제외하고는 동물을 곁에 두고 싶어 하는 사람이 없습니다. 더구나 야생동물, 진짜 동물다운 동물은 모두 사라졌습니다. 옛날에 사라지지 않은 것만도 다행이지요."

그때 헨리는 그의 목소리에서, 또 그의 표정에서 그의 됨됨이를 파악할 수 있었다. 그가 어떤 사람인지 알 것만 같았다. 그는 유머감각도 없고 어떤 일에나 쉽게 즐거워하는 사람도 아니었다. 그는 현미경처럼 진지하고 냉정한 사람이었다. 그렇게 생각하자 헨리는 불안감이 사라졌다. 그에게 맞추어 진지하게 처신하면 불안해할 것이 전혀 없었다. 헨리는 그 박제사가 자신에게 보낸 희곡을 정말 그가 썼을까 의심스러웠다. 이처럼 지독히 진지한 거인이 배에 대해 장난 같은 희곡을 썼다는 게 믿기지 않았다. 그러나 예술은 종종 내면에 깊이 감춰진 자아를 드러낸다. 어쩌면 그의 가벼운 면은 전부 글로 표현되는 바람에, 현실의 삶에서는 가벼운 면이 완전히 고갈된 것인지도 몰랐다. 따라서 헨리는 지금 눈앞에 있는 사내의 모습이 박제사의 대외적인 얼굴에 불과하다는 생각마저 들었다.

"그런 말을 들으니 정말 안타깝습니다. 박제를 정말 사랑하시는 것 같습니다."

박제사는 대답하지 않았다. 헨리는 주위를 둘러보았다. 연민의

정이 밀려와 박제된 동물을 사야겠다고 생각했다. 선반에 진열된 오리너구리를 눈여겨보았지만, 그 박제는 파는 것이 아니었다. 오리너구리는 검은 나무판에서 오 센티미터쯤 위로 떠워져 있었다. 게다가 그 이상하게 생긴 작은 동물은 물갈퀴가 달린 발들을 쭉 뻗어, 강바닥을 헤엄치는 듯한 모습이었다. 헨리는 녀석의 부리를 만지고 싶었지만, 그런 욕심을 꾹 눌러 참았다. 뼈대가 진열된 곳에도 눈에 띄는 두개골 하나가 있었다. 그 두개골은 황금빛 막대 위에 올려지고 둥근 유리덮개에 씌워져서 성 유골처럼 보였다. 일반적인 뼈들은 새하얗게 빛났다. 그 때문인지 그 순백색에서는 신성한 기운마저 느껴졌다. 커다랗게 뚫린 눈구멍에서는 강렬한 시선이 느껴지는 것 같았다. 헨리는 에라스무스를 끌고 상점의 앞쪽으로 걸음을 옮기며 물었다.

"그냥 호기심으로 여쭙는 건데 저 호랑이들은 얼마입니까?"

박제사가 카운터로 돌아가 서랍을 열고 장부를 꺼냈다. 그리고 장부를 들척이며 대답했다.

"좀 전에 말했듯이 암컷과 새끼는 반 잉겐 앤 반 잉겐에서 구입한 겁니다. 뛰어난 표본이고 최고의 솜씨로 박제된 것이기도 하지만 골동품적 가치도 있습니다. 수컷이랑 합해서 얼마인가 하면……."

박제사가 숫자를 언급했다.

헨리는 머릿속으로 휘파람을 불었다. 그 가격이면, 또 저 동물들에게 바퀴가 달렸다면, 스포츠카라고 말해도 과언이 아닐 것 같았다.

"치타는 얼마나 합니까?"

박제사는 다시 장부를 뒤적거렸다.

"치타는……."

그리고 또다시 어떤 숫자를 들먹였다.

이번에는 바퀴가 두 개, 즉 날렵하게 생긴 고출력 오토바이 값이었다.

헨리는 동물 박제들을 다시 살펴보았다.

"정말 하나같이 매력적입니다. 여기 와서 이런 것들을 보게 돼 정말 기쁩니다. 하지만 이만 가봐야겠습니다."

"잠깐만요."

헨리는 등골이 오싹했다. 박제된 동물들까지 바싹 긴장하는 것 같았다.

"예?"

박제사가 말했다.

"당신의 도움이 필요합니다."

"아, 예. 제 도움이요? 아참, 편지에서도 그렇게 말씀하셨지요. 정확히 어떤 도움이 필요하다는 것인지?"

헨리는 박제사가 그에게 사업 제안을 하지 않을까 생각했다. 헨리는 전에도 여기저기에 약간의 돈을 투자했지만, 대부분 벤처기업에 투자해 실패의 쓴맛을 본 터였다. 이번에는 박제사업에 투자하게 되는 걸까? 이런 생각에 헨리는 괜스레 흥미가 돋았다. 이런 동물들에 관계하는 것도 재밌을 것 같았다.

박제사는 널찍한 손으로 옆문을 가리키며 말했다.

"내 작업장에 가보시겠습니까?"

손짓을 더한 제안이었지만 헨리의 귀에는 거역하기 힘든 명령처럼 들렸다.

"좋고말고요."

이렇게 말하며 헨리는 박제사의 뒤를 따라갔다.

작업장은 상점의 매장보다 작았지만 조명은 밝았다. 뒷벽의 이중문 위로 철망이 둘러진 유리창에서 자연광이 스며들었고, 화학약품 냄새가 은은히 풍겼다. 헨리는 재빨리 주위를 살펴보았다. 크고 깊은 싱크대 하나, 책들이 꽂힌 책꽂이 하나, 튼튼하게 생긴 작업대들이 여기저기에서 눈에 들어왔다. 다양한 화학약품 통과 아교 병, 짤막한 쇠막대가 든 상자, 탈지면이 수북이 담긴 커다란 종이상자, 실타래와 철사, 묵직해 보이는 점토 비닐봉지, 나뭇조각과 널빤지 등 박제에 쓰이는 재료들도 있었다. 작업대에는 연장들이 무척 가지런히 정돈돼 있었고, 특히 수술용 메스가 눈에 띄었다. 여러 종류의 칼과 가위, 다양한 크기의 펜치와 집게, 압정과 못이 가득 든 상자들, 줄자, 망치와 나무망치, 톱과 쇠톱, 줄과 끌, 쥠쇠, 모형 제작을 위한 연장들, 작은 붓들도 놓여 있었다. 벽에는 갈고리가 끝에 달린 쇠사슬 하나가 걸려 있었다. 작업장에도 선반과 바닥에 박제된 동물들이 진열돼 있었지만 매장에 비하면 그 수가 훨씬 적었다. 완전히 해체돼 가죽더미나 깃털뭉치로만 보이는 동물들이 있었고, 해체 과정에 있는 동물들도 있었다. 한 작업대에는 나무와 철사와 탈지면으로 만든 모형이 미완성인 채로 놓여 있었다. 둥그스름하게 생긴 것으로 보아 꽤 큰 새를 위한 모형인 듯했다. 또한 박제사는 사슴 머리도 작업하고 있던 것으로 보였다. 유리섬유 형틀에 머릿가죽이 헐렁하게 씌워지고, 입 속에는 혀가 없는데다 노란 형틀의 턱에도 이빨이 붙여지지 않아 휑한 구멍만 을씨년스럽게 드러냈다. 그러나 노란 눈알은 섬뜩할 정도로 반짝거렸다. 따라서 미완성의 머리는 괴기스럽게 보여 사슴판 프랑켄슈타인을 떠올리게 했다.

옆문 맞은편으로 구석에 놓인 책상에는 이런저런 서류와 물건들이 어지럽게 놓여 있었다. 사전 하나와 낡은 전동 타이프라이터가 헨리의 눈길을 끌었다. 박제사는 새로운 테크놀로지에는 전혀 관심이 없는 듯했다. 박제사가 책상 뒤에 놓인 나무의자에 앉으며 말했다.

"앉으십시오."

이렇게 말하며 박제사는 책상 맞은편의 의자 하나를 가리켰다. 등받이가 없는 평범하기 그지없는 의자였는데 작업장에는 그것밖에 달리 앉을 의자도 없었다. 박제사는 헨리의 의중은 아랑곳하지 않고 카세트 플레이어를 서랍에서 꺼냈다. 헨리는 의자에 엉덩이를 걸쳤다. 박제사는 카세트 플레이어를 책상에 올려놓고 되감기 버튼을 눌렀다. 위이잉위이잉. 뭔가 걸리는 소리가 나며 테이프가 뒤로 돌아갔다. 괜스레 긴장감이 흘렀다. 되감기 버튼이 툭 튀어나왔다. 박제사가 재생 버튼을 누르며 말했다.

"잘 들어보십시오."

처음에는 낡은 테이프가 닳고 닳은 헤드를 지나면서 긁히는 소리밖에 들리지 않았다. 잠시 후, 다른 소리가 들리기 시작했다. 처음에는 멀리서 들리는 소리였지만, 그 소리가 일정한 간격을 두고 파도처럼 점점 뚜렷하게 들려왔다. 동물들이 한꺼번에 시끄럽게 울부짖는 소리였다. 그 소리가 몇 초 동안 이어졌지만 갑자기 우렁찬 포효가 폭발하며 다른 모든 소리가 줄어들었다. 포효는 한동안 계속되며 지축을 뒤흔들 듯이 점점 커졌고, 급기야 귀청을 찢어버릴 것처럼 길게 이어졌다. 니므롯(노아의 자손으로 사냥의 명수 - 옮긴이), 타이탄, 헤라클레스 같은 초인적인 거인이 잠에서 깨어 기지개를 켜며 분노를 폭발시키는 듯했다. 굵직하고 걸걸한 음색이었고 힘에 넘치는 소리였다. 헨리로서는 전에 들어본 적이 없는 소리였다. 대체 어떤 기분을 폭발시킨 소리일까? 두려움일까? 분노일까? 비탄일까? 헨리는 짐작조차 할 수 없었다.

에라스무스는 직감적으로 아는 듯했다. 그 우렁찬 포효를 듣자마자 에라스무스는 잔뜩 긴장해서 귀를 바짝 세웠다. 헨리는 에라스무스의 그런 반응을 순전히 호기심 때문일 거라 생각했다. 그러나 에라스무스는 바들바들 떠는 것 같았다. 포효가 길게 울부짖는 소리로 변하기 시작하자 녀석도 짖어대기 시작했다. 두려움에 질리거나 화가 났을 때 보이는 반응이었다. 헨리는 허리를 굽혀 에라스무스를 집어 들어 품에 안았다.

"죄송합니다. 잠깐 실례하겠습니다."

이렇게 말하고 헨리는 서둘러 매장으로 돌아가, 에라스무스의 목줄을 카운터 다리에 묶었다. 그리고 녀석에게 "쉿!" 하고 나무라고는 작업장으로 돌아갔다.

헨리는 의자에 다시 앉아 카세트 플레이어를 가리키며 물었다.

"무슨 소리였습니까?"

박제사가 대답했다.

"버질이었습니다."

"누구요?"

"그들 둘 모두가 여기에 있습니다."

그리고 박제사는 고갯짓으로 뭔가를 가리켰다. 벽에 바로 붙게 놓인 책상 앞에는 박제된 당나귀가 서 있었고, 그 위에는 역시 박제된 원숭이가 앉아 있었다.

헨리가 물었다.

"저들이 베아트리스와 버질입니까? 저에게 보낸 희곡에 등장하는?"

"그렇습니다. 저 녀석들도 옛날에는 팔팔하게 살아 있었습니다."

"그럼 저들에 대해 쓰신 겁니까?"

"그렇습니다. 내가 당신에게 보낸 부분은 서막에 불과합니다."

"두 등장인물이 동물이라는 말씀입니까?"

"맞습니다. 당신 소설에서처럼. 베아트리스는 당나귀고, 버질은 원숭이입니다."

그리고 그는 그 희곡의 저자였다. 배를 두고 열띤 대화를 나누는 두 동물이 주인공인 희곡을 쓴 장본인이었다. 헨리는 놀라지 않을 수 없었다. 헨리는 유려한 문체를 보고 사실적인 표현이라고 생각한 터였다. 그가 박제사를 잘못 평가한 게 분명했다. 헨리는 옆에 서 있는 등장인물들을 바라보았다. 정말 살아서 숨 쉬는 것처럼 보였다.

"왜 하필이면 원숭이와 당나귀입니까?"

"이 고함원숭이는 볼리비아에서 한 과학팀에게 사로잡혔고, 수송 중에 죽었습니다. 당나귀는 어린이 동물원에서 살던 겁니다. 운송 트럭에 받혀 죽었지요. 한 교회가 이 당나귀를 이용해서 예수의 탄생 장면을 꾸미고 싶어 했습니다. 그런데 우연이었던지 고함원숭이와 당나귀가 같은 날 이 상점에 도착했습니다. 나는 그전까지 당나귀를 박제해본 적이 없었습니다. 고함원숭이도 그랬고요. 그런 와중에 교회가 원래의 계획을 포기했고, 과학연구소도 고함원숭이를 박제해서 보존하지 않기로 결정했다고 내게 통보했습니다. 당시 나는 계약금을 받은 터라 박제 작업을 시작한 뒤였지요. 이상하게도 두 군데에서 박제 작업을 포기하겠다는 연락도 같은 날 받았습니다. 그런데 두 녀석이 내 머릿속에서 떠나지 않았습니다. 그래서 내친김에 박제 작업을 끝냈지만 전시하지는 않았습니다. 애초부터 팔려고 만든 게 아니었으니까요. 그때부터 거의 삼십 년 동안, 버질과 베아트리스, 두 녀석은 내 곁에서 지내고 있는 셈입니다. 나를 지옥까지 안내할 안내인이기도 합니다."

지옥? 어떤 지옥? 헨리는 잠시 그렇게 생각했지만, 『신곡』과의 관련성을 조금이나마 찾아낼 수 있었다. 『신곡』에서 단테는 베르길리우스의 안내를 받아 지옥과 연옥을 여행하고, 그 후에는 베아트리체의 안내를 받아 천국을 여행한다. 문학인을 꿈꾸는 박제사가 매일 함께하는 박제들을 등장인물로 삼은 건 너무 당연한 결과가 아닌가? 물론 그는 말하는 동물을 등장시켰지만 말이다.

두 동물 옆으로 벽에 테이프로 붙인 종잇조각 석 장이 헨리의 눈에 들어왔다. 각각의 종이에는 테두리가 그려지고 그 안에 글이 쓰여 있었다.

시민 여러분!

몸집이 크고 성질이 무뚝뚝한 원숭이.
눈과 목소리, 꼬리와 걸음걸이에서 교활한 기질을 드러낸다.
행동에서 반사회적인 특징을 보인다.
못생겼다.

조심!

몸집이 크고 뭔가를 휘어잡기에 적합한 꼬리를 가진 원숭이.
턱이 괴물처럼 생겼고, 가끔 턱수염으로 뭔가를 감춘다.
게으르고 둔하게 생겼다.
우거지상. 듣기 싫은 목소리.
신뢰감을 주지 않는다.

헨리가 물었다.

"연극에 쓰는 겁니까?"

"그렇습니다. 벽보들입니다. 베아트리스가 얘기를 할 때, 저 벽보들이 뒷담에 투사되는 장면이 있습니다."

헨리는 벽보들을 다시 읽었다.

"원숭이들이 평판이 별로 좋지 않군요, 그렇지 않습니까?"

박제사가 대답했다.

"그렇습니다. 그 장면을 쓴 부분을 보여드리지요."

그는 책상 위에 널린 종이들을 정리하기 시작했다. 헨리의 대꾸를 원고를 보고 싶다는 뜻으로 받아들였던 것이다. 헨리는 그런 반응에 개의치 않았다. 그를 무례한 사람이라고 생각하기는커녕 오히려 호기심이 당겼다.

"이겁니다."

헨리는 원고를 받으려고 손을 내밀었다. 그러나 박제사는 헨리의 손을 쑥스럽게 만들고 헛기침을 했다. 그때서야 헨리는 그가 직접 원고를 크게 읽어주려 한다는 걸 눈치챘다. 그는 원고를 잠깐 훑어보고는 읽기 시작했다.

버질	다른 먹을 걸 찾아볼까? 바나나는 찾아 먹은 적이 있으니까. 틀림없이 다른 것도 찾아낼 수 있을 거야.
베아트리스	좋은 생각이야.
버질	주위를 둘러봐. 너는 저 길로 가. 나는 이 길로 갈 테니까. 잠시 후에 여기에서 만나자고.
베아트리스	(머뭇거리며) 알았어.

헨리는 '또 먹을 것이군. 처음에는 배, 지금은 바나나. 먹는 것에 강박관념이 있는 걸까?' 하고 생각했다.

	(버질은 오른쪽으로 급히 뛰어가고 베아트리스는 왼쪽으로 딸각딸각 소리를 내며 걸어간다.
	잠시 후. 베아트리스가 먼저 돌아온다. 걱정스러운 표정이다. 나무를 이리저리 뜯어보며, 그 나무가 좀 전에 헤어졌던 곳에 있던 나무인지, 약속한 곳을 제대로 찾아왔는지 확인한다.)
베아트리스	(오른쪽을 쳐다보며) 버질! 버어질!
	(대답이 없다.)

베아트리스 (왼쪽을 쳐다보며) 버어질! 너 어디 있어? (대답이 없다. 베아트리스의 표정이 어두워진다. 기다리는 수밖에 다른 도리가 없다. 베아트리스는 애를 태우고 초조해한다. 긴 휴지.)

베아트리스 (오른쪽을 향해) 버어어어질! (왼쪽을 향해) 버어어어질! (여전히 대답이 없다.)

베아트리스 (누군가에게 말을 걸듯이) 죄송합니다, 혹시 보셨나요……예, 붉은고함원숭이예요…… 예, 맞아요, 당신이 읽은 벽보와 비슷하기는 하지만, 저 벽보는 전부 거짓말이에요…… 아니에요, 분명히 말씀드리지만 그는 가장 착하고 가장 친절하며 가장 정직한 동물이에요…… 예, 맞아요. 분류학적으로 정확히 말하면 알로우아타 세니쿨루스 사라가 맞아요. 하지만 누가 그런 학문을 만들어냈는지 묻고 싶네요. 그런 전문용어들이 대체 무슨 뜻일까요? 그런 전문용어가 그렇게 중요한가요? 무슨 뜻인지도 모르겠고, 뚱딴지같은 소리로 들린다고요.

박제사가 갑자기 읽기를 중단하고는 헨리를 쳐다보며 말했다.
"이때 프로젝터가 켜지면서 벽보들이 나란히 뒷벽에 큰 글씨로 비춰질 겁니다."

그는 다시 희곡 원고로 눈길을 돌렸다. 그는 차분하고 안정된 목소리로 또박또박 읽어가며 단어들을 줄줄이 펼쳐놓았다. 등장인물마다 목소리를 다르게 하기는 했다. 당나귀인 베아트리스는 조용하고 부드럽게 말했고, 원숭이인 버질은 상대적으로 활달하게 말했다. 그 때문인지 헨리는 박제사의 낭송을 듣는 게 아니라 버질과 베아트리스의 대화를 듣는 기분이었다.

베아트리스 (여전히 상상의 상대에게 말하듯이) 나도 읽어봤지만 그건 인격말살이에요. 그런 폭력을 피한다는 건 불가능해요. 벽보와 신문기사, 팸플릿과 책, 거기에 쓰인 독이 인간의 마음과 머리에 스며들고, 인간의 혀까지 지배하는 거라고요. 하지만 그런 폭언들은 진실이나 사실과 전혀 달라요. 그 붉은고함원숭이 - 당신도 알겠지만, 그에게도 이름이 있어요. 버질이에요. 버질은 가장 잘생긴 동물이라고요. 버질은…….

박제사가 다시 낭송을 멈추고 헨리를 쳐다보았다. 이번에는 망설이는 표정이 역력했지만 결국 입을 열었다.

"당신이라면 버질을 어떻게 표현하겠습니까? 당신에게는 버질이 어떻게 보입니까?"

이렇게 말하고는 벌떡 일어나 작업대 한 군데로 성큼성큼 걸어가, 강렬한 빛을 발하는 전등을 갖고 왔다. 그리고 단호한 목소리로 말했다.

"불을 비춰드릴 테니 잘 보십시오."

그는 전등을 책상에 놓고 원숭이에게 빛을 비추었다. 그리고 헨리의 대답을 기다렸다.

헨리는 그가 진지하다는 걸 어렵지 않게 눈치챌 수 있었다. 그는 헨리가 박제한 원숭이를 묘사해주기를 진심으로 바라는 표정이었다. 그때서야 헨리는 깨달았다. '그가 원하는 도움이 바로 이것이군!' 그가 원하는 건 헨리의 격려가 아니었다. 헨리 앞에서 자기의 생각을 털어놓거나 헨리와 인연을 맺기를 원하는 게 아니었다. 그가 원하는 도움은 글과 관계가 있었다. 박제사가 편지에서 미리 그런 도움을 청했다면 헨리는 십중팔구 거절했을 것이다. 실제로도 헨리는 오래전부터 글쓰기와 관련된 부탁은 단호히 거절해오던 터였다. 그러나 그 상황에서, 등장인물을 바로 옆에 둔 상황에서, 그 불꽃같은 순간에는 뭔가가 헨리의 가슴에서 꿈틀거렸고, 박제사의 도전에 기꺼이 응하고 싶었다.

헨리가 말했다.

"버질이 저한테는 어떻게 보이느냐고 물으셨습니까?"

박제사가 고개를 끄덕였다. 헨리는 허리를 굽혀 박제된 원숭이, 아니 녀석에게도 이름이 있으니까, 버질을 자세히 살펴보기 시작했다. 환자를 진찰하는 의사가 된 기분이었다. 자세히 살펴보자, 버질은 당나귀, 아니 베아트리스 위에 그냥 올려놓은 게 아니었다. 옆방에서 공작이 받침대 대신 하마 위에 놓인 방법과는 달랐다. 버질은 베아트리스 위에 자연스레 앉은 모습으로 박제돼 있었다. 버질의 엉덩이와 두 다리, 그리고 쭉 뻗은 팔 하나가 베아트리스의 굽은 등 모양과 완벽하게 맞아떨어졌고, 끝부분이 둥그렇게 말린

긴 꼬리는 베아트리스의 등과 옆구리에 편히 기댄 모양으로 흘러 내렸다. 따라서 베아트리스가 갑자기 움직일 경우에 대비해 만반의 준비를 갖춘 것처럼 보였다. 다른 팔은 굽힌 무릎에 올려놓고, 손바닥을 위로 향하도록 펴고 있어 무척 편안하게 보였다. 또한 버질의 입은 열려 있고 베아트리스는 고개를 약간 돌리고 귀도 살짝 돌린 모습이어서, 버질은 뭔가를 말하고 베아트리스는 열심히 듣는 것처럼 보였다.

헨리는 잠시 생각에 잠겼다.

"아무런 준비도 못 했고 깊이 생각할 틈도 없었으니 대강 말씀드리겠습니다. 버질은 아주 크지도 않고 아주 작지도 않은 아담한 개처럼 남들에게 호감을 주는 것 같습니다. 얼굴도 잘생긴 편이고요. 주둥이가 짧고, 적갈색을 띤 눈동자는 반짝거리잖습니까. 까만 귀도 적당하게 작고, 까만 얼굴도 깨끗합니다. 물론 완전히 까만색은 아닙니다. 연푸른 기운을 띤 검은색이라고 할까요. 풍성한 턱수염도 상당히 우아해 보입니다."

박제사가 말했다.

"역시 멋지십니다. 내가 생각해낸 표현보다 훨씬 낫습니다. 계속하십시오."

그는 이미 펜을 집어 들고 헨리가 좀 전에 말한 것을 쓰고 있었다.

헨리는 계속 말했다.

"나라면, 버질의 체격이 건장하고 늠름하다고 쓸 겁니다. 길고 매력적인 팔다리는 유연하면서도 강하다고, 아니 유연하고 강하게 보인다고 말할 겁니다. 또 팔다리의 끝에는 힘센 손과, 뭔가를 잡기에 적합한 손발이 있다고도 말할 것이고요. 가느다란 손에는 긴 손가락이 있다는 것도 잊어서는 안 되겠죠. 발도 그렇고요."

박제사가 헨리의 말을 끊고 나섰다.

"맞습니다, 버질은 피아노를 연주합니다. 아주 뛰어난 연주자입니다. 브람스의 〈헝가리 무곡〉은 원래 두 사람이 연탄으로 연주해야 하지만 버질은 혼자서 연주할 수 있습니다. 마지막 장식 악구에서 꼬리를 휘감아 올려 마지막 음을 때리면 연주장이 무너질 듯합니다. 손과 발이 어떻게 생겼는지 잘 보십시오."

헨리는 버질의 손과 발을 살펴본 후에 입을 뗐다.

"손바닥과 발바닥은 검고, 뭔가로 덮여 있는 것 같은데."

헨리는 말을 멈추고, 좀 더 환히 보려고 다른 각도에서 손바닥과 발바닥을 살펴보았다.

"검은색이고, 둥글고, 소용돌이 모양으로 선線세공돼 있다고 할까요. 꼭 은세공품처럼 보입니다."

박제사가 말했다.

"맞습니다. 정확히 보셨습니다."

"긴 꼬리는 몸통보다 길군요. 이것은 녀석의 자부심이자 행운이어서, 꼬리를 손만큼이나 자유자재로 움직일 수 있습니다. 보아뱀이 똬리를 틀듯이 뭔가를 돌돌 말아 잡을 수도 있고요."

"그 꼬리로 오토바이도 능숙하게 운전하고 체스도 둡니다. 버질은……."

헨리가 손을 들어 박제사의 말을 가로막으며 덧붙였다.

"꼬리로 보아뱀이 똬리를 틀듯이 뭔가를 돌돌 말아 잡을 수 있지만, 뭔가를 잡을 수도 있어 체스판의 말을 움직일 수도 있는 겁니다."

베아트리스라면 버질에게서 어떤 다른 특징을 또 보았을까 생각하며, 헨리는 버질의 입 속을 자세히 살폈다. 헨리는 베아트리스의 목소리로 꾸며 말했다.

"치아 상태가 상당히 좋네요. 그런데 작가들은 동물에 대해 얘기할 때 왜 이런 점을 언급하지 않을까요? 또 내가 결코 놓치지 않고 눈여겨보는 게 손톱입니다. 버질의 검은 손톱과 발톱은 반짝거리고 약간 둥글납작하지요. 그래서 모든 손가락과 발가락의 끝이 커다란 이슬방울처럼 반짝거립니다."

"멋집니다, 정말 기막힌 표현입니다."

박제사는 이렇게 중얼거리며, 헨리의 말을 전속력으로 받아쓰고 있었다.

"버질의 가장 눈에 띄는 특징을 아직 말하지 않았습니다. 그 특징 때문에 붉은고함원숭이라는 이름의 절반을 얻었을 겁니다. 바로 털이죠."

헨리는 버질의 등을 손바닥으로 가볍게 어루만지며 말했다.

"부드럽고 굵으면서도 광택이 나는 털입니다. 등은 붉은 벽돌색이지만, 얼굴과 팔다리는 밤색 계통에 더 가깝습니다. 내가 꼼짝하지 않고 땅바닥에 누운 채로, 버질이 햇살을 받으며 나무에 기어 올라가 나뭇가지 사이를 뛰어다니며 움직이는 걸 보면, 구리가 녹아 흐르는 것처럼 보일 겁니다. 지극히 단순한 몸짓까지도 물 흐르듯 자연스러워 쳐다보기가 아찔할 겁니다."

박제사가 탄성을 내질렀다.

"맞습니다, 버질을 정확히 표현하셨습니다."

"고맙습니다."

구체적인 사실에 가장 적합한 단어를 짝지어가며 상투적으로 버질을 표현한 것에 불과했지만 헨리는 내심 기뻤다. 실로 오랜만에 그런 노력을 해보았기 때문이다.

"그럼 울음소리는 어떻게 표현하시겠습니까?"

박제사는 이렇게 말하고는 카세트 플레이어를 되감았고, 재생 버튼을 눌렀다. 곧바로 옆방에서 에라스무스가 버둥거리기 시작했다. 헨리와 박제사는 에라스무스의 반응에는 신경조차 쓰지 않았다.

헨리가 말했다.

"음질이 그다지 좋지 않습니다."

"그럴 겁니다. 아마존 상류의 정글에서 녹음한 지 사십 년이 넘었으니까요."

붉은고함원숭이가 울부짖는 소리는 먼 옛날, 아득히 먼 곳에서 담아 온 소리다웠다. 지직거리는 잡음 속에서도 울부짖는 소리는 남아 있었지만, 헨리가 의식하는 시간의 간격과 거리의 폭을 극복해내지 못했다.

"모르겠습니다. 뭐라고 표현하기 힘듭니다."

박제사는 울부짖는 소리를 다시 들려주었다. 이번에는 에라스무스가 옆방에서 소리를 길게 뽑으며 짖어댔다.

헨리는 고개를 저으며 말했다.

"지금은 아무 생각도 나지 않습니다. 그 소리를 어떻게 표현해야 할지 모르겠습니다. 게다가 내 개 때문에 정신을 집중할 수 없습니다."

박제사가 헨리를 멍하니 쳐다보았다. 실망한 것일까? 화가 난 것일까?

헨리가 다시 말했다.

"뮤즈 여신들이 내게 속삭여줄 때를 기다려야겠습니다."

헨리는 갑자기 피로감이 무섭게 밀려오는 것 같았다.

"좋은 생각이 있습니다. 그 울부짖는 소리에 대해 계속 생각해보 겠습니다. 그동안, 저를 위해서 박제에 대한 글을 써주면 고맙겠습 니다. 뭐, 대단한 글을 써달라는 건 아닙니다. 한 페이지 정도에 몇 몇 생각을 써주시면 됩니다. 그것도 글쓰기 연습으로는 좋으니까 요."

박제사는 고개를 끄덕였다. 하지만 헨리는 그가 동의한 거라고 확신할 수 없었다.

"그런데 그 희곡을 저한테 주지 않는 이유는 뭡니까? 제가 읽고 제 생각을 말씀드릴 수도 있을 텐데요."

박제사는 짤막하게 대답했다.

"그렇게 하고 싶지 않습니다."

헨리는 그 목소리에서 단호한 의지를 읽어낼 수 있었다. 그의 단호한 거절은 판사의 판결봉처럼 긴 여운을 남겼다. 그는 헨리에게 자신의 희곡을 보여주지 않으려는 이유를 구차하게 설명하려고도 하지 않았다.

"하지만 이 카세트 플레이어는 가져가도 좋습니다. 그래야 당신이 울음소리를 다시 들으면서 어떻게 표현할까 생각해볼 수 있을 테니까요."

헨리로서는 전혀 예상하지 못한 제안이었다. 박제사가 덧붙여 말했다.

"당신이 황금빛 막대 위에 올려진 원숭이 두개골을 관심 있게 보는 걸 봤습니다."

"그랬습니다. 정말 인상적인 두개골이었습니다."

"그것도 고함원숭이 두개골입니다."

헨리는 갑자기 두려움이 밀려와 소름이 돋는 것 같았다.

"정말입니까?"

"그렇습니다."

"설마 버질의 두개골은 아니겠지요?"

"그렇지는 않습니다. 버질의 두개골은 버질의 머리 안에 있습니다."

삼십 분 후, 헨리는 안달하는 에라스무스의 목줄을 끌고 상점에서 나왔다. 상점을 나와 상쾌한 공기를 다시 만나자 기분이 한결 나아졌다. 연극 연습에 늦었지만, 헨리는 조그만 식료품점에 들어갔다. 에라스무스를 위해 물을 조금 얻을 수 있는지 물었다. 카운터 뒤의 남자는 흔쾌히 친절을 베풀었다.

헨리가 그 남자에게 물었다.

"저 모퉁이 부근에 있는 상점에 대해 좀 아십니까?"

"물론이죠. 공룡들이 죽은 후부터 저기에 있었을 겁니다."

"가게를 운영하는 사람은 어떤 사람입니까?"

"미친 노인네지요. 우리 동네에서 그 노인하고 싸우지 않은 사람이 없을 겁니다. 우리 가게에는 두 가지, 딱 두 가지 때문에만 옵니다. 배와 바나나를 사고, 복사를 하려고요."

"배와 바나나를 좋아하고, 복사기가 없어서 그럴 테지요."

"나도 그렇게 생각하긴 합니다. 그런데 저 장사를 아직 꾸려가는 게 용하다는 생각도 합니다. 요즘 세상에 박제한 땅돼지를 누가 사겠습니까?"

헨리는 조금 전에 바닥에 조심스레 내려놓은 자루 안에 든 값비싼 원숭이 두개골에 대해서는 언급하지 않았다. 두개골과 둥근 유리덮개를 목적지까지 안전하게 운반하도록 신중하게 포장된 자루였다. 늑대도 있었지만, 헨리의 눈길을 끈 도약하는 늑대가 아니라

가만히 서 있는 늑대였다. 헨리가 충동을 억누르며 자제했다는 증거였다.

식료품점 주인은 헨리가 카운터에 내려놓은 것을 바라보며 말했다.

"요즘엔 정말 보기 힘든 고색창연한 녹음기로군요. 어렸을 때 이후로는 이런 카세트 플레이어를 본 적이 없습니다."

"오래됐지만 믿을 만하지요."

헨리는 그 소중한 짐을 집어 들고 출입문을 향하며 덧붙였다.

"물 잘 마셨습니다."

집으로 돌아오는 택시에서 에라스무스는 바닥에 엎드려 곧 잠이 들었다. 헨리는 박제사에 대한 생각을 머릿속에서 떨치지 못했다. 그는 일반적인 기준에 따르면 결코 매력적인 사람이 아니었다. 생김새도 보통 수준에 미치지 못했고, 어떤 생각을 하고 어떤 기분인지 짐작조차 할 수 없을 정도로 무표정한 얼굴이었다. 하지만 유난히 검은 눈동자! 그는 상대를 답답하게 만드는 면이 있었지만, 정반대로 상대를 자신에게 끌어당기는 이상한 매력을 발산했다. 그런 매력이 그를 에워싼 유리 눈의 동물들에게서 오는 것일까? 동물과 그렇게 관련된 사람이 눈앞의 살아 있는 동물에게는 거의, 아니 전혀 반응을 보이지 않는 것도 이상했다. 실제로 박제사는 에라스무스에게 눈길조차 주지 않았다.

헨리는 박제사가 가면을 쓴 사람이라는 생각이 들었다. 그러나 헨리는 박제사에게 숙제를 주었다. 그가 하는 일에 대해 뭔가를 써보라는 숙제였다. 그 숙제를 읽으면 스핑크스처럼 수수께끼 같은 그의 비밀을 조금이나 풀어갈 수 있으리라 확신했다. 헨리는 그날 하루를 되짚어보았다. 그저 엽서를 살짝 떨어뜨려놓으려는 생각으로 시작한 하루였다. 그런데 오카피 박제상회에서 산 박제를 잔뜩 껴안고 집에 돌아가고 있었다.

집에 도착하기 무섭게 헨리는 세라에게 달려갔다.

"오늘 정말 기막힌 사람을 만났어. 박제를 하는 노인인데, 당신은 그런 가게가 아직 있다는 걸 믿지 못할 거야. 박제된 온갖 동물이 가게 안에 가득하더라고. 게다가 우연찮게 노인의 이름도 헨리더라고. 정말 괴짜였어. 희곡을 쓰는데 내가 도와주기를 바랐어."

세라가 물었다.

"어떤 도움요?"

"희곡을 쓰는 걸 도와달라는 거 같던데."

"어떤 희곡인데요?"

"아직 확실히는 모르겠어. 등장인물이 원숭이와 당나귀, 둘이고, 먹는 것에 주로 초점을 맞춘 거야."

"어린이를 위한 희곡인가요?"

"그런 것 같지는 않아. 그 희곡을 읽으면서 어떤 생각이 떠올랐느냐면……."

하지만 헨리는 말끝을 흐리고 말았다. 그 희곡을 읽고 무엇을 떠올렸는지 말하고 싶지 않았다. 대신 이렇게 말했다.

"원숭이에 대한 평판이 별로 좋지 않았어."

세라는 고개를 끄덕이며 물었다.

"그래서 어떤 희곡인지도 모르고 도와주겠다고 약속한 거예요?"

"그런 셈이지."

"그런데 당신 약간 들뜬 것 같네요. 보기 좋아요."

세라의 말이 맞았다. 헨리는 왠지 마음이 바빴다.

∞

다음 날, 헨리는 고함원숭이에 대해 조사하려고 공공도서관을 찾아갔다. 그 원숭이에 대해 잡다한 정보를 수집했다. 고함원숭이는 모계 집단을 이루고, 먹을 것을 구하고 위협을 피하기 위해 일정한 지역을 지키지 않고 숲을 배회하는 원숭이였다. 그날 저녁, 헨리는 에라스무스를 골방에 가둬놓고 카세트 플레이어를 틀어 울음소리를 다시 들어보았다. 그리고 베아트리스의 관점에서 그 울음소리를 묘사해보려 애썼다. 그가 제대로 기억했다면, 베아트리스는 버질이 먹을 것을 구해 돌아오기를 기다리는 동안 상상의 인물과 대화를 나누고 있었다.

베아트리스 버질에게 그런 이름이 붙여지게 된 또 다른 특징에 관해 말씀드리고 싶지만, 너무도 놀라운 특징을 어떻게 말로 다 표현할 수 있겠어요? 말이란 차갑고, 들판에서 춤추는 요정들을 이해하려고 발버둥치는 진흙투성이 두꺼비 같은 것인데요. 하지만 우리에게 있는 건 말뿐인데 어떻게 하겠어요? 여하튼 최선을 다해 얘기해볼게요.

울부짖음, 포효, 울부짖는 포효, 귀가 먹먹한 포효, 이런 표현으로는 진실을 제대로 알리지 못해요. 버질이 울부짖는 소리를 다른 동물들의 울음소리와 비교하는 건 한 면만 보고 성급하게 판단하는 동물학적 접근에 불과해요. 고함원숭이의 포효는 공작, 재규어, 사자, 고릴라, 코끼리가 울부짖는 소리를 훨씬 능가해요. 고함원숭이가 울부짖는 소리를 들으면 헐크도 몸이 커지는 걸 멈춰버릴 거예요. 적어도 지상에는 고함원숭이보다 큰 소리를 낼 수 있는 동물이 없을 거예요. 바다에는 흰긴수염고래라는 동물이 있어요. 몸무게가 150톤을 훌쩍 넘고 지구에서 가장 큰 동물로 지구를 아름답게 꾸미는 데 한 역할을 하며, 180데시벨 정도로 소리를 지를 수 있어요. 제트 엔진보다 큰 소리지만, 주파수가 너무 낮아 당나귀에게는 거의 들리지 않아요. 그래서 우리는 흰긴수염고래의 울음소리를 '노래'라고 하는 거예요. 하지만 공평하게 말하면 흰긴수염고래의 소리를 제일 윗자리에 놓아야 하겠지요. 큼직한 수코끼리와 거대한 흰긴수염고래가 막상막하여서 둘 사이에는 굵은 눈물 한 방울만 한 차이밖에 없지만, 그 둘을 나란히 놓는다면, 버질과 그 친구들은 그 사이에 놓일 거예요. 말하자면, 지구에 존재하는 생명체 중에서 단위체중당 가장 큰 소리를 지르는 동물인 게 확실해요.

고함원숭이가 울부짖는 소리가 어디까지 들리는지에 대해서도 말들이 많아요. 3.2킬로미터 떨어진 언덕 너머에서 맞바람을 뚫고 들었다는 사람도 있고 4.8킬로미터나 떨어진 곳에서 들었다는 사람도 있어요. 여하튼 사람들마다 하는 얘기가 제각각이에요. 하지만 버질이 울부짖는 소리의 '본질'은 어떤 식으로 말해도 다 말할 수는 없어요. 전에는 가끔 버질이 울부짖는 소리와 비슷한 소리를 들은 적이 있었죠. 언젠가 버질과 내가 돼지 농장 옆을 지나갈 때였어요. 갑자기 돼지들이 떼를 지어 울타리 밖으로 미친 듯이 뛰쳐나가더라고요. 돼지들이 공포에 사로잡혀 발광을 한 거예요. 돼지들이 공포에 질려 한꺼번에 꽥꽥대며 날카롭게 울어대는 소리를 들으니까, 버질이 울부짖는 소리랑 비슷하다는 생각이 들었어요.

또 굴대에 오랫동안 기름칠을 하지 않은 채로 짐을 엄청나게 많이 실은 수레를 만난 때가 있었어요. 굴대가 계속해서 삐걱거리는 소리는 뼈가 맞부딪치는 것처럼 귀에 거슬리고 귀가 따가울 정도였어요. 그 소리를 백 배쯤 키우면 버질이 울부짖는 소리를 그런대로 조금이나마 전달할 수 있을 거예요.

전에 내가 좋아하는 고전 작가인 아풀레이우스의 글에서, 지진이 '천둥처럼 웅웅거리는 소리'를 낸다고 설명한 부분을 읽은 적이 있어요. 지구 자체가 위험에 빠져 잉잉대고 끙끙대는 소리인 것 같더라고요. 그런 소리라면 버질의 고함과 비슷하지 않을까 싶네요.

하지만 어떤 것에나 고유한 특징이 있잖아요. 실제로 들어보지 않고는 아무리 설명해도 알 수 없어요.

∞

며칠 후, 헨리는 다시 박제사를 만나러 갔다. 헨리는 낡은 카세트 플레이어와 소중한 테이프를 갖고 있는 것도 신경 쓰였지만 자기가 쓴 베아트리스의 대사를 하루라도 빨리 박제사에게 전해주고 싶었다.

헨리는 이번에도 에라스무스를 데려갔지만, 상점 밖에 묶어놓았다. 박제사는 헨리를 보고도 특별히 반가워하는 기색이 없었다. 그렇다고 기분 나빠 하지도 않았지만 말이다. 그런 시큰둥한 반응에 헨리는 난처할 따름이었다. 더구나 헨리는 가겠다고 미리 전화를 했고, 약속 시간까지 정하지 않았던가. 그래서 헨리는 자기가 어떤 실수라도 했는지, 예컨대 약속 시간보다 늦게 도착했거나, 아니면 너무 일찍 도착한 게 아닌가 생각해보았지만 그렇지는 않았다. 박제사가 사람들을 대하는 방식이 그런 것 같았다. 헨리가 상점으로 들어섰을 때, 박제사는 작업용 앞치마를 두르고 멧돼지를 작업장으로 옮기고 있었다.

헨리가 물었다.

"도와드릴까요?"

박제사는 아무 대답도 않고 고개만 저었다. 헨리는 우두커니 서서, 박제된 동물을 구경하며 기다렸다. 그곳에 다시 돌아와서 은근히 기뻤다. 그곳은 빅토리아 시대의 소설처럼 온갖 수식어로 가득한 곳이었다.

마침내 박제사가 뒷방에서 소리쳤다.

"들어오시오."

헨리는 천천히 작업장으로 들어갔다. 박제사는 이미 책상에 앉아 있었다. 헨리는 고분고분한 하급 직원처럼 맞은편 의자에 앉았다. 그리고 베아트리스의 입장에서 쓴 원고를 박제사에게 건네주었다. 박제사가 원고를 읽기 시작했다. 그는 지루할 정도로 천천히 읽었다. 그동안, 헨리는 눈을 한곳에 두지 못하고 주변을 둘러보았다. 그가 처음 그곳을 방문했을 때 박제사가 작업하고 있던 사슴은 마무리 작업까지 끝난 듯했지만, 다른 모형, 둥근 형태의 모형은 조금의 진전도 없었다. 버질과 베아트리스는 여전히 이야기에 푹 빠진 모습 그대로였다.

박제사가 아무런 예고도 없이 단도직입적으로 말했다.

"제트 엔진이라는 표현이 마음에 들지 않습니다. 돼지 농장도 그저 그렇고요. 하지만 돼지 떼가 한꺼번에 꽥꽥거렸다는 생각은 아주 마음에 듭니다. 기름칠하지 않아 삐걱거리는 굴대라는 표현도 썩 좋습니다. 이제야 감이 잡힙니다. 그런데 아풀레이우스는 어떤 사람입니까? 처음 듣는 이름이군요."

이 노인네가 존댓말은 사용하지만 절대로 고맙다고 말하지 않는 건 늙어서 그런 단어를 잊어버린 걸까, 아니면 인격적인 결함일까?

헨리가 대답했다.

"원고에서 말했듯이 아풀레이우스는 작가입니다. 가장 유명한 작품은 『황금 당나귀』고요. 그래서 아풀레이우스라면 베아트리스가 가장 좋아한 고전 작가가 아닐까 생각했던 겁니다."

박제사가 고개를 끄덕였다. 헨리는 방금 자신이 한 말에 그가 동의해서 고개를 끄덕이는 건지, 아니면 그가 머릿속으로 혼자 생각한 것 때문에 고개를 끄덕이는 건지 갈피를 잡을 수 없었다.

"그런데 어르신은 저에게 주실 게 없습니까? 제가 박제에 대해 뭔가를 써달라고 했는데요?"

박제사는 고개를 끄덕이고는 책상에서 서너 장의 종이를 집어들었다. 잠시 그 종이들을 살펴보더니 큰 소리로 헨리에게 원고를 읽어주기 시작했다.

동물들이 우리 곁에서 사라지고 있다. 동물들이 우리 곁을 떠나버렸다. 우리 도시의 삶에서만 그렇다는 게 아니다. 자연에서도 그렇다. 밖에 나가보라. 동물들이 눈에 띄지 않는다. 평범한 동물이나 희귀한 동물이나 삼분의 이 정도가 사라졌다. 물론, 동물들을 얼마든지 볼 수 있는 곳이 있기는 하다. 그러나 그런 곳은 동물보호 구역이고 금렵 지역이며, 공원이나 동물원 같은 특별한 곳이다. 사람들이 동물들과 뒤섞여 살아가는 평범한 곳은 완전히 사라졌다.

사람들은 사냥을 반대한다. 이 문제는 내가 관여할 바가 아니다. 박제 자체가 동물 사냥을 부추기는 것은 아니다. 박제는 사냥의 부산물을 보존할 뿐이다. 우리의 노력이 없다면, 드넓은 자연 서식지에서 사라진 동물들은 우리 상상력의 평원에서도 사라질 것이다. 얼룩말의 일종으로 지금은 멸종된 쿠아가라는 동물을 예로 들어보자. 우리가 쿠아가를 박제로 만들어 이곳저곳에 전시하지 않았다면 지금쯤 쿠아가는 단어로만 남아 있을 것이다.

동물을 박제할 때는 다섯 단계를 거친다. 1) 가죽을 벗기고, 2) 가죽을 가공 처리하며, 3) 모형을 만들어, 4) 모형에 가죽을 꼭 맞게 씌우고, 5) 마무리하는 단계다. 각 단계를 제대로 하려면 많은 시간이 걸린다. 아마추어 박제사와 전문 박제사의 차이는 인내심에 있다. 인내심에 따라 결실이 달라지기 때문이다. 포유동물의 경우에는 눈과 귀와 코를 처리하는 데 많은 시간이 걸린다. 눈은 짝짝이가 되지 않도록, 코는 굽지 않도록, 또 귀는 부자연스럽게 서지 않도록 균형을 맞추어야, 얼굴 전체에서 조화로운 표정을 빚어낼 수 있다. 그 후에, 그런 표정에 걸맞은 자세로 동물의 몸을 제작한다.

요즘에는 '소를 채운다'는 표현을 사용하지 않는다. 실제로도 그렇지 않기 때문이다. 달리 말하면, 박제사에게 건네진 동물은 이끼나 향료, 담배 등 잡동사니로 채워진 자루와는 다르다. 모든 분야가 그렇듯이 과학이 우리에게도 실질적인 도움을 주었다. 따라서 요즘 동물을 박제로 만든다는 것은 '표본으로 만든다', '전시 준비를 한다'는 뜻으로 통하며, 그 과정은 무척 과학적이다.

요즘에도 물고기는 박제로 만들기가 쉽지 않다. 따라서 물고기 박제가 다른 분야에 비해 급속히 사라지고 있는 추세다. 박제사보다는 카메라가 더 신속하고 저렴하게 사냥한 동물을 보존할 수 있다. 사냥꾼이 그 옆에 서서 증거로 사진을 찍으면 그만이지 않은가. 카메라의 등장이 박제사업에는 악몽이었던 셈이다. 사진첩에 간직된 채 잊힌 사진이 벽을 장식하는 실물보다 나을 수는 없을 텐데 말이다.

우리 박제사는 동물원에서 죽은 동물을 박제한다. 또 총이나 덫으로 사냥하는 사람들도 박제할 동물의 확실한 공급원이다. 이 경우에는 공급자가 고객이기도 하다. 질병에 걸리거나 포식자를 만나 죽은 채 발견되는 동물들도 있다. 차에 치여 죽은 동물들도 적지 않다. 돼지와 소, 타조 등은 살코기를 인간에게 제공한 후에 부산물인 가죽과 뼈대까지 준다. 멀리 떨어진 외국에서 배로 실려 오는 낯선 동물도 박제로 만들어진다. 내 오카피가 대표적인 예다.

　박제사는 동물의 가죽을 벗기는 과정부터 완벽하게 해내야 한다. 이 과정이 잘못되면 나중에 호된 대가를 치러야 한다. 가죽을 벗기는 과정은 역사학자가 증거를 수집하는 과정과 비슷하다. 이 단계에서 약간이라도 잘못되면 나중에 가죽을 모형에 꼭 맞게 씌울 수가 없다. 예컨대 새의 꽁지깃 끝부분이 잘려나가면, 나중에 자연스럽게 보이도록 끼워 넣기가 훨씬 어려워진다. 하지만 대부분의 동물은 박제사에게 전해질 때 이미 훼손된 상태이기 십상이다. 사냥꾼의 총에 죽거나, 동물원에서 다른 동물에게 물려 죽거나, 자동차에 받혀 죽었기 때문이다. 피와 먼지와 흙은 어렵지 않게 처리할 수 있다. 가죽이나 깃털이 훼손되더라도 일정한 수준을 넘지 않으면 수선할 수 있다. 하지만 우리가 할 수 있는 범위에도 한계가 있다. 역사학에서도 증거가 너무 손상되면 사건을 온전히 해석할 수 없지 않은가.

　가죽이 씌워질 형틀, 즉 모형도 제대로 제작해야 한다. 예부터 사용한 방식대로 틀을 여러 개 만들어 충전물로 채우는 방식이 사용될 수도 있지만, 발사나무로 하나의 모형을 만드는 편이 더 낫다. 정교한 작업이 요구되는 경우에는 철사로 만든 틀에 점토를 붙여 모형을 제작한다. 정확히 말하면, 철사 틀로 거푸집을 만든다. 이때 거푸집은 부분별로 만들 수 있다. 그 후에 유리섬유나 폴리우레탄 수지로 하나의 형틀을 만들면, 가볍고 단단한 모형이 완성된다.

바느질 단계에서는 털색과 실색을 맞추어야 한다. 촘촘하고 단단하게 꿰매야 하며, 한 땀 한 땀 정성을 기울여 가죽의 양쪽 부분을 똑같은 정도로 먹으면서 바느질을 해야 나중에 가죽이 뒤틀리지 않는다. 바느질 방법으로는 팔자뜨기가 주로 사용된다. 팔자뜨기로 바느질해야 가죽의 양쪽 끝을 평평하게 꿰맬 수 있기 때문이다. 실은 튼튼하고 썩지 않는 아마사가 가장 적합하다.

동물의 두개골을 박제 상태로 보존하면, 진짜 이빨이 보이도록 입을 벌린 상태로 진열할 수 있는 이점이 있다. 그렇지 않은 경우에는 머리 모형을 만들 때 입을 닫은 모양으로 꿰매거나 가짜 잇몸과 이빨과 혀를 지닌 입을 정교하게 제작해야 한다. 박제에서 자연스럽게 표현하기 가장 어려운 부분이 혀다. 아무리 애를 써도 혀는 너무 흐릿해 보이거나 지나치게 반들거린다. 물론 입을 닫은 상태로 박제를 만들면 문제될 것이 없다. 하지만 입에서 모든 것이 표현되는, 으르렁거리는 호랑이나 입을 벌리고 달려드는 악어는 어쩌란 말인가?

전체적인 자세도 아주 중요한 문제다. 적어도 포유류와 조류의 경우는 그렇다. 똑바로 선 모습, 서성대는 모습, 도약하는 모습, 긴장한 모습, 느긋한 모습, 옆으로 누운 모습, 날개를 편 모습, 날개를 움츠린 모습 등 어떤 자세로 할 것인지를 처음에 결정해야 한다. 자세는 모형의 제작에도 영향을 미치지만, 동물의 표정을 결정하는 데도 중요한 역할을 하기 때문이다. 과장된 자세나 중립적인 자세, 즉 움직이는 동작이나 휴식하는 동작, 둘 중 하나가 주로 선택된다. 어떤 쪽을 선택하느냐에 따라 다른 느낌을 전달할 수 있어야 한다. 전자의 경우에는 생동감을 포착해서 전달해야 하고, 후자의 경우에는 뭔가를 기다리는 느낌을 전달할 수 있어야 한다. 이런 차이에서 박제에는 두 방향의 철학이 있다. 첫째, 동물을 생동감 있게 표현함으로써 죽음을 부인하며, 시간이 멈춘 것에 불과하다고 생각하는 철학이다. 둘째, 죽음이라는 사실을 받아들이며, 동물이 시간이 끝나기를 기다릴 뿐이라고 생각하는 철학이다.

흐릿한 눈동자에 뻣뻣하고 부자연스럽게 서 있는 동물과, 생명을 머금고 금방이라도 뛰쳐나갈 듯한 동물 사이에서는 이런 차이가 어렵지 않게 찾아진다. 하지만 지극히 작은 부분, 아주 사소한 부분에서 차이가 나는 경우도 있다. 박제의 성공 여부를 결정하는 요인은 지각할 수 없을 정도로 미묘하지만, 그 결과는 확연히 다르다.

서식지 환경, 즉 디오라마에 동물들을 배치할 때도 신중히 생각해서 결정해야 한다. 무대에서 배우들의 위치를 결정할 때와 다를 바가 없다. 전문가의 손길을 더해 제대로 배치하면, 그 효과는 실로 대단하다. 그야말로 자연을 그대로 옮겨놓은 듯한 분위기를 자아낸다. 강변에 동물이 웅크리고 앉아 있는 모습을 생각해보라. 초원에서 새끼들이 까불거리며 노는 모습을 상상해보라. 긴팔원숭이가 나무에 거꾸로 매달려 있는 모습을 머릿속에 그려보라. 아무 일도 일어나지 않은 것처럼 그 녀석들이 다시 살아났다는 느낌을 우리에게 전해주지 않겠는가.

잘못된 작품에는 어떤 변명도 허용되지 않는다. 날림으로 박제해 동물을 망치는 행위는, 그 동물을 재현해낼 수 있는 유일한 재료를 없애버린 것과 같고, 우리를 기억상실과 무지와 몰이해의 늪에 던져버리는 죄악이다.

옛날에는 명망 있는 가문이라면 누구나 박제한 동물 또는 새장으로 거실을 장식하던 때가 있었다. 또 숲이 줄어들면서는 가문의 소유이던 숲을 대표하는 식물을 박제로 만들어 장식했다. 그런데 언젠가부터 박제사업은 완전히 사양길에 접어들었고, 수집과 보존도 먼 옛날 일이 되고 말았다. 요즘 거실은 단조롭기 그지없으며, 숲은 깊은 침묵에 빠져들었다.

박제가 야만적인 관습일까? 내 생각에는 전혀 그렇지 않다. 죽음으로부터 완전히 보호된 삶을 살면서 정육점의 뒷방, 병원의 수술실, 장의사의 작업실을 들여다보지 않은 사람이라면 그렇게 말할 수 있겠지만, 삶과 죽음은 정확히 하나의 공간에서 살다가 죽는다. 즉 자기의 몸뚱이라는 공간이다. 갓난아기도 몸뚱이에서 태어나고, 암도 몸뚱이에 생긴다. 따라서 죽음을 무시하는 것은 삶을 무시하는 것과 같다. 나는 들판의 냄새를 멀리하지 않듯이 동물 사체의 냄새를 꺼리지 않는다. 둘 모두 자연의 일부이고, 자기만의 고유한 특징을 지니기 때문이다.

거듭 말하지만, 박제사는 동물의 죽음을 부추기지는 않는다. 우리는 죽음의 부산물을 보존할 뿐이다. 나는 평생 한 번도 사냥을 해본 적이 없다. 사냥감을 쫓고 싶지도 않다. 동물을 해친 적도 없다. 동물들은 내 친구다. 동물들을 박제로 만들긴 해도, 그 동물의 생명, 즉 그 동물의 과거를 바꿔놓을 수 없다는 건 분명히 알고 있다. 나는 그저 죽음에서 기억을 추출해서 세련되게 다듬을 뿐이다. 이런 점에서 나는 역사학자와 조금도 다르지 않다. 역사학자도 과거를 재구성하고 이해하려고 과거에서 찾아낸 물질적 증거를 연구하지 않는가. 내가 지금까지 박제로 만든 모든 동물들도 과거의 해석이었다. 내가 동물의 과거를 다루는 역사가라면, 동물원의 사육사는 동물의 현재를 다루는 정치인이다. 그 밖의 사람들은 누구나 동물의 미래를 결정해야 하는 시민이다. 따라서 여기에서 우리는 삼촌에게 물려받은 먼지 낀 박제 오리보다 훨씬 중대한 문제를 다루고 있는 것이다.

이쯤에서 나는 지난 수년 전부터 발달한 예술 박제를 언급하지 않을 수 없다. 예술 박제사들은 자연을 그대로 재현하기보다는 자연에 존재하지 않는 새로운 종을 창조해내는 데

초점을 맞춘다. 그들, 즉 박제사들에게 새로운 돌파구를 제시한다는 예술가들은 어떤 동물의 한 부분을 다른 동물의 다른 부분에 붙인다. 이를테면 양의 머리를 개의 몸에 붙이고, 토끼의 머리를 닭의 몸에 붙이며, 황소의 머리를 타조의 몸에 붙이는 식이다. 이런 조합의 가능성은 무궁무진하고, 그 결과물이 대체로 엽기적이며 때로는 불안해 보이기도 한다. 그들이 어떤 의도에서 이런 조합을 하는지 나는 모르겠다. 그들이 동물의 본질을 탐구하지 않는 것만은 분명하다. 내 생각에 그들이 탐구하는 것은 인간의 본성이다. 그것도 지독히 비틀린 관점에서 본 인간의 본성이다. 예술 박제는 내 취향이 아니다. 예술 박제는 내가 배운 박제의 원칙에 어긋난다. 하지만 어쩌겠는가? 상식에서 벗어난 방법을 사용하지만 예술 박제도 동물과의 대화를 계속하는 것이고 일부 사람의 의도에는 부합하는 듯하다.

벌레는 박제가 풀어야 할 영원한 숙제로, 매 단계에서 철저히 박멸해야 한다. 먼지와 과도한 햇볕도 박제의 적이다. 그러나 박제와 동물에게 가장 큰 적은 무관심이다. 다수의 무관심과 소수의 적극적인 혐오가 결합되면서 동물들의 운명에 봉인이 가해졌다.

나는 귀스타브 플로베르 때문에 박제사가 됐다. 특히 그의 단편소설 「호스피테이터 성 쥘리앵의 전설」이 내게 많은 영향을 미쳤다. 나에게도 처음의 동물은 생쥐였고 그다음이 비둘기였다. 쥘리앵도 똑같은 순서로 동물을 죽였다. 돌이킬 수 없는 짓이 저질러진 후에 어떤 것이 구해질 수 있을까? 나는 그 의문을 풀고 싶었다. 이런 이유에서, 즉 증거를 남기기 위해서 나는 박제사가 됐다.

박제사는 원고에서 눈을 떼고 헨리를 쳐다보며 말했다.

"여러 박물관에 전시된 유명한 박제들을 간략하게 정리해서 목록도 만들어놓았습니다. 동물 한 마리에서 완벽한 디오라마까지 망라한 겁니다."

헨리가 말했다.

"나중에 보도록 하겠습니다. 목이 마른데 물을 좀 마실 수 있을까요?"

"싱크대 옆에 잔이 있습니다."

헨리는 싱크대로 천천히 걸어갔다. 잔 하나를 씻어 수돗물을 받아 마셨다. 싱크대에는 푸른 화학용액이 든 플라스틱통에 토끼 뼈대가 담겨 있었다. 헨리는 물을 연거푸 서너 잔 마셨다. 상점 안은 무척 건조해서 목이 바싹 말랐다. 그 때문인지 헨리는 허기까지 밀려왔다.

헨리는 박제사가 방금 읽어준 글에 대해 생각해보았다. 글을 직접 읽는 것과, 남이 읽어주는 글을 듣는 것은 완전히 다른 경험이었다. 자신의 뜻대로 유심히 읽을 부분을 결정하지 못했을 뿐 아니라 스스로 속도를 조절하지 못하고 쇠사슬에 묶인 죄수처럼 끌려갔기 때문에, 헨리는 주의력과 기억력에도 영향을 받은 기분이었다. 박제에 대한 글은 상당히 흥미로웠지만, 박제사 자신에 대한 이야기는 별로 없었다. 따라서 헨리는 박제사에 대해 아는 것이 아직 전혀 없다는 기분을 떨칠 수 없었다.

문예 창작을 가르치는 한 친구의 충고가 헨리의 머리에 번뜩 떠올랐다. 그녀는 "모든 이야기는 좋은 단어 세 개로 시작해. 그러니까 학생의 글을 읽을 때 그 세 단어를 찾는 작업부터 시작하면 돼"라고 조언했다. 그런 단어를 찾는 건 어려운 일이 아니었다. 박제사의 글에서는 오래전 학교를 다닐 때 산문의 기본 요건에 대해 확실히 배웠고 열심히 연습했다는 흔적이 묻어났다. 무엇보다 주제가 평범하지 않고 색달랐다는 점에서, 요컨대 재무 계획이 아니라 박제였다는 점에서, 그의 글은 듣는 사람, 특히 헨리의 관심을 붙잡아두는 데 성공했다.

잔이 헨리의 손가락에서 미끄러지며 바닥에 떨어져 산산조각 났다.

"어이쿠, 죄송합니다. 잔을 놓쳤습니다."

박제사는 무관심한 얼굴로 대답했다.

"걱정하지 마십시오."

헨리는 주위를 둘러보며 빗자루와 쓰레받기를 찾았다.

"그냥 놔두시오. 신경 쓰지 마시오."

헨리는 박제사가 명장名匠답게 실리적이어서 사소한 사고와 그에 따른 뒤처리를 크게 신경 쓰지 않는 것이라 생각했다. 헨리는 책상으로 돌아갔다. 발걸음을 내딛을 때마다, 구두창에 묻은 유리조각이 부서지는 소리가 들렸다. 헨리는 다시 의자에 앉으며 말했다.

"어르신께서 쓴 글은 아주 좋았습니다."

하지만 머릿속으로 '이 노인이 칭찬만을 바랐을까, 적절한 비판을 바랐던 건 아닐까?' 하고 생각하며 덧붙였다.

"약간 반복되고 연결이 매끄럽지 못한 부분이 좀 있었습니다. 하지만 명쾌하고 유익했습니다."

박제사는 대꾸하지 않았다. 그저 무표정한 얼굴로 헨리를 멀뚱멀뚱 쳐다볼 뿐이었다.

"글을 전개할 때 인칭대명사인 '나'를 자주 사용하는 편이었습니다. 일인칭 서술에서는 좋은 현상입니다. 일반론에 빠지지 않고 개인적인 경험을 근거로 얘기를 끌어가려고 노력한 흔적이 엿보였습니다."

여전히 대꾸가 없었다.

"그런 식으로 유연하게 글을 풀어간다면 어르신의 희곡도 술술 풀려나갈 겁니다."

"그렇지 않습니다."

"왜 그렇게 생각하시는지?"

"꽉 막혔습니다. 글이 써지질 않습니다."

박제사는 글길이 막혔다고 순순히 인정했지만 조금도 낙담한 표정이 아니었다.

"초고는 끝내셨습니까?"

"수도 없이."

"언제부터 희곡을 쓰신 겁니까?"

"평생."

박제사는 의자에서 일어나 싱크대로 걸어갔다. 바지직, 바지직. 그가 발걸음을 내딛을 때마다 유리조각이 잘게 부서졌다. 그는 카운터 아래의 선반에서 빗자루와 쓰레받기를 꺼냈다. 그리고 바닥에서 유리조각을 깨끗이 쓸어냈다. 그러고는 고무장갑을 집어서 꼈다. 싱크대 쪽으로 허리를 굽혔다. 침묵이 그를 짓누르지는 않았다. 헨리는 그를 유심히 관찰했다. 잠시 후에는 다른 각도에서 그를 살펴보았다. 많이 늙어 보였다. 늙수그레한 노인이 싱크대 앞에 허리를 굽히고 서서 일하고 있었다. 부인은 있을까? 자식은 있을까? 그의 손가락에는 반지가 없었지만, 그가 하는 일의 성격상 반지를 끼지 않은 것일 수도 있었다. 상처했을까? 헨리는 노인의 옆얼굴을 살펴보았다. 저 공허한 표정 뒤에는 뭐가 숨어 있을까? 외로움일까? 근심일까? 좌절된 꿈일까?

박제사가 기지개를 켰다. 토끼 뼈대가 그의 큼직한 손에 쥐어 있었다. 모든 뼈가 마디마디 연결돼 한 덩어리였다. 눈부시게 희며, 작고, 쉽게 부서질 것처럼 보였다. 그는 뼈대를 뒤집어 조심스레 점검했다. 아주 작은 아기를 다루는 것 같아 보였다.

유일한 소설 『살쾡이』로 세계적인 명성을 얻은 남자, 자신의 살쾡이와 씨름하던 주세페 토마시 디 람페두사가 헨리의 뇌리에 떠올랐다. 글길이 막히는 상황은 결코 웃을 일이 아니다. 자기만의 흔적을 남기려고 한 번도 노력해보지 않은 무사안일한 사람들만 그런 현상을 우습게 넘길 뿐이다. 그런 상황이 닥칠 때는 특정한 작업, 즉 글쓰기만 부정되는 것이 아니다. 당신의 존재 자체가 부정된다. 당신 내면에 존재하는 작은 신, 즉 당신이 결코 소멸되지 않을 거라고 확신하던 부분이 죽어간다는 징후다. 이처럼 창조적인 능력이 폐색되면 우리에게 남는 것은 죽은 껍데기뿐이다. 이런 생각에 잠겨 헨리는 작업장을 둘러보았다.

박제사가 수도꼭지를 틀어 토끼 뼈대를 흐르는 물에 살살 씻었다. 그는 토끼를 흔들어 물기를 제거하고, 싱크대 옆의 카운터에 살며시 내려놓았다.

"왜 하필이면 원숭이와 당나귀입니까? 물론, 두 동물을 어떻게 얻게 됐는지는 이미 들었습니다."

헨리는 손을 내밀어 당나귀를 만졌다. 털이 놀라울 정도로 폭신하고 탄력 있었다.

"왜 특별히 두 녀석만을 위한 희곡을 쓰시는지 알고 싶습니다."

"원숭이는 영리하고 민첩한 동물이고, 당나귀는 우직하고 근면한 동물로 알려져 있기 때문입니다. 동물들이 살아남으려면 그런 특성을 띠어야 합니다. 그래야 융통성과 재치를 발휘해서 변화하는 상황에 적응할 수 있습니다."

"알겠습니다. 희곡에 대해 좀 더 자세히 말씀해주십시오. 배 장면 이후에는 어떤 사건이 벌어집니까?"

"읽어드리지요."

박제사는 장갑을 벗고 허리에 두른 앞치마에 손을 닦으며, 책상에 돌아와 앉았다. 그리고 종이더미에서 원고를 찾아냈다.

"찾았습니다."

그리고 원고를 큰 소리로 읽기 시작했다. 지문부터 모든 것을.

베아트리스　(슬픈 목소리로) 네가 배를 찾아내길 바랐는데.

　　버질　배를 찾았으면 너한테 주었을 거야.

　　　　　(침묵.)

"여기에서 서막이 끝납니다. 베아트리스는 평생 배를 먹은 적도 없고 본 적도 없습니다. 그래서 버질이 배가 어떤 과일인지 베아트리스에게 설명해주는 장면입니다."

"예, 기억하고 있습니다."

그가 계속 읽어갔다.

베아트리스　정말 날씨가 좋다.

　　버질　아주 따뜻해.

베아트리스　햇살도 화창하고.

　　　　　(휴지.)

베아트리스　우리 뭘 해야 하지?

　　버질　우리가 할 수 있는 게 있을까?

베아트리스　(길을 쳐다보며) 계속 걸을 수는 있어.

버질　전에도 했던 거잖아. 계속 걸어봤지만 아무짝에도 소용이 없었어.

베아트리스　어쩌면 이번에는 어떤 성과가 있을지도 몰라.

버질　어쩌면.

(그들은 움직이지 않는다.)

버질　그냥 얘기나 하자.

베아트리스　말은 아무리 많이 해도 나아지는 게 없어.

버질　그래도 입을 닫고 있는 것보다는 나아.

(침묵.)

베아트리스　그건 그래.

버질　나는 믿음에 대해 생각하고 있었어.

베아트리스　네가?

버질　내 생각에 믿음은 햇살을 받으며 지내는 것과 비슷한 거야. 햇살을 받고 있을 때 그림자를 만들지 않을 수 있어? 네가 너라는 것을 절대 잊지 못하게 할 것처럼, 너랑 똑같은 모습으로 항상 너한테 달라붙어 있는 그 어둑한 부분을 떨쳐낼 수 있냐고? 결코 떨쳐낼 수 없어. 그림자는 의심을 뜻해. 햇살을 받고 있는 한 네가 어디를 가든 그림자는 따라다녀. 그런데 햇살을 받고 싶지 않은 사람이 있을까?

베아트리스　하지만 해가 사라졌어. 버질, 해가 사라졌다고! (베아트리스가 울음을 터뜨리고 크게 흐느껴 울기 시작한다.)

버질   (베아트리스를 진정시키려고 그녀의 어깨를 토닥거리며) 베아트리스, 베아트리스. (그러나 버질까지 냉정함을 잃고 걷잡을 수 없이 울기 시작한다. 두 동물은 수 분 동안 울부짖는다.)

여기에서 박제사는 낭송을 멈추었다. 헨리는 그가 일정한 어조로 무덤덤하게 읽어 더욱 효과적이라는 생각마저 들었다. 헨리는 두 손을 들어 나지막이 박수를 치며 말했다.

"정말 멋졌습니다. 태양과 믿음을 비교한 건 정말 좋았습니다."

박제사는 고개를 살짝 끄덕여 보일 뿐이었다.

"버질이 말을 하는 게 입을 닫고 있는 것보다는 낫다고 말한 후에 긴 침묵이 있었고, 베아트리스가 '그건 그래'라고 말하며 침묵이 깨지는 장면은 무대에 올리면 정말 감동적일 것 같습니다."

이번에도 박제사는 뚜렷한 반응을 보이지 않았다. 헨리는 '이런 반응이 한두 번이었던가. 점점 익숙해지는군. 수줍음이 많아서 그럴 거야' 하고 생각했다.

"그런데 갑자기 어둠이 몰려오면서 베아트리스가 울음을 터뜨렸습니다. 이것도 상대적으로 밝았던 앞부분과 멋진 대조를 이룹니다. 그런데 희곡의 배경은 어딥니까? 연극을 개괄적으로 설명하는 부분을 받지 못했습니다."

"그건 첫 페이지에 있었습니다."

"예, 압니다. 버질과 베아트리스는 어떤 공원인가 숲에 있다는 부분부터 받았습니다."

"그럴 리가. 그 앞에 있었을 텐데요."

"그 앞에는 아무것도 없었습니다."

박제사가 혼잣말처럼 중얼거렸다.

"그 부분도 복사한 것 같은데."

그는 헨리에게 종이 석 장을 주었다. 첫 페이지에는 다음과 같이 쓰여 있었다.

20세기의 셔츠

2막 연극

두 번째 페이지에는

버질, 붉은고함원숭이

베아트리스, 당나귀

한 소년과 그의 두 친구.

세 번째 페이지에는

시골길. 나무 한 그루.

늦은 오후.

셔츠라는 나라의 등허리 지역.

어느 나라와 마찬가지로

이웃에는 셔츠보다 크고 작은 나라들이 있다.

모자, 장갑, 재킷, 외투, 바지, 양말, 장화 등등.

헨리가 어리둥절한 표정으로 물었다.

"얘기가 셔츠에서 전개됩니까?"

"그렇습니다, 셔츠의 뒤쪽에서."

"베아트리스와 버질이 빵 부스러기보다 작거나, 셔츠가 엄청나게 크겠군요."

"아주 큰 셔츠입니다."

"그러니까 셔츠에서 원숭이와 당나귀가 돌아다닙니까? 거기에 나무와 시골길이 있고요?"

"그 이상이 있습니다. 모든 게 상징적인 겁니다."

헨리는 자기가 똑같은 말을 먼저 했으면 좋았을 거라고 생각했다.

"그렇겠죠, 상징적인 것이겠죠. 하지만 무엇을 상징하는 겁니까? 상징이 무엇을 대신하는 건지 독자가 알아차릴 수 있어야 합니다."

"아메리카 합중국, 유럽 옷감 연합, 아프리카 구두 연방, 아시아 모자 연합, 이름은 뭐라도 상관없습니다. 우리는 멋대로 지구를 나눠서 풍경에 이름을 붙이고, 지도를 그리지 않습니까. 그러고는 그걸 당연하게 받아들입니다."

"어린이를 위한 희곡입니까? 내가 잘못 읽었을까요?"

"아닙니다, 전혀 아닙니다. 당신 소설은 어린이를 위한 소설입니까?"

그리고 박제사는 헨리를 뚫어지게 쳐다보았다. 하지만 그는 언제나 헨리를 그런 눈빛으로 쳐다보았다. 그의 목소리에는 조금도 빈정대는 기미가 없었다.

"아닙니다. 어린이를 위한 소설은 아닙니다. 내가 지금까지 쓴 소설들은 모두 성인을 위한 것이었습니다."

"내 희곡도 마찬가집니다."

"등장인물과 배경에도 불구하고 성인 대상이라는 말씀이군요."

"등장인물과 배경 때문에 성인용인 겁니다."

"무슨 뜻인지 알겠습니다. 하지만 왜 하필이면 셔츠입니까? 여기에도 어떤 상징이 있습니까?"

"셔츠는 어느 나라에나 있고, 누구에게나 있습니다."

"그러니까 셔츠에는 보편적인 감응이 있다는 뜻입니까?"

"그렇습니다. 우리는 언제나 셔츠를 입지 않습니까."

"우리 모두가 셔츠라는 나라에 살고 있다! 이런 말을 하고 싶으신 겁니까?"

"맞습니다. 외투, 셔츠, 바지도 그렇습니다. 하지만 독일, 폴란드, 헝가리가 될 수도 있었습니다."

"알겠습니다."

헨리는 잠시 생각에 잠긴 후에 물었다.

"그런데 그 세 나라를 언급하신 이유라도 있습니까?"

"외투, 셔츠, 바지 말입니까?"

"아니요, 독일과 폴란드와 헝가리 말입니다."

박제사가 대답했다.

"그저 그 나라들이 가장 먼저 생각났을 뿐입니다."

헨리가 고개를 끄덕이며 말했다.

"그래서 셔츠는 나라 이름일 뿐이라는 뜻인가요?"

박제사는 몸을 앞으로 내밀어 석 장의 원고를 돌려받으며 대답했다.

"여기에서 말한 그대로입니다. 여느 나라와 마찬가지로 이웃에 셔츠보다 크고 작은 나라들이 있는 나라입니다."

헨리는 건설적인 비판을 시도해보기로 결심했다.

"그런데 뭔가가 빠진 것 같다는 생각이 듭니다. 이야기를 전개할 때 가장 중요한 사항 중 하나는 머릿속에 든 것을 종이에 확실히 옮기는 것입니다. 어르신이 보는 것을 독자도 보기를 원한다면, 반드시……."

박제사가 헨리의 말을 가로막으며 황급히 말했다.

"줄무늬 셔츠입니다."

"줄무늬요?"

"그렇습니다, 세로 줄무늬. 해가 저물고 있기도 합니다."

그리고 그는 원고를 뒤적거리며 덧붙여 말했다.

"그들은 하느님과 버질의 믿음에 대해서, 또 요일에 대해서 얘기를 나누고 있었습니다. 그런데 그날이 무슨 요일인지 확실히 모릅니다. 그 장면을 읽어드리지요. 찾았습니다!"

그는 다시 원고를 읽기 시작했다.

베아트리스 좋아. 신이 존재하지 않는 요일들이 있어. 그러니까 우리가 월요일, 화요일, 수요일에는 신에 대해 말하지 않는 거잖아? 목요일에는 머뭇거리다가, 금요일, 토요일, 일요일에는 신을 받아들이잖아. 내 말이 틀렸어?

버질 하지만 나쁜 일은 어떤 요일에나 일어나.

베아트리스 그거야 우리가 아무 요일에나 돌아다니니까 그렇지.

버질 우리는 절대 나쁜 짓을 하지 않았어! 그런데 오늘이 무슨 요일이지?

베아트리스 토요일.

버질 나는 금요일인 줄 알았는데.

베아트리스 어쩌면 일요일일지도 몰라.

버질 화요일인 것 같기도 하네.

베아트리스 월요일인가?

버질 수요일일 수도 있어.

베아트리스 그럼 목요일이 확실하네.

버질 하느님, 저희를 도와주세요!

   (휴지.)

버질 아무리 생각해도 모르겠어.

베아트리스 그럼 그만 생각해. 아니면 네가 편하게 생각할 수 있을

만큼만 적당히 생각해. 그런 후에 기도를 해봐. 기도를
한 후에 좋은 일을 하려고 애쓰는 거야. 그럼 모든 요일
이 좋아질 거야.

버질   오늘은 기도가 안 돼. 신이 없는 요일 중 하나니까, 오늘
은 화요일이 확실해.

베아트리스   그럼 금요일에 다시 하느님에 대해 얘기해보자. 그날까
지는 이것만 생각해. 하느님이 우리 말을 더 잘 들으려
고 침묵하시는 거라고.

(침묵.)

버질   (코로 크게 숨을 들이마시며) 그런데 너는 바나나에 대해
어떻게 그렇게 많이 알게 된 거야? 바나나에 대해서는
내가 전문가인데. (코로 다시 크게 숨을 들이마신다.)

박제사가 고개를 들며 말했다.

"서막에서 그들은 배에 대해 말하면서 바나나에 대해서도 말했
습니다. 베아트리스는 바나나에 대해 많이 압니다. 하지만 여기에
서 중요한 건, 버질이 코를 쿵쿵대며 공기를 들이마셨다는 겁니
다."

헨리가 고개를 끄덕였다. 박제사는 다시 원고를 읽어내려갔다.

버질   ……바나나에 대해서는 내가 전문가인데. (코로 다시 크
게 숨을 들이마신다.)

베아트리스 나도 바나나를 좋아해. 바나나는 맛있잖아.

버질 커피만큼 맛있지.

베아트리스 케이크만큼 맛있어.

박제사가 설명을 덧붙였다.

"그들은 지금 몹시 배가 고픈 상태입니다."

버질 (더 급히 숨을 들이마신다. 나지막한 목소리로) 바람이 불어.

베아트리스 (고개를 끄덕이며 숨을 깊이 들이마신다.) 경치도 너무 아름 다워.

(두 동물이 일어선다. 버질이 베아트리스에게 기댄다. 그들의 콧구멍이 벌름거리고, 귀가 실룩실룩 움직이며, 눈이 화들짝 커진다.

낮의 햇살이 마지막 순간에 이르렀다. 저물어가는 햇살에 대지와 나무줄기가 붉은색으로 물든다. 지극히 점잖은 기병대가 돌진하듯이 바람이 대지를 휩쓸고 지나간다. 바람 냄새가 싱그럽다. 흙과 뿌리, 꽃과 건초, 들판과 숲, 연기와 동물의 냄새를 풍긴다. 하지만 바람이 멀리에서 불어오는 까닭에 광활한 대지의 냄새, 습한 동굴의 냄새까지 전해준다. 아름다운 바람이고, 가슴설레게 하는 바람이며, 삶에 활력을 주는 바람이다. 만물의 축적된 소식이 바람을 타고 전해진다.

맑고 구름 한 점 없는 해 질 무렵, 아무런 특징도 없이 단조롭기 그지없는 지역에서, 셔츠는 편한 길인 양 두 동물을 꼬드겨 나지막한 언덕 위에 오르게 했고, 그들의 눈을 가린 눈가리개를 벗겨냈다. 따라서 그들은 마땅히 보아야 할 것, 즉 박애주의자의 지갑처럼 활짝 열린 풍경을 볼 수 있었다.

풍경은 인간의 발길이 닿지 않은 풀밭으로 시작된다. 동물들은 지금 풀밭의 가장자리, 길 옆에 서 있다. 근처에 맵시 있게 서 있는 떨기나무들과 나무들의 우듬지는 아른아른 빛나는 잎들로 무성하고, 오렌지빛 태양은 나무들의 긴 그림자를 대지에 드리운다. 풀밭 옆에는 푸르른 목초지가 드넓게 펼쳐져 있고, 그 너머로는 흙이 짙은 갈색을 띠는 경작된 밭이 있다. 고랑 때문인지 밭은 두툼한 코듀로이 천처럼 보인다. 그 밭 너머로도 밭이다. 파도처럼 굽이치는 밭은 눈이 닿는 데까지 이어진다. 언덕들이 숲의 잔가지처럼 군데군데 솟아 있고, 양들과 소들을 위해 풀을 남겨둔 밭도 약간 눈에 띄며, 휴경 중인 밭도 있지만 대부분의 밭이 경작된 까닭에 광물질이 풍부한 흙을 드러낸 대지가 햇볕에 반사돼 바다처럼 반짝거린다. 이 끝없는 밭고랑은 파도이며, 그 안에서는 대지의 플랑크톤인 박테리아, 균류, 진드기, 온갖 종류의 벌레와 곤충이 우글거린다. 또 대지의 물고기인 생쥐와 두더지, 혹쥐와 뒤쥐, 토끼 등이 상어에 비유되는 여우를 경계하며 고랑을 따라 달리고, 고랑을 뛰어넘는다. 새들은 가벼운 날갯짓만으로 언제라도 접근할 수 있는 풍부한 먹잇감에 흥분을 이기지 못하고 바다 위의 갈매기처럼 떠들썩하게 노래하고 날카롭게 소리를 내지른다. 버질과 베아트리스는 그곳으로 다가간다. 무수한 새들이 하늘로 치솟아 올랐다가 땅으로 맹렬히 낙하하며, 다시 날개를 퍼덕이며 하늘로 올라가는 모습이 한눈에 들어온다. 땅에서는 온갖 생명체가 꿈틀댄다. 그 모든 것이, 그 모든 것이 바람결에 젖는다.

곧 빛이 점점 어두워지고 색이 짙어지며, 어둠이 대지에 내리기 시작한다. 바람이 하나의 홑씨와 하나의 냄새를 교환하는 평소의 역할을 계속하는 동안, 셔츠에는 북쪽부터 남쪽까지 푸른색과 회색 줄무늬가 그려지는 듯하다.)

박제사가 원고에서 눈을 떼고 말했다.

"이 줄무늬들이 뒷벽만이 아니라, 무대와 관객에게도 투영되도록 할 생각입니다. 극장 전체에 푸른색과 회색 줄무늬가 새겨지는 겁니다."

"풍경은 어떻게 하실 생각입니까?"

"버질에 대한 벽보처럼 풍경도 뒷벽에 투영할 겁니다. 무대는 한 귀퉁이에 서 있는 나무를 제외하고는 텅 비워둘 겁니다. 그렇게 하면 커다란 뒷벽이 확연히 눈에 들어올 겁니다. 디오라마의 벽처럼 약간 굽은 형태가 좋겠지요."

"바람은 어떻게 하시겠습니까?"

"확성기를 이용해야겠지요. 요즘에는 음향기기가 좋아서 놀라운 효과를 빚어낼 수 있을 겁니다. 내가 바람에 대해 묘사한 이유는 음향 담당자에게 어떤 아이디어를 주려는 것일 뿐입니다. 버질과 베아트리스는 한동안 꼼짝 않고 서 있게 할 겁니다. 바람소리가 일이 분 동안 매우 또렷이 들립니다. 포근하면서도 향내가 짙은 바람이. 그런 다음에 풍경이 투영되고, 그 후에 줄무늬가 투영되는 겁니다."

박제사는 다시 원고로 돌아갔다.

> **버질** 줄무늬가 보여? (저물어가는 햇살에 드리워진 푸른 줄무늬를 가리키며) 저기! 저기!
>
> **베아트리스** 저런 줄무늬는 처음 봐.
>
> **버질** 나도.
>
> **베아트리스** 옷깃에 있는 산꼭대기에 올라가야만 저런 줄무늬를 볼 수 있을 거라고 생각했는데.

박제사가 헨리에게 설명을 덧붙였다.

"옷깃은 다른 지방 이름입니다."

"그럴 거라고 생각했습니다."

> **버질** 구름과 안개가 무늬를 조금 가리는데.
>
> **베아트리스** 저런 줄무늬가 정말로 존재할 줄은 몰랐어.
>
> **버질** 줄무늬가 점점 뚜렷해지고 있어.
>
> **베아트리스** 한밤중의 수족관만큼 밝아.

버질   진실만큼 밝고.

  (휴지.)

버질   (풀이 죽어, 두 손으로 얼굴을 감싸며) 우리가 지금까지 얼
  마나 모진 삶을 견뎌왔는데 어떻게 이제야 저처럼 아름
  다운 광경이 나타날 수 있단 말인가? 이해할 수가 없어.
  이건 모욕이야. (버질은 한 발로 땅을 힘차게 구른다.) 아, 베
  아트리스, 모든 것이 끝나는 어느 날, 우리가 겪은 일들
  을 어떻게 말해야 할까?

베아트리스   모르겠어.

베아트리스   (버질은 베아트리스의 다리를 잡고 있던 손을 풀고 네 다리로
  엎드려 길게 울부짖기 시작한다. 가슴에 응어리진 분노를 크게
  폭발시키는 버질의 울부짖음에 풍경과 무대가 서서히 어둠에
  잠긴다.)

"그리고 관객은 버질이 울부짖는 소리를 듣게 됩니다. 처음에는
버질 혼자 울부짖지만, 나중에는 다른 고함원숭이들이 뒤따라 울
부짖으면서 소리가 점점 훨씬 커집니다. 물론, 이 소리는 음향기기
를 통해 소화할 겁니다. 고함원숭이들이 울부짖는 소리로 웅대하
면서도 섬뜩한 교향곡을 만들어볼 생각입니다."

"셔츠에 군이 줄무늬가 있어야 할 이유는 뭡니까? 왜 그렇게 지
엽적인 것까지? 줄무늬라고 하니까 생각나는 게 있어서……."

그때 현관문에 달린 종이 짤랑짤랑 울렸다. 박제사는 헨리에게

한마디 말도 없이, 눈짓 한 번 주지 않고 일어나 매장으로 나갔다. 헨리는 한숨을 푹 내쉬며 버질과 베아트리스를 쳐다보았다. 그리고 버질에게 말하듯이 중얼거렸다.

"너한테도 항상 이런 식이니?"

헨리는 플로베르 단편소설에서의 종소리를 기억에 떠올렸다. 수사슴이 쥘리앵에게 다가와 저주를 퍼부을 때 멀리에서 들려온 종소리였다. 그 종소리는 땡그랑거리지 않고 조종처럼 묵직하게 들렸을 거라는 차이밖에 없는 듯했다. 헨리는 의자에서 일어나, 갓 완성한 사슴 머리를 살펴보려고 발걸음을 옮겼다. 매장에서 박제사가 누군가에게 말하는 소리가 띄엄띄엄 들려왔다. 헨리는 싱크대에서 다시 물을 따라 마셨다. 잔을 두 손으로 조심스레 움켜잡고! 토끼를 살펴보았다. 인대가 아직 남아 있었다. 그래서 뼈대가 조각조각 분리되지 않았던 것이었다. 인대는 가느다란 스파게티면처럼 보였다.

박제사가 돌아왔다. 앞치마를 벗으며 퉁명스레 말했다.

"나갈 일이 생겼습니다."

"괜찮습니다. 저도 이만 가야지요."

헨리가 외투를 집어 들었다.

박제사가 물었다.

"언제 또 오시겠습니까?"

박제사는 무례할 정도로 솔직하고 단도직입적이었다. 헨리에게는 질문이 아니라 명령처럼 들렸다.

"언제 동물원에 함께 가시지 않겠습니까? 골라서 갈 수도 있는데요."

그 도시에는 괜찮은 동물원이 두 군데나 있었다. 헨리는 동물원을 좋아했다. 어떤 의미에서, 동물원은 그가 사회생활을 처음 시작한 곳이기도 했다.

"살아 있는 동물을 보면 원고를 쓰는 데도 도움이 될 겁니다. 저도 자료를 조사할 때 동물원에서……."

박제사가 외투를 껴입으며 헨리의 말을 끊고 나섰다.

"동물원은 야생의 모조품에 불과합니다. 거기에 있는 놈들은 전부 퇴화한 동물입니다. 그놈들을 보면 부끄럽고 얼굴이 화끈거립니다."

헨리가 당황해서 대답했다.

"동물원이 타협인 건 사실입니다. 하지만 자연도 타협인 건 마찬가지입니다. 또 동물원이 없다면 대부분의 사람이 동물이 실제로 어떻게 생겼는지 보지도……."

"나는 일 때문에 살아 있는 표본을 봐야 할 때만 동물원에 갑니다."

헨리는 박제사의 목소리에서, 다시 판사가 판결봉을 두드리는 소리를 감지할 수 있었다. 박제사는 위압적인 몸짓으로 헨리에게 작업장에서 나가달라는 신호를 보냈다.

헨리는 '언젠가는 이 노인의 고집을 꺾어놓겠어!'라고 생각하며 말했다.

"저는 동물원을 야생세계의 대사관이라고 생각합니다. 동물들은 저마다 고유한 종을 대표하는 대사라고 생각하고요. 여하튼 거리에 있는 카페에서 만나면 어떻겠습니까? 요즘은 날씨도 좋으니까요. 돌아오는 일요일 두 시면 괜찮겠습니까? 제가 그때야 시간이 납니다."

헨리는 의도적으로 마지막 문장에 힘을 주었다.

박제사가 무덤덤하게 대답했다.

"알겠습니다. 일요일 오후 두 시, 카페에서."

헨리는 몰래 안도의 한숨을 내쉬었다. 헨리는 박제사와 함께 매장으로 나가며 자연스레 말을 꺼냈다.

"그런데 궁금한 게 하나 있습니다. 어르신의 희곡에서 서막을 읽은 때부터 머릿속에 맴도는 겁니다. 그 흔한 과일을 그처럼 자세하게 묘사한 이유라도 있습니까? 시작치고는 이상하다는 생각이 들었습니다."

박제사가 대답했다.

"당신이 뭐라고 했지요? '말이란 차갑고, 들판에서 춤추는 영혼들을 이해하려고 발버둥치는 진흙투성이 두꺼비 같은 것'이라 말하지 않았던가요?"

"그랬습니다. 다만 영혼spirits이 아니라 요정sprites이라고 했습니다."

"하지만 우리에게 있는 건 말뿐이라고도 말했고요."

헨리도 그 말을 그대로 되받아 말했다.

"하지만 우리에게 있는 건 말뿐이죠."

박제사는 상점의 현관문을 열고 "먼저 나가시죠"라며 헨리를 먼저 문밖으로 내보냈다. 그리고 덧붙여 말했다.

"현실은 우리 능력을 넘어섭니다. 현실을 말로 완벽하게 표현하기는 힘듭니다. 간단한 배조차 완벽하게 표현할 수 없습니다. 시간이 모든 걸 먹어버립니다."

그 말에, 헨리는 시간이 배를 먹어 망각의 늪에 빠뜨리는 모습을 머릿속에 그렸다. 박제사는 헨리가 현관문을 나오기 무섭게 문을 쾅 닫고 안에서 자물쇠를 채웠다. 그리고 문틀에 걸려 있는 마분지 팻말을 '영업 중'에서 '영업 끝'으로 돌려놓고는 작업장으로 되돌아갔다. 예절이라고는 없이 무례함의 경계를 넘어선 그런 태도에도 헨리는 전혀 화가 나지 않았다. 박제사는 누구에게나 그런 식으로 행동할 거라고 생각했다. 개인적인 감정이 섞인 행동은 아니었다.

에라스무스만은 그를 반갑게 맞아주었다. 좋아서 날카롭게 짖어 대며 깡충깡충 뛰었다.

헨리는 박제사에게 원래 다른 질문을 할 생각이었다. 셔츠에는 원숭이와 당나귀, 나무 한 그루와 시골, 그리고 그림 같은 풍경만 있는 게 아니었다. '한 소년과 그의 두 친구'도 있었다. 그들도 희곡에 등장하는 인물일까?

집에 돌아와, 헨리는 세라에게 박제사와 두 번째로 만난 이야기를 해주었다.

"정말 괴짜 노인이야. 오소리만큼 무뚝뚝하지. 그 노인네가 쓴 희곡을 이해하지도 못하겠어. 원숭이와 당나귀, 두 동물이 등장인 물인데 아주 큰 셔츠에 살고 있다는 거야. 그래서 상당히 환상적인 기운을 띠지만 홀로코스트를 떠올려주는 부분들이 있어."

"홀로코스트라고요? 당신이야 모든 것에서 홀로코스트를 연상하잖아요."

"당신이 그렇게 말할 줄 알았지. 하지만 이번 경우는 달라. 예를 들면 줄무늬 셔츠처럼 확실한 것도 있어."

"그래서요?"

"홀로코스트 동안……."

"알겠어요. 줄무늬 셔츠와 홀로코스트에 대해서는 나도 알아요. 하지만 월스트리트 자본주의자들도 줄무늬 셔츠를 입는다고요. 어릿광대도 그렇고. 또 남자라면 누구나 옷장에 줄무늬 셔츠를 한 장쯤은 갖고 있을 거예요."

"당신 말이 맞겠지."

헨리는 갑자기 짜증이 밀려왔다. 세라는 홀로코스트에 대해 관심을 버린 지 오래였다. 적어도 홀로코스트를 주제로 글을 쓰려는 헨리의 열의에는 오래전에 등을 돌렸다. 그러나 세라의 말은 틀렸다. 헨리가 모든 것에서 홀로코스트를 생각하는 것은 아니었다. 정확히 말하면, 헨리는 홀로코스트의 관점에서 모든 것을 보려고 애썼다. 강제수용소에서 희생당한 사람만이 아니라, 자본주의자와 많은 다른 사람들, 심지어 어릿광대까지 홀로코스트적 관점에서 보았다.

∞

그 주 토요일, 헨리와 세라는 곧 태어날 아기를 위해 쇼핑을 나갔다. 유모차, 아기용 침대, 꼬마 구두, 앙증맞은 옷들을 사는 내내 그들의 얼굴에서는 미소가 떠나지 않았다.

그들은 박제사의 상점에서 그다지 멀지 않은 곳에 있었다. 헨리는 세라에게 박제상점에 들러보자고 충동적으로 제안했다. 세라는 흔쾌히 동의했다. 그것이 실수였다. 상점 방문은 예상과 달리 나쁜 방향으로 꼬여갔다. 상점 밖에서는 세라도 오카피가 매력적으로 보인다고 말했지만, 상점에 들어선 순간부터 세라가 그곳을 탐탁지 않게 여긴다는 걸 헨리는 눈치챌 수 있었다. 박제사가 그의 굴에서 모습을 드러내자 세라는 더욱 움츠러드는 것 같았다. 헨리는 세라에게 이것저것 보여주며 기분을 북돋워주려 했지만, 세라는 짤막하게 대꾸하고 말았다. 또 헨리가 뭐라고 말하든 간에 고개를 기계적으로 끄덕일 뿐이었다. 세라는 긴장한 표정이 역력했고, 박제사는 시종일관 언짢은 얼굴이었다. 헨리만이 주절주절 떠들어댔다.

그들은 집에 돌아오자마자 말다툼을 시작했다.

헨리가 말했다.

"그 노인이 나를 도와주고 있다고."

"그 사람이 뭘 도와준다는 거예요? 어떻게? 그 사기꾼한테 속아서 산 저 흉측한 원숭이 두개골로요? 저 괴물이 대체 뭐냐고요? 당신한테 햄릿의 요리크 해골이라도 되느냐고요?(햄릿은 오필리어의 장례를 보러 묘지에 갔다가 어린 시절 궁정 광대였던 요리크의 무덤이 파헤쳐져 해골이 드러난 것을 보며 삶의 무상함을 탄식한다 – 옮긴이)"

"그 노인한테 이런저런 아이디어를 얻고 있다니까."

"그러시군요, 내가 깜빡했네요. 원숭이와 당나귀. 곧 곰돌이 푸가 홀로코스트를 만나겠네요."

"그런 게 아니라니까."

"정말 징그러운 늙은이였어요! 그 영감탱이가 나를 쳐다보는 얼굴을 봤어요?"

"왜 나한테 소리를 지르고 그래? 임신한 여자는 누구나 쳐다보잖아. 내가 당신이랑 같이 있었는데 뭐가 문제야? 나는 그 가게가 좋다고. 그 가게는……."

"빌어먹을 장의사 같았어요! 당신은 죽은 박제 동물과 음흉한 영감탱이에게 시간을 낭비하고 있는 거라고요!"

"그럼 내가 술집에서 시간을 보내면 좋겠어?"

"그런 말을 하는 게 아니잖아요!"

"제발 나한테 소리 좀 지르지 마."

"이렇게 소리를 질러야 당신이 내 말을 듣지, 안 그러면 듣기나 해요!"

그렇게 말다툼은 지루하게 계속됐다. 아기용품으로 가득한 봉지들은 정리하지도 않은 채.

이튿날 아침 헨리는 클라리넷 레슨을 받으려고 일찌감치 집을 나섰다. 이런저런 일이 겹치면서 그는 조금씩 기분이 나아졌다. 우선 클라리넷 선생이 깜짝 선물로 그를 놀라게 했다.

헨리가 말했다.

"받기가 부담스럽습니다."

"무슨 말을 그렇게 하나? 좋은 친구였던 옛 제자가 쓰던 걸세. 하지만 한동안 손도 대지 않았네. 그 친구는 이 클라리넷을 없애버리고 싶어 하더군. 그래서 내가 거의 공짜로 얻었네. 아무리 좋은 악기라도 사용하지 않으면 무슨 소용이 있겠나?"

"그럼 합당한 값을 지불하고 싶습니다."

"됐네! 절대로 받지 않을 걸세. 자네는 그 악기로 아름답게 연주해서 빚을 갚으면 되네."

헨리는 아름답기 그지없는 알베르트식 클라리넷을 두 손으로 꼭 쥐었다.

그의 선생이 다시 말했다.

"이제 자네도 나프툴레 브란트바인을 시도할 수준이 됐네. 오늘부터 시작해보세."

헨리는 '나의 둔한 검은 황소가 이제 뛰기 시작하는 모양이군' 하고 생각했다. 헨리가 틈날 때마다 클라리넷을 연습한 것은 사실이었다. 실력을 향상하는 데 두 가지 방법이 도움이 됐다. 하나는 아파트의 한구석을 완전히 클라리넷 연습 공간으로 할애한 것이다. 그곳에 진열대를 설치해 악보를 정리하고, 클라리넷을 깨끗하게 보관했으며, 리드를 따뜻한 물에 담가두기 위한 컵을 준비해놓았다. 다른 하나는 시시때때로 연습을 한 것이다. 하지만 짧게 집중적으로 연습했고 십오 분을 넘지 않았다. 그는 반드시 지켜야 할 약속 때문에 외출하기 직전까지 연습하고 또 연습했다. 연주가 잘되면 아쉬워하면서도 중단하고 처음으로 돌아가 다시 연주했다. 반대로 연주가 제대로 되지 않으면, 낙담과 분노에 클라리넷을 창밖으로 던져버리고 싶은 마음이 생기기 전에 연습을 중단해버렸다. 이런 식으로 그는 하루에 서너 번씩 클라리넷을 연습했다.

또 헨리에게는 두 명의 충실한 관객이 있었다. 고양이만이 보여줄 수 있는 반응으로 끈기 있게 들어주는 멘델스존과, 헨리가 진열대 옆의 벽난로 선반에 올려놓은 원숭이 두개골이었다. 그가 연주할 때 멘델스존과 두개골의 동그란 눈은 그에게서 떠나지 않았다. 하지만 교양이라곤 없는 에라스무스는 끊임없이 낑낑대고 구슬프게 짖어대서, 헨리는 녀석을 다른 방에, 주로 세라와 함께 있도록 가둬두는 수밖에 없었다.

날씨도 헨리의 언짢은 기분을 풀어주었다. 일요일이라는 이교도적인 이름(일요일Sunday은 '태양에 바친 날'이라는 뜻이다 – 옮긴이)에 부끄럽지 않게 날씨가 화창했다. 포근한 날씨가 대담하고 반항적으로 폭발하며, 겨울의 몰락이 얼마 남지 않았다고 예고해주었다. 마침내 활짝 열린 창문과 현관에서 음악소리가 흘러나왔고, 거리마다 주민들이 누비고 다녔다. 헨리는 박제사를 만나기 전에 가볍게 점심 식사를 하려고 약속 시간보다 일찍 카페에 도착했다. 현명한 결정이었다. 카페에는 손님이 무척 많았다. 헨리는 벽 바로 옆의 테이블을 차지하고 앉았다. 한쪽은 햇살이 들지만 맞은쪽은 그늘인 테이블이었다. 헨리는 평소처럼 에라스무스를 데리고 나왔지만, 녀석은 이상하게 기운이 없어 보였다. 녀석은 응달 쪽에 조용히 엎드려 있었다.

박제사는 군인처럼 정확하게 정각 두 시에 도착했다.

헨리가 두 팔을 활짝 벌리며 과장해서 말했다.

"이 햇볕, 정말 따뜻하고 아름다운 햇볕이지 않습니까!"

"그렇군요."

박제사의 대답은 그것으로 끝이었다.

헨리가 기꺼이 자리를 옮길 수 있다는 의도를 보여주려고 엉덩이를 약간 들며 물었다.

"어느 쪽으로 앉으시겠습니까?"

박제사는 한마디 말도 없이 빈자리, 햇볕이 들지 않는 그늘 쪽에 앉았다. 헨리는 다시 엉덩이를 의자에 붙이고 편히 기대앉았다. 자기만의 울타리를 빠져나온 박제사는 딴 나라에서 온 사람처럼 보였다. 따뜻한 날씨에 어울리지 않게 두툼한 외투를 입고 있었다. 웨이터가 다가와 헨리에게만 "뭘 드시겠습니까?" 하고 물었다. 박제사에게는 묻지도 않았다. 박제사도 웨이터에게 눈길조차 주지 않았다. 헨리는 카페라테와 양귀비 씨를 곁들인 파이를 주문했다.

그리고 박제사를 쳐다보며 물었다.

"어르신은 뭘 드시겠습니까?"

박제사는 테이블에서 눈을 떼지 않고 대답했다.

"블랙커피를 마시겠소."

웨이터는 고맙다는 말도 없이 돌아섰다.

박제사가 먼저 웨이터들을 미워했는지, 웨이터들이 먼저 박제사를 미워했는지 몰라도, 그때쯤에는 서로 미워하는 게 분명했다. 그 동네에 상인연합회가 있다면 화려한 혼수상점 주인, 말쑥한 귀금속가게 주인, 세련된 식당 주인, 세상 물정에 밝은 카페 주인을 비롯해 다른 모든 상점의 주인들이 상가에 관련된 문제들에서 의견을 함께하는 한편이고, 늙은 박제사와 그에게 죽은 동물의 시신을 운반하는 트럭 주인, 웃기는커녕 미소조차 짓지 않는 사람이 한편일 거라고 상상하는 건 어렵지 않았다. 헨리는 그들 사이에 어떤 다툼이 있었는지는 알 수 없었다. 그러나 다툼거리가 있었던 것만은 분명했다. 일요일이든 비 오는 날이든 언제나, 또 어디에나 정치가 끼어드는 법이니까.

"어떻게 지내셨습니까?"

"그럭저럭 지냈소."

헨리는 심호흡을 하며 부아가 치밀어 오르는 걸 꾹 눌러 참았다. 헨리가 교묘하게 답변을 유도하지 않으면 박제사는 거의 언제나 간단하게 대답하고 말았다. 그러나 한 가지만은 확실했다. 전날 헨리가 세라를 데리고 불쑥 상점을 찾아간 걸 그가 언급하지 않으리라는 것 말이다.

헨리가 말했다.

"생각을 좀 해봤습니다. 어르신의 희곡에서 버질에 대해서는 그런대로 설명하고 있습니다. 베아트리스에 대해서도 설명이 있어야 할 것 같습니다."

"내 생각도 그렇소."

"며칠 전에 당나귀를 봐서 그런 생각을 한 겁니다."

"어디에서 당나귀를 봤습니까?"

"동물원에서 봤습니다. 저 혼자 다녀왔습니다."

박제사는 고개를 끄덕일 뿐, 그 이상의 관심을 보이지 않았다.

헨리가 다시 말했다.

"당나귀를 보면서 어르신을 생각했습니다. 당나귀를 아주 자세히 뜯어보았습니다. 제가 무얼 알아냈는지 짐작하시겠습니까?"

"뭡니까?"

박제사는 외투 안주머니에서 펜과 공책을 꺼내며 물었다.

"당나귀가 매력적인 몸뚱이를 지닌 육지 동물이라는 걸 알았습니다. 멋지고 튼튼한 동물이라는 겁니다. 하지만 다리는 놀랍도록 가늘더군요. 자작나무처럼 견고하지만 나긋나긋하게 땅을 딛고 있다고 할까요. 발굽은 둥글고 옹골찼습니다. 아름답기도 했습니다. 가만히 서 있을 때는 다리가 몸통 바로 아래로 모였고, 걸을 때는 걸음걸이가 종종걸음에 가까웠습니다. 가느다란 귀, 검은 눈동자, 코와 입, 주둥이의 길이, 머리의 비율도 상당히 만족스러웠습니다.

입술은 고집스러우면서도 생기발랄해 보였습니다. 당나귀가 먹이를 씹으며 오도독거리는 소리를 듣고 있으면 마음이 편안해졌습니다. 울음소리는 흐느끼는 소리처럼 가식 없고 슬프게 들렸습니다."

박제사는 공책에 뭔가를 적으며 말했다.

"모두 맞는 말입니다. 정확히 봤습니다."

"그런데 등줄기를 따라서 돋은 털이 어깨를 가로지르는 것이, 십자가처럼 보였습니다. 기독교의 십자가와 똑같았습니다."

"맞습니다. 우연히도 그렇습니다."

박제사는 헨리의 말에 맞장구치면서도 그 말을 적지는 않았다.

"그런데 베아트리스와 버질은 무엇을 하는 겁니까?"

"무엇을 하다니요? 무슨 뜻인지?"

"희곡에서 베아트리스와 버질은 무엇을 하는 겁니까? 무슨 일이 일어납니까?"

"얘기를 나눕니다."

"무엇에 대해서요?"

"많은 것에 대해서 얘기를 나눕니다. 마침 내가 한 장면을 가져왔습니다. 그들이 먹을 것을 찾아 떠난 후에 일어난 장면입니다. 둘은 서로를 잃어버릴까 봐 두려워합니다. 베아트리스가 버질을 찾아 떠난 직후에 버질이 돌아옵니다."

박제사는 다른 테이블들을 조심스레 둘러보았다. 누구도 그들에게 관심을 보이지 않았다. 박제사는 가슴 주머니에서 고깃고깃 접은 종이를 꺼냈다. 헨리는 그 모습을 보고, 그가 뭔가를 받아쓰려는 모양이라고 생각했다. 하지만 그는 종이를 펴고, 의자를 당겨 앉으며 헛기침을 했다. 거기에서도, 사람들이 많은 카페에서도 큰 소리로 원고를 읽을 태세였다. 헨리는 정말 제멋대로인 사람이라 생각하며 부아까지 치밀었다. 박제사는 나지막한 목소리로 원고를 읽기 시작했다.

    (버질은 땅을 뒤적거리며 가상의 진드기를 찾는다.)
베아트리스 (오른쪽에서 나타나며) 너 여기 있었구나! 얼마나 찾았는 데.
버질 보고 싶었어!
베아트리스 나도!
    (서로 부둥켜안는다.)
버질 너한테 무슨 일이 생겼을까 봐 걱정했어.
베아트리스 나도.
버질 만약 너한테 어떤 일이 생기면 나한테도 똑같은 일이 생기면 좋겠어.
베아트리스 내 생각도 그래.
    (휴지.)
베아트리스 등은 어때?

박제사가 설명을 덧붙였다.
"버질은 항상 등이 아프고, 베아트리스는 목이 아프다고 투덜거립니다. 그게 그들에게는 골칫거립니다. 또 베아트리스는 한쪽 다리를 접니다. 다리를 절게 된 이유는 나중에 설명드리지요."

베아트리스	등은 어때?
버질	괜찮아. 네 목은 괜찮아?
베아트리스	큰 문제는 없어.
버질	발은?
베아트리스	곧 괜찮아질 거야.
버질	먹을 걸 찾지 못했어.
베아트리스	나도.
	(휴지.)
베아트리스	이제 어떻게 해야 하지?
버질	모르겠어.
베아트리스	이 길을 쭉 따라가면 어딘가 나올 거야.
버질	딴 데로 가고 싶은 거야?
베아트리스	좋을 수도 있잖아.
버질	나쁠 수도 있어.
베아트리스	하기야 누가 알겠어?
버질	여기는 안전하고 재밌는 곳이야.
베아트리스	위험은 언제든 슬금슬금 다가올 수 있어.
버질	그럼 다른 데로 떠나야 하는 건가?
베아트리스	그래야 할 거야.

(그들은 움직이지 않는다.)

버질　재밌는 농담 세 개를 아는데, 이야기해줄까?

베아트리스　농담할 시간 없어.

버질　진짜 재밌는 거야, 정말이야.

베아트리스　싫어, 이제 웃을 힘도 없고 웃고 싶지도 않아. 어떤 것에
　　　　　도.

버질　그 강도들이 우리한테서 정말 모든 걸 빼앗아 갔어.

웨이터가 그들에게 다가왔다. 박제사는 낭송을 멈추고 원고를 테이블 아래로 감추었다. 웨이터는 커피 두 잔과 파이 접시를 테이블에 내려놓으며 말했다.

"좋은 시간 보내십시오."

"고맙습니다."

헨리는 깜빡 잊고 포크를 두 개 달라고 부탁하지 않은 걸 그제야 깨달았다. 헨리는 포크를 집어 파이를 여러 조각으로 나누고, 포크 손잡이를 박제사 쪽으로 돌려놓았다. 그는 커피 스푼을 포크 대신 사용할 생각이었다.

"드십시오."

박제사는 고개를 저었다. 원고를 다시 테이블 위에 올려놓았다. 헨리가 "그 강도들이……"라고 말하자, 박제사는 고개를 끄덕이고 원고를 읽어가기 시작했다.

버질 그 강도들이 우리한테서 정말 모든 걸 빼앗아 갔어.

(휴지.)

베아트리스 맞아. 그래, 농담이란 걸 말해봐.

버질 커피가 없어 아쉬운데.

베아트리스 케이크가 없어 아쉬운데.

(그들은 다시 나무 옆에 자리를 잡고 앉는다.)

헨리는 역설적인 우연의 일치에 쓴웃음을 지었다. 커피와 케이크가 그들 앞에 놓이자마자, 버질과 베아트리스는 커피와 케이크가 없다고 한탄하지 않는가. 조금 전에 베아트리스는 해가 사라졌고 믿음마저 상실했다고 푸념한 반면, 그들은 카페에 앉아 따뜻한 햇볕을 쬐고 있지 않은가. 버질과 베아트리스는 노골적일 정도로 솔직하고 가식이 없어 그들을 창조해낸 작가보다 자신들의 진실한 모습을 훨씬 많이 드러내고 있다는 생각마저 들었다.

버질 첫 번째 농담! (버질은 베아트리스 쪽으로 몸을 구부리고 손을 동그랗게 모아 그녀의 귀에 댄다. 뭐라고 열심히 속삭인다. 몇몇 단어만이 간헐적으로 분명하게 들린다.) ……빵장수가…… 딸이 말했어…… 다음 날…… 한 달 내내…… 그는 거의 폐인이 됐어…… 그래서 딸이 말했어……. [버질이 펀치라인(급소를 찌르는 말, 농담에서 폭소가 터지게 하는 부분-옮긴이)을 들려준다.]

베아트리스 (웃지 않고 시큰둥하게) 재밌네.

버질 두 번째 농담. (다시 버질이 베아트리스의 귀에 속삭인다.)
……다른 죄수에게 다가갔어…… 편지…… 가슴을 가
리키며 말했어……. (펀치라인.)

베아트리스 무슨 말인지 모르겠어.

버질 헝가리 말이야……. (버질이 베아트리스의 귀에 입을 대고
귀엣말로 설명해준다.)

베아트리스 (웃지 않고 시큰둥하게) 그런 말이군.

버질 세 번째 농담. (버질이 베아트리스의 귀에 속삭인다.)

베아트리스 (웃지 않고 시큰둥하게) 그 얘기는 전에도 들은 거야.

박제사가 말했다.

"그들은 처음에 이런 식으로 얘기를 나눕니다. 시간을 보내면서,
다음에 무엇을 할까 생각하는 겁니다."

"농담을 귀엣말로 한다는 게 마음에 듭니다. 좋았습니다."

"그들은 때때로 혼잣말도 합니다. 독백인 셈이지요. 베아트리스
는 잠을 잘 잡니다. 밤새 한 번도 깨지 않고 잘 자고 꿈도 꿉니다.
하지만 버질은 잠을 잘 자지 못하고, 만날 똑같은 꿈을 꿉니다. 소
음, 지겨운 소음이 점점 크게 들려서 깜짝 놀라 일어나 숨을 헐떡
이고, 버질의 표현을 빌리면 눈이 부풀어 오른 풍선처럼 커집니다.
또 항상 흰개미 꿈을 꾼다고 농담을 합니다. 불안해서 그런 거지
요."

"버질이 불안에 떠는 이유가 뭔가요?"

"버질은 고함원숭이들과 어울리고 싶어 하지 않는, 세계에서 유일한 고함원숭이거든요."

헨리는 고개를 끄덕였다.

박제사가 계속 말했다.

"베아트리스가 잠을 잘 때 버질은 가끔 혼잣말을 합니다. 나무 가까이에서 그들이 첫날 밤을 보낼 때, 버질은 한밤중에 일어나 『운명론자 자크와 그의 주인』이라는 책에 대해 말합니다."

"드니 디드로의 책이잖습니까."

『운명론자 자크와 그의 주인』은 18세기 프랑스 고전으로, 헨리는 그 책을 오래전에 읽은 기억이 있었다.

"나는 그 책을 전혀 이해하지 못했습니다."

헨리는 그 소설을 기억해내려 애썼다. 자크와 그의 주인이 말을 타고 여행을 하면서 이런저런 이야기를 나눈다. 그들은 많은 이야기를 나누지만 언제나 뜻밖의 사건이 생기면서 이야기가 중단된다. 헨리의 생각에 자크는 운명론자였고 그의 주인은 그렇지 않았던 것 같지만, 그렇다고 기억하는 것은 아니고 제목으로 미루어 그럴 거라고 추측할 뿐이었다. 헨리는 그 소설을 '이해'하면서 읽었는지조차 기억나지 않았다. 프랑스 사람들의 경쾌한 사고방식과, 현대적이고 코믹한 느낌을 받아 말을 탄 베케트를 떠올렸다는 기억밖에 남아 있지 않았다.

헨리가 물었다.

"왜 이해하지도 못한 소설을 희곡에 언급하신 겁니까?"

박제사가 대답했다.

"나는 그런 것에 구애받지 않습니다. 어떤 소설에서나 쓸 만하다고 생각되는 부분이 있으면 인용합니다. 자크와 그의 주인은 몸에 닥칠 수 있는 상처들과, 각 상처에 수반되는 고통에 대해 얘기를 나눕니다. 자크는 무릎의 상처가 가장 끔찍해서 견디기 힘들다고 강력하게 주장합니다. 버질은 자크가 언급한 사례가 말에서 떨어지면서 무릎을 날카로운 바위에 부딪혔을 때 생긴 건지, 머스킷총에 맞아 생긴 건지 정확히 기억하지 못합니다. 어떤 경우든 버질이 그 책을 읽으면서 그 예에 공감한 건 사실입니다. 하지만 버질은 독백할 때 육체의 고통들을 가늠해보고 비교도 합니다. 그리고 자크가 무릎 통증을 현란하게 묘사했지만, 무릎 통증은 충격을 받는 순간에만 잠깐 지독히 아프고 나중에는 통증이 크게 줄어든다고 말합니다. 허리가 쿡쿡 쑤시고 끊어질 것 같은 통증에 무릎 통증이 어떻게 비교될 수 있겠습니까? 무릎은 작고, 국부적으로 연결돼 있어 사용하지 않아도 상대적으로 불편하지 않습니다. '발끝을 당겨 긴장을 풀라'는 말을 생각해보십시오. 무릎을 사용하지 않음으로써 얻는 즐거움이 이제 상투적으로 들릴 정도가 됐습니다. 하지만 등은 철로의 중심이라 할 수 있습니다. 모든 것과 연결돼 있는 등에는 끊임없이 압력이 가해집니다. 갈증과 기아의 고통은 어떨까요? 완전히 다른 형태의 고통, 말하자면 특정한 신체기관에 상처를 주지 않지만 그로 인한 활기를 말살하는 고통일까요? 이쯤에서 버질은 눈물을 흘리기 시작하지만, 베아트리스가 깨지 않도록 서러운 마음을 억누릅니다. 버질이 희곡에서 독백하는 경우는 이때만이 아닙니다."

"알겠습니다."

"어느 날 아침에도 버질은 혼자 독백합니다. 물론 베아트리스는 여전히 잠을 자고 있고요. 버질은 그들에게 불행이 어떻게 시작됐는지를 기억에 떠올립니다. 처음에는 자신들에게 엄청나게 불행이 닥쳤다고 깨달은 때를 머릿속으로 생각합니다. 그런데 자기도 모르게 몸짓까지 섞어가며 얘기합니다. 버질은 좋아하는 카페에서 아침 신문을 읽고 있었습니다. 그러다 머리기사 하나에서 눈을 떼지 못했습니다. 정부가 새로운 부류의 시민에 관련된 포고령을 내렸다는 기사였습니다. 기사의 표현을 빌리면, 시민에 속한 부류와 비非시민에 속한 새로운 부류에 관련된 포고령이었습니다. 버질은 기사를 읽어가며 더더욱 놀랐습니다. 모든 세부적인 조건을 고려할 때, 지극히 평범한 존재지만, 카페에 앉아 신문을 읽고 있는 원숭이, 즉 그 자신이 바로 포고령에서 말하는 정확한 표적이라는 걸 깨달았던 겁니다."

헨리는 '버질을 배척하는 정부 포고령'이라는 말을 기억해두었다. 평소와 달리 상당히 열띤 모습을 보이는 박제사의 말을 끊고 싶지 않았다. 한두 손님이 무심코 그들을 힐끗 쳐다보기도 했다. 그러나 웨이터가 테이블로 다가오자 박제사의 행동이 달라졌다. 박제사는 두 손을 무릎에 가지런히 올려놓고 고개를 푹 숙였다.

웨이터가 헨리에게 물었다.

"도움이 필요하십니까?"

그러나 웨이터는 다시 고쳐 말했다.

"더 필요하신 것 있습니까?"

"아니, 됐습니다. 고맙소. 리필을 해줄 수 있나요?"

박제사는 아무 말도 하지 않았다. 고개를 약간 저을 뿐이었다. 그는 거기에 없는 사람처럼 보이고 싶어 하는 듯했다.

"계산서는 곧 준비해드리겠습니다."

"예, 그렇게 해주세요."

헨리가 보기에, 웨이터는 박제사에게 뭔가를 말하고 싶어 하다가 생각을 바꾸고 돌아가는 듯했다.

박제사는 버질의 카페 장면에 대한 설명을 끝내기로 결심한 듯 서둘러 말을 이었다.

"에덴에서 추방당한 겁니다! 추방! 갑자기 신문이 커다란 손가락으로 변해, 공중에 떠서 버질을 가리킵니다. 버질은 카페에서 신문을 읽고 있는 다른 손님들이 자신을 알아볼 거라는 두려움에 휩싸입니다. 저기에서, 또 저기에서 사람들이 버질을 훔쳐봅니다. 대체 그 이유가 무엇일까요? 이리하여 자신의 삶에 온갖 사건이 일어나기 시작했다고 버질은 흐느낍니다. 버질과 베아트리스를 비롯해 수많은 사람들의 삶에 온갖 사건이 일어났습니다. 그 순간적인 깨달음이 있은 후부터. 그 순간 세상은 유리처럼 산산이 깨졌습니다. 겉보기에는 모든 것이 예전과 조금도 달라지지 않았지만 실제로는 완전히 달라졌고, 이제는 날카로운 유리조각처럼 위험한 것이 됐습니다. 그 순간 이후로……."

웨이터가 계산서를 갖고 다시 돌아왔다. 헨리는 '동작도 빠르군. 우리가 빨리 떠나기를 바라는 건가?'라고 생각했다. 헨리가 계산을 하고, 그들은 함께 일어섰다. 박제사가 이야기를 끝마치지 못한 까닭에 그의 가게로 걸어가는 수밖에 다른 도리가 없었다. 얼마 떨어지지 않은 곳이지만 완전히 다른 세계를 찾아가는 기분이었다. 지나가는 사람이 한 명도 없었고, 세상에서 가장 후미진 상가의 끝자락보다 훨씬 더 조용했다. 헨리는 퇴창마다 검은 천이 드리워진 걸 보고 실망했다. 모퉁이를 돌면서 그가 기대하던 모습과는 완전히 달랐기 때문이었다. 몰래 밖을 내다보는 오카피마저 보이지 않아, 벽돌담에 정글 벽화가 희미하게 그려진 것 같았다. 박제사는 헨리가 검은 천을 물끄러미 쳐다보는 걸 눈치채고 말했다.

"가게 문이 닫혀 있을 때 사람들이 가게 주변에서 얼씬대는 걸 좋아하지 않습니다. 어떤 짓을 할지 모르니까요."

그는 외투 주머니에서 열쇠를 찾아 뒤적거리다가 그렇게 말하며 주위를 두리번거렸다. 그는 때마침 그 옆을 지나가던 중년 부부, 구부정하게 어깨를 움츠린 십 대 소년, 그리고 외톨이 남자를 매서운 눈초리로 쏘아보았다.

헨리가 무심코 물었다.

"사람을 좋아하지 않으십니까?"

박제사는 다시 행인을 한동안 쳐다보고는 헨리에게 눈길을 돌렸다. 시선의 중심이 헨리에게 집중됐다. 야수처럼 강렬한 눈빛이었다. 그랬다. 야수와 다를 바가 없었다. 박제사가 조금도 흔들리지 않는 눈빛으로 그를 꿰뚫어보자, 헨리는 하나의 생각이 문득 떠올랐다. '아차, 나도 사람이지.'

헨리가 서둘러 사과하는 투로 말했다.

"어르신은 동물과 있을 때 더 편하신 건 아닌가 하는 뜻으로 말한 겁니다. 동물을 잘 아시지 않습니까. 반면에 사람은 이상하고 믿을 수가 없습니다. 그런 뜻으로 말한 겁니다."

박제사는 얼굴을 돌리고, 한마디 말도 없이 상점 문을 열었다. 그들은 상점 안으로 들어갔다. 박제사의 동물들이 어둠에 숨어 조용히 그의 귀가를 기다리고 있었다. 박제사가 몇 개의 스위치를 딸깍거리자 빛이 그들에게 생명을 되돌려주는 듯했다. 가게로 돌아온 때문인지 박제사는 한결 안정된 모습이었다. 그는 곧바로 뒷방으로 향했다. 헨리는 가게 안을 서성댔지만, 에라스무스는 카운터 옆의 바닥에 엎드려 꼼짝하지 않았다. 녀석은 왠지 기분이 언짢아 보였다.

헨리가 작업장으로 들어가자 박제사는 어느새 책상에 앉아 있었다. 헨리는 평소대로 등받이 없는 의자를 차지하고 앉았다. 박제사는 카페에서 하던 이야기를 마저 끝내고 싶은지 서둘러 말하기 시작했다. 그러나 한결 편안한 말투였다.

"카페에서 신문을 읽는 사건이 있은 후 버질은 자신의 감정들이 위축되는 걸 안타까워합니다. 그래도 마음을 다잡으려고 노력하니다. 두려움이라는 감정이 커져서 다른 감정들이 위축된 거라고 자신을 위로합니다. 두려움 때문에 지적인 감동, 미학적인 환희, 조용한 감상, 애정이 담긴 회상, 악의 없는 농담 등과 관련된 감정들이 억눌린 까닭에 버질에게는 흐릿한 눈빛과 냉담한 가슴만이 남겨졌습니다. 그래서 그의 삶에 베아트리스가 없었다면, 아무런 감정도 없이 세상을 살았을 거라고 버질은 말합니다. 베아트리스가 없었다면 버질은 모든 것을 버리고 말았을 겁니다. 심지어 두려움까지도. 버질은 방랑하는 송장, 아무도 살지 않는 집처럼 아무런 의식도 없이 움직이는 살덩어리가 되고 말았을 겁니다. 버질은 전날 저녁의 풍경, 그리고 그 풍경에 크게 감동받던 자신의 모습을 기억에 떠올립니다. 이런 상황을 고려할 때, 버질은 바람과 들판에 감동받았다는 사실에 자신도 놀랍니다. 화염에 싸인 미술관에 뛰어들어 멋진 풍경화를 감상하는 기분이었던 겁니다."

헨리는 박제사가 단순히 자신의 상점을 지키는 게 아니라, 상점 안에서 실제로 먹고 자고 하는 게 아닌가 하는 생각이 들었다. 헨리는 버질과 베아트리스를 쳐다보았다. 하마터면 그들에게 인사말을 건넬 뻔했다. 그제야 그들에 대해 조금씩 알아가는 기분이었다.

박제사는 헨리의 표정에 아랑곳하지 않고 계속 말했다.

"버질은 그런 예기치 않은 감정의 발산에 몹시 기뻐하며, 너무 좋아서 아무런 이유도 없이 벌떡 일어나 땅바닥에 손을 짚고 옆으로 재주넘기를 합니다. 물구나무를 서서 풍경을 쳐다보기도 합니다. 물구나무 선 채로 몸을 옆으로 기울이고, 한 팔을 허공에 쳐든 채 몸을 지탱하기도 합니다. 버질에게 그런 자세는 어려운 게 아닙니다. 잠시 후, 버질은 네발로 땅을 짚지만 곧바로 두 발로만 똑같이 균형을 잡고 섭니다. 처음에는 두 발로 서지만, 나중에는 한 발로만 서서 균형을 잡습니다. 고함원숭이는 이런 자세를 하는 게 더 어렵습니다. 고함원숭이는 두 발 동물이 아니거든요. 두 팔이 흔들리고, 바닥에서 뗀 발은 부들부들 떨립니다. 그래서 꼬리를 씰룩씰룩 움직이며 균형을 잡으려 합니다. 그때 베아트리스가 잠에서 깨어 버질에게 희곡의 핵심적인 질문을 던집니다."

이렇게 말하고 박제사는 책상을 뒤지기 시작했다. 헨리는 박제사가 원고를 그렇게 흩트려놓는 이유를 이해할 수 없었다. 박제사는 항상 원고를 뒤적이며 찾았다. 왜 그는 원고를 정리해두지 않는 걸까? 어차피 희곡이라면 장면의 연속이고, 장면들은 이야기의 논리적 순서를 따르기 마련일 텐데.

박제사가 말했다.

"여기 있군, 찾았습니다."

그는 원고를 읽기 시작했다. 물론 큰 소리로.

베아트리스 버질, 어제 나한테 질문한 거 있지.

　　버질　(베아트리스를 등지고 있다. 거의 넘어질 듯 흔들거리지만 한 발로 아직은 용케 균형을 유지하고 있다.) 아, 일어났구나! 잘 잤어?

베아트리스 응, 잘 잤어. 내가 무슨 꿈을 꿨는지 알아?

버질	무슨 꿈을 꿨는데?
베아트리스	배!
버질	(여전히 균형을 잡고 서서) 하지만 넌 배를 본 적이 없잖아.
베아트리스	꿈에서 봤어. 파인애플보다 컸어.
버질	(여전히 균형을 잡고 서서) 그렇게 컸다면 맛이 없었을 거야.
베아트리스	그런데 너 어제 나한테 질문한 거 있지.
버질	(여전히 균형을 잡고 서서) 그랬나? 허튼 질문이었겠지.
베아트리스	아니야, 좋은 질문이었어. 어젯밤 그 질문을 생각하다가 잠이 들었어.
버질	(여전히 균형을 잡고 서서) 무슨 질문이었는데?
베아트리스	'모든 것이 끝나는 어느 날, 우리가 겪은 일들을 어떻게 말해야 할까?' 하고 물었어.
	(버질이 넘어진다.)
버질	그건 우리가 살아남을 때 말이지.

"이 질문이 희곡에서 핵심적인 질문입니다. 그들에게 닥친 일을 어떻게 말해야 할까요? 그들은 틈날 때마다 그 질문을 거론합니다."

헨리가 불쑥 끼어들었다.

"제가 아까 카페에서 했던 질문에 답을 구한 것 같습니다. 희곡에서 무슨 일이 일어나느냐고 여쭸지요. 결국, 베아트리스와 버질이 뭔가를 가리키는 말에 대해 말하는 것이 어르신의 희곡에서 일어나는 사건입니다."

"나는 그걸 기억에 대해 말하는 것이라고 생각합니다."

헨리는 좀 더 일찍 깨닫지 못한 것이 안타까웠다. 그제야 헨리는 박제사가 희곡에서 말하려는 것이 무엇이고, 왜 그가 도움을 원했는지 짐작할 수 있었다. 엄격하게 말해서 그의 희곡에는 어떤 행위도 없었고, 줄거리라 할 것도 없었다. 그저 나무 옆에서 이야기를 나누는 두 등장인물만이 있을 뿐이었다. 베케트와 디드로를 흉내냈다. 그랬다. 그 두 작가는 뛰어난 솜씨로, 많은 행위를 겉으로는 무위인 것처럼 꾸며냈다. 그러나 무위는 「20세기의 셔츠」의 작가가 원하는 게 아니었다.

헨리는 박제사가 희곡에 대해 설명해주기를 바랐고, 자신이 먼저 홀로코스트를 거론하고 싶지는 않았다. 그러나 그가 먼저 홀로코스트를 거론하면 박제사가 더 협조적으로 나올 거라는 생각이 들었다.

"간단한 질문 하나를 드리겠습니다. 희곡은 무엇에 관한 겁니까?"

그 질문이 헨리의 입술에서 떨어지기 무섭게, 얄궂은 생각이 머릿속에 떠올랐다. 약 삼 년 전 런던에서 악몽 같은 점심 식사를 하는 동안 역사학자가 그에게 던진 질문, 그를 송두리째 파괴하며 침묵에 빠뜨렸던 질문이었다. 그런데 지금 그가 똑같은 질문을 박제사에게 하고 있었다. 그러나 박제사는 그 질문을 대수롭지 않게 여겼다. 그는 거의 고함을 치듯이 대답했다.

"이들에 대한 희곡입니다!"

그렇게 말하며 그는 한 손으로 작업장을 쭉 가리켰다.

"이들이라니요?"

"이 동물들! 삼분의 이가 죽었단 말이오! 아직도 무슨 말인지 모르겠소?"

"하지만……."

"양으로 보나 종으로 보나, 동물의 삼분의 이가 멸종해서 영원히 사라졌습니다. 내 희곡은 그……."

그는 적절한 단어를 찾는 듯 잠시 말을 멈추었다.

"그래, 그 돌이킬 수 없는 증오에 대한 얘깁니다. 버질과 베아트리스는 그런 증오에 '잠깐만!'이라고 소리칩니다."

그의 말투에 깃든 열의와 확신에 헨리는 모골이 송연할 지경이었다. 박제사는 다시 원고를 찾아 종이들을 뒤적였다. 이번에는 원하는 원고를 금방 찾아냈다.

베아트리스   우리가 겪은 일에 어떤 이름이 붙여질까?

버질   괜찮은 질문인데.

베아트리스   대사건?

버질   너무 밋밋한데. 어떤 판단이 더해진 것도 아니고. 우리가 겪은 일의 성격이 이름에 가미돼야 해.

베아트리스   생각할 수 없는 것? 상상할 수 없는 것?

버질　우리가 겪은 일이 생각할 수 없는 것이기도 하고 상상할 수 없는 것이기도 하면?

베아트리스　이름을 붙일 수 없는 것?

버질　이름조차 붙일 수 없다면 어떻게 그 일에 대해 말할 수 있겠어?

베아트리스　대홍수는 어때?

버질　날씨는 그 일과 아무런 관계도 없어.

베아트리스　대재앙?

버질　그 말은 홍수나 지진, 광산 폭발에나 쓰는 말이야.

베아트리스　대화마?

버질　산불이었다면 쓸 수 있겠지.

베아트리스　대혼란Tohu-bohu?

버질　유제품이 함유되지 않은 디저트 이름처럼 들리는데.

베아트리스　테러는 어때?

버질　급히 끝낸 일처럼 들려. 숨을 헐떡이며 뛰어야 하는 것처럼 말이야. 신중한 계획 없이 저질러진 일인 것처럼 들리고. 게다가 전에도 많이 쓰인 말이야.

베아트리스　그럼, 호러는 어때?

버질　훨씬 강렬하게 들리네.

베아트리스　훨씬 나은 것 같아. 주로 단수로 쓰이지만 복수로 쓰면, 호러스에서 '스'라는 발음이 지옥에서 국자로 수프를 떠내 생각할 수 없는 것과 상상할 수 없는 것, 대재앙과 대화마, 대혼란과 테러까지 대접하는 것 같아.

버질 　그래, 우리가 겪은 일을 호러스라고 하자.

베아트리스 　좋아.

(휴지.)

베아트리스 　그럼, 호러스에 대해 어떻게 말해야 할까?

"이 질문은 자주 반복됩니다. 버질과 베아트리스는 목록, 아주 중요한 목록을 작성합니다. 보여드리지요."

그리고 박제사는 의자에서 벌떡 일어났다. 헨리도 덩달아 일어섰다. 박제사는 책상을 돌아 나와 베아트리스에게로 걸어갔다. 한 손은 버질의 엉덩이에 대고, 다른 손은 버질의 굽은 다리 아래로 넣어 버질을 베아트리스의 등에서 들어 올렸다. 그는 버질을 책상에 올려놓고는 베아트리스의 등을 가리키며 말했다.

"보십시오."

헨리는 박제사의 손끝을 따라 눈길을 돌렸다. 당나귀의 굵은 털, 여기저기가 약간 헝클어진 털밖에 보이지 않았다. 박제사가 작업용 전등을 가져왔다. 전등을 베아트리스의 등에 비추자, 헨리는 헝클어진 털에서 어렴풋한 무늬를 찾아낼 수 있었다.

박제사가 말했다.

"이게 목록입니다. 버질과 베아트리스는 셔츠에 살기 때문에 이 목록을 그들의 반짇고리라고 부릅니다. 버질은 촉촉한 손가락 끝으로 베아트리스의 등에 목록을 쓰기 시작했습니다. 그들은 호러스에 대해 어떻게 말할지 생각나는 대로 썼습니다."

헨리는 베아트리스의 털을 유심히 살펴보았다. 침과 털로는 당나귀의 등에 어떤 것도 글로 또박또박 쓸 수 없을 것이고, 설령 그렇게 글을 썼더라도 단 하루를 넘기지 못하고 지워졌을 거라는 생각이 들었다. 박제사가 어떤 상징 기호를 그려 넣은 게 분명했다.

박제사가 말했다.

"반짇고리에 있는 가장 중요한 도구는 고함원숭이입니다. 베아트리스는 전날 밤 버질의 울음소리를 듣고 그런 생각을 해냈습니다. 두 번째로 중요한 도구는 검은 고양이입니다."

"검은 고양이요? 검은 고양이가 어떻게 테러스에 대해 말한단 말입니까?"

"테러스가 아니라 호러스입니다. 이런 식이지요."

박제사가 베아트리스의 등에 버질을 다시 조심스레 올려놓고, 원고 더미를 뒤적이기 시작했다. 헨리는 원고를 어떻게든 얻어 직접 읽으면 훨씬 쉽겠다는 생각이 들었다. 심지어 '직접 쓰면 낫겠다'는 생각마저 들었다.

박제사가 마침내 원고를 찾아내 크게 읽기 시작했다.

> **버질** 우리가 호러스에 대해 말하는 건 결국 더불어 살기 위한 게 아닐까? 나는 그래서 우리가 호러스에 대해 말하려고 하는 거라고 생각하는데?
>
> **베아트리스** 맞아. 기억하면서도 계속 살아가려고.

버질   알면서도 행복하려고. 행복까지는 아니더라도 만족하고
생산적으로 살아가려고 말이야.

베아트리스   맞아.

버질   고양이와 함께 사는 것처럼. 고양이는 항상 어디에나 있
지만 우리 삶을 방해하지는 않잖아. 물론 먹이를 주고
빗질을 해주고, 때로는 관심을 쏟아줘야 하지만, 대체로
는 구석이나 우리 옆에 앉아서 혼자 만족하고 살잖아.
우리를 괴롭히지 않고 말이야.

베아트리스   그럼, 호러스를 얘기할 때 고함원숭이와 검은 고양이를
빠뜨리면 안 되겠네.

버질   그걸 써둬야겠어. (버질은 두리번거린다. 베아트리스의 등에
눈길이 멈춘다.) 어디에 써둬야 할지 알았어. (버질은 손가
락 끝을 혀로 적셔 베아트리스의 털을 평평하게 눌러가며 쓴다.
버질은 몇 번이고 손가락 끝에 침을 묻힌다. 마침내 작업을 끝
내고 흡족한 표정으로 자신의 작품을 바라본다.) 끝났다. 이걸
반짇고리라고 불러야겠어.

베아트리스   반짇고리. 지식의 도구.

버질   맞았어.

박제사가 말했다.

"이것도 상징적인 겁니다."

"예, 알고 있습니다. 하지만 모든 말이 상징인 것 같습니다. 어떤

얘기에서나 그렇지만 희곡에서도 반드시⋯⋯."

"침묵도 있습니다. 한번은 버질이 말을 '순화된 불평'이라고 말합니다. '우리는 말을 지나치게 중시한다'라고도 말합니다. 그래서 그 후로 그들은 다른 방법으로 호러스에 대해 말해보려고 합니다. 예컨대 몸짓과 소리와 얼굴 표정으로 말입니다. 하지만 그런 방법에도 그들은 지칩니다. 아, 그 장면을 쓴 원고가 바로 내 눈앞에 있군요."

박제사는 곧바로 원고를 읽기 시작했다.

베아트리스　지쳤어. 더 이상 못 하겠어.

버질　나도. 그냥 듣기만 할까?

베아트리스　무얼 듣자고?

버질　침묵을 듣는 거야. 침묵이 뭐라고 말하는지 듣는 거야.

베아트리스　좋아.

　　　　　(침묵.)

버질　들려?

베아트리스　응.

버질　무슨 소리가?

베아트리스　침묵.

버질　침묵이 뭐라고 말하느냐고?

베아트리스　아무 말도 안 해.

버질　넌 잘하는구나. 나는 내 내면의 목소리가 '나는 침묵에

귀를 기울이고 있다. 어떤 소리가 들리기를 바라면서'라고 말하는 소리만 계속 듣고 있었어. 소란스럽고 종잡을 수 없는 생각들의 소리만 들렸어.

베아트리스 나도 그런 소리를 들었어. 다른 식으로 말했지만 결국 똑같은 말이었어.

버질 진짜 침묵의 소리를 들으려고 해봐야겠어. 모든 내면의 목소리까지 머리에서 비워내고.

베아트리스 좋아, 나도 그렇게 해볼게.

버질 하나, 둘, 셋, 시작!

(버질과 베아트리스는 정면을 주시하고 머릿속까지 비워내려 애쓴다.

뒹벌 한 마리가 나타난다. 버질과 베아트리스를 향해 곧바로 날아든다. 그들의 눈이 요란스레 윙윙거리며 날아다니는 뒹벌을 좇는다. 머리도 왼쪽 끝에서 오른쪽 끝까지 돌아간다. 그러나 입은 꾹 다물고 아무 말도 하지 않는다.

이번에는 새 한 마리가 왼쪽에 있는 나무에서 시끄럽게 울어댄다. 버질과 베아트리스는 왼쪽을 쳐다보지만 역시 아무 말도 하지 않는다.

이번에는 개 한 마리가 멀리 오른쪽에서 짖어댄다. 버질과 베아트리스는 오른쪽을 쳐다보지만 역시 아무 말도 하지 않는다.

이번에는 개구리 한 마리가 왼쪽에서 개굴개굴 울어댄다. 버질과 베아트리스는 왼쪽을 쳐다보지만 역시 아무 말도 하지 않는다.

이번에는 다람쥐 두 마리가 찍찍거리며 오른쪽에 있는 나무로 기어 오른다. 버질과 베아트리스는 오른쪽을 쳐다보지만 역시 아무 말도 하지 않는다.

이번에 새들이 한꺼번에 몰려와 왼쪽에서 요란스레 재잘거린다. 버질과 베아트리스는 왼쪽을 쳐다보지만 역시 아무 말도 하지 않는다.

머리 위에서 날카롭게 외치는 소리가 들린다. 버질과 베아트리스는 위를 쳐다보지만 역시 아무 말도 하지 않는다.

나뭇잎 하나가 떨어진다. 춤을 추며 떨어지는 낙엽의 모습을 버질과 베아트리스가 쳐다본다. 나뭇잎이 땅바닥에 살며시 내려앉는다.)

버질 에잇, 여기는 너무 시끄러워!

베아트리스 정신을 집중할 수가 없어.

버질 이런 데서는 침묵의 소리를 들을 수 없어.

베아트리스 내 생각도 그래.

(침묵.)

버질 내가 시끄럽게 하면 네가 침묵의 소리를 더 잘 들을 것 같기도 해.

베아트리스 그렇게 생각해?

버질 한번 해보자. (버질이 일어선다. 숨을 깊이 들이마시고 목이 터져라 소리친다.) 전원 탑승! 전원 탑승! 빨리 빨리! 빨리 빨리! 칙칙폭폭 칙칙폭폭. 이번 기차를 놓치지 마십시오! 칙칙폭폭 칙칙폭폭, 마실 것과 간단히 먹을 것을 잊지 말고 챙기십시오! 배고프지 않도록 먹을 걸 챙기십시오. 여러분의 짐을 잘 챙기십시오! 칙칙폭폭! 저기 계신분, 어디 가시는 겁니까? 빨리 기차에 타십시오. 모두 기차에 타라고 내가 몇 번이나 말했습니까. 전원 탑승! 이번이 마지막입니다. 기차가 곧 출발합니다. 칙칙폭폭 칙칙폭폭! 기억행 열차가 곧 떠납니다. 칙칙폭폭! 출발 준비를 하십시오! 출발 준비를 하십시오! (베아트리스에게) 그래, 침묵의 소리를 들었어?

베아트리스 응.

버질 그래?

베아트리스 무수한 그림자들이 나한테 달려들었어.

버질 그들이 뭐라고 말했는데?

베아트리스 삶을 마무리 짓지 못하고 죽은 걸 슬퍼했어.

버질 그들은 어떤 말을 사용했어?

베아트리스 어떤 말인지는 알아듣지 못했어.

버질 그 말들이 일반적인 침묵과는 어떻게 달랐어?

베아트리스 말로 설명하기 힘들어.

버질 그럼, 우리가 그들의 말을 어떻게 전할 수 있겠어?

베아트리스 여하튼 말로 옮기기 어려워.

버질 그들의 하소연에 대해 우리가 뭐라고 말할 수 있을까?

베아트리스 모르겠어. 유구무언이야.

버질　만약 내가 들었다면 어떤 말을 들었을까?

베아트리스　모르겠어.

버질　이 방법도 효과가 없군. 다른 방법을 찾아봐야겠어.

（침묵.）

"그렇습니다, 말로만 의미를 전달할 수 있는 건 아닙니다. 소음도 있고 침묵도 있습니다. 몸짓도 있습니다. 예컨대 이런 것 말입니다. 버질과 베아트리스는 이런 몸짓을 반진고리에 넣었습니다."

그렇게 말하며 박제사는 오른손을 가슴 앞에 올리는 몸짓을 해 보였다.

"그래서 배우에게 도움을 주려고 그림까지 그려 넣었습니다."

박제사는 종이 하나를 들어 보였다. 좌우상하로 네 개의 그림이 그려진 종이였다.

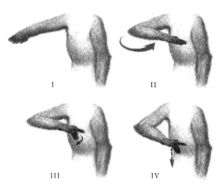

호러스 손짓

헨리는 털로 덥수룩한 팔에 주목했다. 동물을 향한 그 돌이킬 수 없는 증오를 표현하기 위해 박제사라면 당연히 배우들에게 역할에 맞는 분장을 하게 했을 것이다. 그리고 손을 가슴 앞으로 가져간 후에 두 손가락으로 아래를 가리키고, 다시 손을 아래로 내린다. 왜 하필이면 두 손가락일까?

헨리가 말했다.

"말, 침묵과 소음, 등장인물들과 상징들, 이 모든 것이 이야기를 구성하는 데 중요한 요소입니다."

헨리는 '하지만 줄거리도 필요하고 행위도 필요합니다'라고 덧붙이려 했지만, 박제사가 헨리의 말을 가로막고 나섰다.

"목록은 점점 길어집니다. 희곡은 그 목록을 중심으로 전개됩니다. 좀 있다가 목록, 그러니까 반짇고리에 담긴 목록 전부를 읽어 드리겠습니다. 연극이 끝날 즈음에 버질이 목록 전부를 마지막으로 읽거든요. 그 목록은 내가 이루어낸 가장 큰 문학적 성취입니다."

헨리는 그 말에 웃음을 터뜨릴 뻔했다. 그러나 박제사는 그런 웃음을 순순히 받아들일 사람이 아니었다. 함께 웃음을 나눌 사람은 더더욱 아니었다. 그에게서 발산되는 분위기, 그의 표정은 웃음에서도 생명을 삼켜버릴 것 같았다.

다른 원고와 달리 목록은 책상에 흐트러진 종이들 사이에 있지 않았다. 박제사는 목록을 서랍에서 꺼내 차근차근 읽어 내려갔다.

고함원숭이, 검은 고양이, 말과 때때로의 침묵, 손짓, 한쪽 소매가 떨어져나간 셔츠, 기도, 의회에서 회기를 시작할 때 갖는 기조연설, 노래, 음식 접시, 퍼레이드의 장식 꽃수레, 구두 모양으로 빚은 기념 도자기, 테니스 교습, 명백한 진실인 보통명사들, 하나의 긴단어, 목록, 극한적인 상황에서의 공허한 격려, 목격자 증언, 종교적 의식과 순례, 정의와 경의를 표하는 사적인 행위와 공적인 행위, 표정, 두 번째 손짓, 말에 의한 표현, 〔원문 그대로〕희곡, 노볼리프키 거리 68번지, 구스타프를 위한 게임, 문신, 어떤 해를 상징하는 물건, 아우키츠.

그야말로 뜻을 알 수 없는 단어들의 나열이었다. 헨리는 직접 읽지 못하고 단 한 번 듣는 데 그쳤기 때문에, 뜻을 짐작하기도 전에 모든 단어가 침묵 속으로 사라져버렸다. 헨리의 기억에 남은 단어도 별로 없었고, 뜻을 헤아린 단어는 더더욱 없었다. 헨리는 어떻게 반응해야 할지 몰라, 묵묵히 앉아 있을 수밖에 없었다. 그러나 박제사는 목록에 대해 더 이상 언급하지 않았다.

결국 헨리가 먼저 입을 열었다.

"마지막 단어는 제대로 듣지 못했습니다."

"아우키츠, 에이-유-케이-아이-티-제트."

"독일어처럼 들리는군요. 하지만 무슨 뜻인지 전혀 모르겠습니다."

"당연히 모를 겁니다. 일종의 하나의긴단어입니다."

"나한테는 조금도 길게 들리지 않는데요. 겨우 여섯 문자고."

"맞습니다. 길지는 않습니다."

박제사가 손에 쥔 목록을 뒤집어, 중간쯤에 있는 한 단어를 손가락으로 가리켰다. '하나의긴단어onelongword'라는 단어였다.

"무슨 뜻입니까?"

"베아트리스가 생각해낸 겁니다."

박제사는 역시 종이들을 뒤적거렸고, 그 부분의 원고를 찾아냈다.

베아트리스	멋진 생각이 떠올랐어.
버질	뭔데?
베아트리스	하나의 긴 단어. 그냥 한 단어로 하나의긴단어.
버질	정확히 어떤 단어…….
베아트리스	쉿!
버질	(깜짝 놀라 나지막한 목소리로) 왜 그래?
베아트리스	어떤 소리를 들은 것 같아.
	(침묵.)
버질	분명히 들었어?
베아트리스	아니.
버질	확실해?
베아트리스	아니.

버질	도망가야 하나?
베아트리스	어느 방향으로?
버질	소리가 난 방향과는 반대 방향으로.
베아트리스	어느 방향에서 소리가 들렸는지 확실히 모르겠어.
버질	우리가 포위당한 거야!
베아트리스	쉿, 조용히 해!

"그들이 발각당했다고 생각하는 장면이 계속되지만, 잘못 생각한 겁니다. 그들은 아직 안전합니다. 그래서 그들은 다시 하나의긴 단어 얘기로 돌아갑니다."

베아트리스	버질?
	(버질은 깊이 잠들었다. 점점 옆으로 쓰러지더니 결국 베아트리스에게 기댄다. 이제는 코까지 나지막이 골기 시작한다.
	베아트리스는 꼼짝하지 않고 소리도 내지 않는다. 잠을 자지도 않는다. 초조한 얼굴로 주변을 두리번거린다. 두려움 때문에 쉽게 잠들지 못하는 것이다. 그러나 조용하고 평화로운 분위기에 베아트리스는 긴장을 풀고, 호기심 어린 눈빛으로 주변 경치를 관찰하기 시작한다.)
베아트리스	정말 아름다운 경치야.
	(침묵. 버질의 코 고는 소리만 들린다.)
버질	(갑자기 잠에서 깨며) 뭐라고? 내가 뭐라고 말했다고?

베아트리스 모르겠는데. 나도 잠들었나 봐.

버질 너도 잤어?

베아트리스 응.

버질 너는 만날 자는구나.

베아트리스 네가 본 것 중에서 나한테 말해줄 게 있어?

버질 (하품을 하고 기지개를 켠 후에 눈을 비비며) 그런 것 없는데.

베아트리스 다행이군.

버질 우리가 어디까지 얘기했지?

베아트리스 무얼 말이야?

버질 맞아, 우리는 호러스를 어떻게 말할까에 대해 말하고 있었어.

베아트리스 하나의긴단어.

버질 그래, 한마디로 하면 그래. 그런데 그게 무슨 뜻이야?

베아트리스 호러스에 대한 거라고 합의할 수 있는 하나의 긴 단어가 있을 거란 뜻이야.

버질 생각해놓은 단어라도 있어?

베아트리스 애처롭고도유감스러운상황 Thepityofitallwhenso muchwaspossible.

버질 맘에 드는데. 나도 하나 생각났어.

베아트리스 뭔데?

버질 잘못들어온사악한공간Evilivingroomanerroneously.

헨리가 말했다.

"다시 한 번 말씀해주십시오."

> **버질**   잘못 들어온 사악한 공간.
> **베아트리스** 아휴, 따라 하기도 어렵네.

박제사는 고개를 끄덕이며, 버질이 만든 하나의긴단어에 대해 베아트리스와 헨리가 똑같은 생각임을 인정했다.

> **버질**   그래, 네가 말한 대로 합의, 협정이 있어야 해. 우리는
>   하나의긴단어가 호러스에 대한 거라고 합의한 거야.
> **베아트리스** 좋아, 합의했어.
> **버질**   이것도 써둬야지. (버질은 손가락 끝으로 베아트리스의 등에
>   쓴다.)

"아우키츠는 하나의긴단어에서 파생된 겁니다. 베아트리스는 그 단어가 모든 책과 잡지와 신문에서 작가나 발행인의 바람에 따라 눈에 잘 띄는 곳이나 은밀한 곳에 반드시 인쇄되어야 한다고 말합니다. 그러면 그 표시가 있는 저작이 호러스에 대해 알고 있다는 걸 보여줄 수 있다고 말입니다."

"목록, 그러니까 셔츠의 반짇고리에 있는 다른 모든 항목도 똑같은 목적을 띠고 있습니까? 그러니까 호러스에 대해 알리기 위해

만들어진 것입니까?"

"그렇습니다."

"그 목록을 볼 수 있을까요?"

박제사는 잠시 머뭇거렸지만 결국 목록을 헨리에게 넘겨주었다.

"고맙습니다."

헨리는 의외의 반응에 놀라지 않을 수 없어, 놀란 표정을 겉으로 드러내지 않으려고 애썼다. 박제사의 반응이 도무지 믿기지 않았다. 그가 목록을 훑어보기도 전에 박제사가 금방이라도 그 종이를 도로 낚아챌 것 같았다. 하지만 헨리는 드디어 박제사의 일방적인 낭송을 중단시키고, 원고를 눈앞에 두게 됐다. 헨리는 박제된 동물처럼 꼼짝하지 않고 목록을 읽어갔다. 기계식 타이프라이터로 타이핑한 때문인지 글자들이 종이를 약간 눌러, 뒷면은 점자 문서처럼 오돌토돌했다.

목록은 일렬로 가지런히 나열돼 있었다.

호러스의 반짇고리

고함원숭이,

검은 고양이,

말과 때때로의 침묵,

손짓,

한쪽 소매가 떨어져나간 셔츠,

기도,

의회에서 회기를 시작할 때 갖는 기조연설,

노래,

음식 접시,

퍼레이드의 장식 꽃수레,

구두 모양으로 빚은 기념 도자기,

테니스 교습,

명백한 진실인 보통명사들,

하나의 긴 단어,

목록,

극한적인 상황에서의 공허한 격려,

목격자 증언,

종교적 의식과 순례,

정의와 경의를 표하는 사적인 행위와 공적인 행위,

표정,

두 번째 손짓,

말에 의한 표현,

[원문 그대로] 희곡,

노볼리프키 거리 68번지,

구스타프를 위한 게임,

문신,

어떤 해를 상징하는 물건,

아우키츠.

마지막 항목 뒤에 찍은 마침표 자리에는 구멍이 뚫려 있었다. 목록은 재밌는 시처럼 읽혔다. 이상한 단어들을 이상하게 나란히 배열하고, 친숙한 개념과 생소한 개념을 나열한 반시反詩였다. 헨리의 눈이 목록의 끝부분에 쓰인 항목, '노볼리프키 거리 68번지'에서 멈추고 한동안 움직일 줄 몰랐다. 그 주소가 그의 기억에서 맴돌았지만, 이유를 알 수 없었다. 헨리는 목록을 계속 읽어갔다. 박제사는 그 목록에 대한 강한 자신감을 가지고 헨리가 그에 대해 질문해주기를 바라는 듯한 표정이었다. 그러나 헨리는 속으로 한숨을 내쉬었다. 목록을 중심으로 어떤 이야기를 끌어간다면, 예컨대 그가 무대에 앉아 전화번호부부터 읽기 시작한다면 어떻게 관객을 압도할 수 있겠는가. 헨리는 내키는 대로 아무 항목이나 택해 물었다.

"그런데 명백한 진실인 보통명사들은 뭡니까?"

"그건 사전에서 확인되는 개념들입니다. 그것도 베아트리스의 생각입니다. 예컨대 살인자, 도살자, 학살자, 고문자, 약탈자, 강도, 강간범, 폭행범, 야수, 괴물, 악귀 따위의 단어들이 대표적인 예입니다."

"그렇군요."

헨리는 목록에서 또 다른 항목을 택해 물었다.

"그럼 말에 의한 표현이라는 건 뭡니까?"

박제사가 그에 해당되는 장면의 원고를 찾아 읽었다.

베아트리스 좋았어. 또 생각해낸 것 있어?

(버질이 다시 서성대기 시작한다.)

버질 표현.

베아트리스 또? 그러다가 네 얼굴이 찌그러지겠다.

버질 얼굴 표정이 아니라, 말에 의한 표현(facial expression이 아니라 verbal expression이라는 뜻 ─ 옮긴이). 앉아 있든 서 있든, 또 한 줄로 있든 여러 줄로 겹겹이 있든 인간 집단의 중심부를 표현하는 말은 '호러스'에 들어갈 수 있을 거야. 그 말이 꼭 부정적인 의미로 해석돼야 할 이유는 없어. 여하튼 어떤 줄의 중간에 있으면, 줄의 양쪽 끝에서 닥치는 위험에서 가장 안전해. 그래서 우리가 어떤 연극을 보러 가서 안내원에게 "호러스에 앉으면 가장 잘 볼 수 있을 겁니다"라거나 "죄송하지만 호러스는 벌써 꽉 찼습니다"라는 말을 들으면, 그 말이 무슨 뜻인지 아는 거야. 또 다른 사람들이 다른 상황에서 겪은 일들, 그러니까 그들이 '호러스'에서 겪은 일들을 우리가 기억해낼 수도 있는 거야. 계속할까?

베아트리스 그래, 계속해봐.

박제사는 거기에서 멈추었다.

헨리가 고개를 끄덕이며 다시 물었다.

"그럼 〔원문 그대로〕 희곡은 뭡니까?"

"〔원문 그대로〕를 뜻하는 sic는 라틴어로 원래 '이와 같이'라는 뜻입니다. 인쇄된 단어가 명백히 잘못된 원문을 그대로 옮겼다거나, 의도한 대로 정확히 인쇄된 것임을 가리킬 때 sic가 사용됩니다."

"맞습니다. 나도 sic의 용법에 대해서는 잘 압니다."

"버질은 모든 단어, 한 단어 한 단어가 모두 sic로 수식되는 짤막한 희곡을 쓰려고도 합니다. 호러스의 관점에서 보면 모든 단어가 잘못된 거니까요. 어떤 의미에서, 실제로 그런 식으로 글을 쓴 헝가리 작가가 있습니다."

박제사는 버질이 〔원문 그대로〕 희곡을 쓰려고 계획하는 장면에 해당하는 원고를 찾지도 않았고, 그가 언급한 헝가리 작가가 정확히 누구인지도 헨리에게 말하지 않았다. 대신 그는 갑자기 입을 다물고 침묵에 빠져들었다. 말하자면, 그들은 막간의 휴식 시간을 맞은 듯했다. 헨리는 그 기회를 잡아 다시 시도해보기로 마음먹었다. 하지만 이번에는 다른 각도에서, 즉 줄거리와 행위라는 관점보다 등장인물의 변화라는 관점에서 접근해보기로 했다. 그렇게 하면 박제사에게도 도움이 되고, 박제사가 희곡을 쓰게 된 이유를 말하도록 유도할 수 있을 것 같았다.

"그런데 베아트리스와 버질은 희곡의 전개 과정에서 어떻게 변합니까?"

"변하느냐고요? 왜 그들이 변해야 하지요? 그들은 변해야 할 이유가 없습니다. 그들은 잘못한 게 없습니다. 희곡이 끝날 때나 희곡이 시작할 때나 똑같습니다."

"하지만 그들은 말을 합니다. 뭔가를 보고 깨닫습니다. 또 조용할 때는 사색도 합니다. 반짇고리에 넣을 도구들을 생각해내기도 합니다. 이 모든 것들이 그들을 변화시키지 않나요?"

박제사는 단호한 목소리로 말했다.

"절대 변하지 않습니다. 그들은 처음부터 끝까지 똑같습니다. 우리가 내일 그들을 만나면, 그들은 전날과 달라진 게 하나도 없다고 말할 겁니다."

헨리는 문예 창작을 가르치는 친구라면 이때 뭐라고 말했을지 궁금했다. 헨리는 좋은 단어 세 개, 아니 그 이상을 찾아냈지만, 그 단어들을 어떤 이야기로 꾸밀 수 없었다.

"하지만 어떤 이야기에서나 등장인물은⋯⋯."

"동물들은 수천 년을 견뎌왔습니다. 최악의 상황을 맞아서도 견뎌냈고 적응해왔습니다. 하지만 그들의 본성을 잃지는 않았습니다."

"어떤 생명체나 그랬습니다. 그 말씀에는 전적으로 동의합니다. 진화의 유기적인 작용에 대해서는 조금도 의심하지 않습니다. 하지만 이야기에서는⋯⋯."

박제사는 흥분한 것 같았다.

"변해야 하는 건 우리지, 그들이 아닙니다!"

"그 말씀에도 동의합니다. 환경의식 없이는 미래도 없을 테니까요. 하지만 이야기에서는⋯⋯ 어르신이 제게 보낸 플로베르의 단편소설에서 쥘리앵을 생각해보십시오. 시간이 지나면서……."

"버질과 베아트리스가 다른 사람의 기준에 따라 변해야 한다면, 차라리 모든 걸 포기하고 죽는 게 나을 겁니다."

결국 헨리가 포기하는 수밖에 없었다.

"알겠습니다. 어르신의 의도를 알았습니다."

헨리는 박제사를 진정시키려고 말했다.

"버질과 베아트리스는 변하지 않습니다. 그들은 예전이나 지금이나, 앞으로도 똑같을 겁니다."

헨리는 다시 목록으로 눈을 돌렸다.

"노볼리프키 거리 68번지는 어디……."

헨리는 화제를 바꾸려고 질문을 하려 했다. 하지만 박제사가 갑자기 손을 들며 헨리를 제지했다.

헨리는 황급히 입을 다물었다. 박제사는 의자에서 일어나 책상을 돌아 나왔다. 헨리는 약간 두려움마저 느꼈다.

박제사가 거의 속삭이는 듯한 목소리로 말했다.

"단 하나만이 정말로 중요합니다."

"그게 뭡니까?"

박제사는 헨리의 손에서 목록을 천천히 잡아당겼다. 헨리는 목록이 손가락들 사이에서 빠져나가는 걸 가만히 지켜보았다. 박제사는 목록을 책상 위에 펼쳐놓았다.

"여기!"

박제사는 한 손에는 전등을 쥐고, 다른 손으로 꼬리가 시작되는 부분에서 털을 반대 방향으로 밀어내기 시작했다.

"바로 여깁니다!"

헨리의 눈길이 거기로 향했다. 그곳에 훤히 드러난 가죽에는 바느질 자국, 꼬리가 시작된 부분을 동그랗게 둘러가며 꿰맨 자국이 있었다. 수술을 받은 듯 자줏빛을 띠어 끔찍해 보였다.

박제사가 말했다.

"꼬리가 잘려나갔더랬습니다. 그래서 내가 다시 붙였습니다."

헨리는 그 부분에서 눈을 떼지 못했다. 박제사는 전등을 카운터에 올려놓고는 작업장 맨 구석에 있는 작업대로 걸어갔다. 헨리는 버질의 털을 만졌다. 처음에는 털을 가지런히 정돈해줄 생각이었지만, 오히려 털을 반대 방향으로 밀어내며 그 상처를 다시 쳐다보았다. 자신도 왜 그렇게 행동했는지 알 수 없었다. 상처 부위를 보고 만져보았다. 오싹한 전율감이 온몸에 밀려왔다. 헨리는 황급히 손을 거두고 털을 다독였다. 온몸에서 기운이 빠져나가는 것 같았다. 잔인하게도 버질의 멋진 꼬리를 잘라버리다니. 대체 누가 그런 짓을 했을까?

헨리는 박제사가 희곡에 대해 말하다가 갑자기 중단한 이유가 궁금했다. 박제사는 작업대 앞에 서서 뭔가를 만지작거리고 있었다. 헨리가 그를 너무 심하게 다그쳤던 것일까? 그가 처한 어려움을 너무 몰랐던 것일까?

"왜 내가 희곡을 직접 읽게 해주지 않습니까? 그럴 만한 이유가 있습니까?"

박제사는 대답하지 않았다.

평생 동안 공들여 작업해온 보물을 넘겨주는 기분, 그 보물마저 내주면 그는 아무런 비밀도 남지 않은 빈껍데기로 전락할지도 모른다는 느낌이었던 것일까? 그가 내면에 감추어둔 자아가 드러날까 두려웠던 것일까? 헨리나 다른 사람들의 반응이 두려웠던 것일까? "평생을 작업했는데, 당신이 그 결과로 보여줄 수 있는 게 겨우 이것뿐이란 말입니까?"라는 비판을 받을까 봐 두려웠던 것일까? 그가 마음대로 할 수 없었고 원하던 해결책을 찾지도 못했기 때문에, 평생 공들인 작업이 실패로 끝났다고 직감한 것일까? 헨리는 박제사의 속내를 전혀 모르는 까닭에 이런 의문들에 대답할 수 없다는 걸 깨달았다. 그의 희곡을 읽거나 듣고, 그와 그런대로 많은 대화를 나누었지만, 그 노인은 여전히 헨리에게 미스터리였다. 더 나쁘게 말하면, 텅 빈 공간이었다.

"이제 그만……."

헨리는 어렵게 입을 뗐지만 말끝을 흐리고 말았다. 박제상회를 찾을 때마다, 박제사는 헨리의 시간을 너무 많이 빼앗았다. 헨리는 천천히 일어나, 박제사가 서 있는 곳으로 다가갔다.

박제사는 붉은 여우를 작업하고 있었다. 여우는 등을 바닥에 댄 채 뉘어 있었고, 박제사는 이미 아래쪽 늑골부터 꼬리가 시작되는 곳까지 복부의 절개를 끝낸 뒤였다. 그는 손가락과 칼을 사용해 몸에서 가죽을 떼어내기 시작했다. 헨리는 병적인 황홀감에 사로잡혀, 박제사가 작업하는 모습을 지켜보았다. 갓 죽은 동물을 그처럼 가까이에서 본 적이 없었다. 박제사는 가죽을 천천히 몸에서 떼어냈고, 꼬리가 시작하는 부분에 이르자 칼로 안에서부터 꼬리를 잘라냈다. 다음에는 뒷다리 부분을 작업했다. 무릎 관절에 이르자, 박제사는 무표정한 얼굴로 관절을 뻬갰다. 피는 거의 흐르지 않았다. 헨리의 생각에 근육인 듯한 옅은 분홍색과, 지방이 확실한 하얀 줄이 대부분이었고, 간혹 여기저기에서 짙은 자줏빛 얼룩과 반점이 보일 뿐이었다. 헨리의 생각에, 박제사가 이제 복부 절개를 위쪽으로 목이 시작되는 부분까지 계속할 것 같았다. 요컨대 가슴 부위를 갈라 열고, 뒷다리에 했던 식으로 앞다리에도 작업을 할 것 같았다. 하지만 박제사는 여우의 복부를 절개해 몸을 헐겁게 하고는 칼로 몸에서 가죽을 분리시켜가며 가죽을 뒤집기 시작했다. 가죽이 스웨터처럼 여우의 몸에서 벗겨졌다. 앞다리는 어깨에서부터 절개해 가죽을 목까지 벗겨냈다. 머리를 작업할 때는 두개골과 연결된 귀 부분을 절개했다. 두 개의 검은 구멍만이 남겨졌다. 그 때문에 두 눈이 더 무섭게 보였다. 여우의 귀는 외적인 기관이어서 가죽과 함께 벗겨졌지만, 눈은 그대로 남겨졌다. 그러나 눈꺼풀이 벗겨진 탓에 두 눈이 더욱 매섭게 쏘아보는 것처럼 느껴졌다. 박제사는 눈에서 가죽과 몸이 연결되는 유일한 곳인 눈물길을 능숙하게 잘라냈다. 그다음에는 입을 작업해 칼날로 잇몸에 붙은 가죽을 뻬갰다. 마지막으로는 몸뚱이의 끝부분인 코를 작업해 검은 가죽을 벗겨내고, 연골을 떼어냈다. 그 후에 박제사는 가죽을 원래의 상태로, 즉 안이 안쪽으로 가도록 돌려놓았다. 가죽과 가죽이 벗겨진 몸통이 나란히 놓였다. 몸통은 빨간 파자마를 벗겨놓은 아기처럼 보였다. 새까만 눈동자로 매섭게 노려보며, 완전히 형성된 이빨을 드러낸 아기 같았다.

"당신을 위해 이 작업을 한 겁니다. 머리 박제입니다. 나한테 필요한 건 머리뿐입니다."

박제사는 이렇게 말하며 수술용 메스를 집어 들고, 여우 가죽의 목구멍 부분을 조금 잘라냈다. 다음에는 작고 뾰족한 가위를 집어 들었다. 털을 깎으려는 건 분명히 아니었다. 박제사는 그 작은 가위로, 두개골이 없는 여우의 머리를 잘라냈다. 귀가 달린 머릿가죽을 다시 뒤집었다. 그리고 손가락으로 뜯어내고 칼등으로 문지르며 가죽에서 살점과 지방을 제거했다.

"화학 처리까지 해야겠군."

그는 혼잣말처럼 중얼거리고는 병들이 진열된 선반 쪽으로 걸어갔다.

헨리는 머릿가죽을 물끄러미 바라보았다. 여우의 머리였다. 하지만 속이 비고, 안팎이 뒤집힌 머리였다. 주둥이와 입, 눈과 큼직한 귀, 목─하지만 모든 것이 반대, 즉 안팎이 뒤집힌 상태였다. 헨리는 입 안에서, 혀가 있어야만 하는 곳에서 하얀 털을 볼 수 있었다. 또 잘린 목에서는 붉게 물든 털이 눈에 띄었다. 남은 것은 얼마 전까지만 해도 감각이 있던 생명체의 머리, 껍질이 벗겨진 분홍빛의 머리였다. 귀는 여우 머리에서 가장 뚜렷한 특징임에도 지극히 평범해 보였다. 눈, 정확히 말해서 눈꺼풀은 닫혀 있었지만, 입은 비명을 지르듯이 벌려져 있었다. 헨리는 잘린 목을 다시 보았다. 붉게 물든 털이 안에서 흘러나왔다. 헨리는 '화염에 휩싸인 영혼'이라는 생각이 들었다. 그 순간, 여우 머리가 도무지 이치에 닿지 않는 이유로 아무런 도움도 받지 못한 채 죽음의 고통에 사로잡혀 부들부들 떠는 존재의 머리로 변했고, 지독한 두려움이 헨리에게 밀려왔다.

박제사가 하얀 알갱이가 든 작은 병을 들고 돌아왔다.

"붕사."

그는 이렇게만 말할 뿐, 그 이상의 설명을 덧붙이지 않았다. 한 손은 여우 머리 안에 넣고, 다른 손에는 고무장갑을 끼고 머리에 붕사를 바르고는 힘 있게 문지르기 시작했다.

헨리가 말했다.

"이만 가봐야겠습니다. 조만간 다시 오겠습니다."

박제사는 아무 말도 하지 않았다. 헨리를 거기에 없는 사람으로 여기는 듯했다. 헨리는 뒤로 돌아가 작업장을 나왔다. 에라스무스의 목줄을 집어 들고 가게를 빠져나왔다. 어느새 오후가 저물어가고 있었다.

∞

그 후로 몇 주는 헨리가 그때까지 살면서 가장 바쁘고 혼란스럽게 보낸 시간이었다.

그린하우스 플레이어스는 다음 공연을 준비하고 있었다. 헨리는 배우로서 나름대로 절정기를 맞았다. 다음 공연작으로 결정된 고트홀트 에프라임 레싱의 〈현자 나탄〉에서 주역을 맡았기 때문이다.

그린하우스 플레이어스는 이십 년 전부터 평범한 소극笑劇을 공연하는 지방 극단이었지만, 새 연출자가 취임하면서 극단을 완전히 변모시켰다. 관례라는 이유로 적당히 대충 넘기던 것들을 그는 일거에 추방하며, "왜 좋은 것은 전부 전문가들에게 맡겨야 합니까? 위대한 연극은 모두를 위한 겁니다!"라고 말했다. 그런 위대함은 훌륭한 성공에만 있는 게 아니라 결함투성이의 도전에도 있는 것이라고도 주장했다. 엉망진창인 앞날이 훤히 내다보였다. 처음에는 관객보다 배우에게 훨씬 더 재밌는 공연들이 이어졌다. 하지만 그렇다고 잘못될 것이 뭐가 있겠는가? 모두가 대가를 바라지 않고, 순전히 연극을 만들어간다는 재미로 공연에 참가하는데.

연출자는 세르비아계 이민자로 늙수그레한 사람이었다 — 하지만 그는 자신을 유고슬라비아 사람이라고 우겼다. 그는 모두가 인간적으로 존엄하고 평등하다는 공산주의의 긍정적인 유산을 굳게 믿었으며, 어떤 목표를 세우면 줄기차게 밀고 나갔다. 또 각 단원에게 알맞은 배역을 찾아내는 기막힌 능력과, 단원을 배역 뒤로 감춰 지워버리지 않고 그 둘을 적절하게 뒤섞어 균형을 맞추는 요령까지 있었다. 그는 단원들에게 "잘하겠다고 고민하지 마십시오. 진심에서 우러나온 연기를 하려 하십시오"라고 입버릇처럼 말했다. 배역은 연령, 피부색, 말투, 체형에 관계없이 결정됐다. 또 특별한 경우가 아니면 성별도 고려하지 않았다. 그야말로 인간의, 인간에 의한, 인간을 위한 연극이었다. 따라서 모든 단원이 그를 믿고 따랐다.

그의 확고하지만 공정한 지도하에, 그린하우스 플레이어스는 세상에서, 정확히 말하면 그 도시에서 명성을 얻어갔다. 그 도시에서 폭넓게 읽히는 주간지는 '고귀한 아마추어 정신'이라는 제목으로 그린하우스 플레이어스를 특집으로 다루었고, 그 후로도 플레이어스는 지역 언론에서 꾸준히 주목을 받았다. 플레이어스가 진지한 시도이고, 매력적이면서도 지속적인 사회학적 실험이라는 데 이의를 제기하는 사람은 없었다. 언론에서 홍보해준 덕분에 관객층도 점점 넓어져, 단원들의 가족과 친구 및 연극을 사랑하는 사람들은 물론이고 대학생들, 특히 사회학과 문화 연구를 전공하는 학생들도 플레이어스의 공연에 관심을 기울였다.

헨리가 그 도시에 첫발을 디뎠을 때는 이런 발전적인 변화가 모두 이루어진 뒤였다. 따라서 헨리가 극단에 가입했을 때 그린하우스 플레이어스는 이미 확고한 기반을 다지고 있었다. 플레이어스는 헨리가 그 도시를 떠나고 싶어 하지 않은 이유 중 하나가 됐다. 헨리는 썰렁한 무대에서 둥그렇게 놓인 의자에 앉아 동료 배우들과 함께 대본을 읽는 시간을 좋아했다. 신뢰와 우정, 그리고 즐거움이 어우러지는 시간이었다!

헨리는 곧 다가올 공연에 열중했다. 그러나 박제사를 잊지는 않았다. 틈날 때마다 동물들과, 동물들에게 가해진 '돌이킬 수 없는 증오'를 생각했다. 물론, 그 증오를 연극으로 표현하려는 박제사의 희곡도 잊지 않았다.

헨리와 세라가 동물의 고통을 안타깝게 여기는 데는 나름대로 이유가 있었다. 어느 날 헨리가 집에 돌아왔는데도 멘델스존이 달려와 반겨주지 않았다. 헨리는 의아했다. 정상적인 경우라면, 문이 열리는 소리를 듣기 무섭게 멘델스존은 꼬리를 물음표처럼 올리고 현관 앞에 서 있어야 했다. 코를 거칠게 킁킁대며 반겨주던 에라스무스도 보이지 않았다. 세라는 잠을 자고 있었다. 임신한 여자의 잠은 신성불가침한 것이 아니던가. 그래서 헨리는 조용히 멘델스존을 찾아다녔다. 멘델스존의 피난처이던 소파 밑부터 들춰보았다. 녀석은 거기에 없었다. 그런데 책꽂이 옆에 얼룩한 핏자국이 보였다. 헨리는 황급히 발걸음을 옮겼다. 멘델스존은 책꽂이의 맨 아랫단과 바닥 사이에 끼여 있었다. 헨리는 야옹야옹 하며 녀석의 이름을 나지막이 불렀다. 멘델스존이 힘없이 야옹 하며 반응을 보였다. 그리고 힘겹게 아랫단에서 기어 나왔다. 녀석의 코에서는 피가 뚝뚝 떨어졌고, 등에도 피가 묻어 있었다. 게다가 털이 헝클어지고 곳곳에 찢긴 상처도 보였다. 뒷발은 제대로 서 있지도 못했다. 멘델스존은 자연의 변덕스러운 사고로부터 안전한 집고양이였던 까닭에, 그 상처의 원인은 하나, 에라스무스뿐이었다. '두 녀석이 사이좋게 지낼 수 있을까?'라는 헨리의 우려가 마침내 현실로 나타난 것이었다. 하지만 두 녀석은 그때까지 잘 지냈고, 사이좋게 지내지 못할 이유가 없었다.

에라스무스가 얼마 전부터 이상하게 행동하기는 했다. 세라와 헨리는 그런 변화를 눈치채고 의아하게 생각했다. 헨리가 기척을 느끼고 고개를 돌리자, 녀석이 거실을 지나가고 있었다. 헨리는 녀석의 행동이 평소와 다른 것을 곧바로 알아볼 수 있었다. 멘델스존을 공격했다는 죄책감이나, 그래서 혼이 날지도 모른다는 불안감은 아니었다. 다른 무엇이 있었다. 헨리는 에라스무스를 다정하게 불렀다. 한 번, 두 번, 세 번. 하지만 에라스무스는 헨리에게 다가오지 않았다. 헨리가 다가가자 녀석은 화난 목소리로 으르렁거렸다. 뭔가 잘못된 게 분명했다. 헨리는 외투를 입고 두꺼운 장갑까지 끼고 녀석을 잡았다. 에라스무스는 이빨까지 드러내고 으르렁거리며 발버둥쳤다. 전에는 보지 못한 행동이었다. 세라가 잠에서 깨어 소리쳤다. 헨리는 세라에게 침실에서 나오지 말라고 소리를 질렀다. 에라스무스는 헨리의 얼굴에 생채기를 냈고, 멘델스존은 부들부들 떨며 꼼짝하지 않았다. 헨리는 수건으로 에라스무스를 꼭 싸맨 후에야 세라에게 나오라고 소리쳤다. 세라는 거실에 나오자마자 불쌍한 멘델스존을 끌어안고는 여행가방에 넣었다.

헨리는 택시를 불러, 두 녀석을 동물병원에 데려갔다. 세라도 따라가고 싶어 했지만, 임신한 데다 에라스무스의 이상한 행동을 고려해 집에서 기다리기로 했다.

틀림없이 예방 접종을 받았는데도 에라스무스가 광견병에 걸렸다는 진단 결과에 수의사는 물론 헨리 부부에게 에라스무스를 분양한 동물 보호소에서도 고개를 갸우뚱했다. 헨리는 대도시에는 광견병에 걸린 온갖 종류의 동물들이 많다는 대답을 들었을 뿐이다. 더 끔찍한 병은 흑사병이었다. 그러나 깨끗한 위생 환경 덕분에 그런 질병의 확산이 예방되고, 반려동물은 그런 질병에서 안전할 수 있다는 것이었다. 결국 예방 접종이 잘못됐다는 결론이 내려졌지만, 헨리는 에라스무스가 박제사의 상점에서 광견병에 전염됐을지도 모른다고 생각했다. 터무니없는 생각일 수 있었지만, 그 가능성이 그의 머리에서 떠나지 않았다.

에라스무스가 얼마나 세게 물었던지 멘델스존은 등이 부러지고 폐에 구멍이 뚫렸다. 멘델스존은 극심한 고통을 견디지 못했다. 결국 안락사시키는 수밖에 없었다. 녀석의 앞발 하나를 깨끗이 면도했다. 헨리가 멘델스존을 수술대에 올려놓자, 수의사는 털을 깎은 가죽에 주삿바늘을 찔러 넣었다. 녀석은 온몸을 내맡기고 어떤 저항도 하지 않았다. 수의사가 주사기를 누르자, 멘델스존은 눈빛이 흐릿해지더니 고개를 푹 떨어뜨렸다.

에라스무스의 종말은 더 참혹했다. 헨리는 수의사의 지시에 따라, 에라스무스를 창문 하나만 나 있는 밀폐된 상자에 넣었다. 수의사는 나중에 부검을 해봐야 정확한 진단이 나올 거라고 말했다. 여하튼 최초의 진단이 에라스무스의 운명을 결정했고, 헨리는 작은 창문을 통해 녀석이 죽어가는 모습을 확인했다. 에라스무스는 처음에 미친 듯이 발광했다. 짖고 으르렁거리며, 창문에 주둥이를 부딪치기도 했다. 창문 밖에 보이는 사람을 전혀 알아보지 못하고 물어뜯을 듯이 씩씩거렸지만, 잠시 후에는 바닥에 누워 온몸을 뒤틀며 킹킹거렸다. 밀폐된 상자에 가스가 들어가는 희미한 소리에 녀석은 다시 벌떡 일어서서, 마지막으로 분노의 발작을 거칠게 쏟아냈다. 멘델스존에게 편안한 죽음을 안겨준 주삿바늘만큼 빠르지는 않았지만 가스의 효과는 신속했다. 녀석은 풀썩 쓰러져 입에 거품을 물었고, 눈을 뒤룩뒤룩 굴리며, 다리를 부들부들 떨었다. 헨리가 수의사의 허락을 얻어 다시 창문 안을 들여다보았을 때 에라스무스는 완전히 돌처럼 굳어 움직이지 않았다.

헨리는 동물병원에서 이 모든 일을 그럭저럭 처리했다. 낯선 사람들 틈에서 외톨이가 된 기분이었다. 진단을 받기 위해서는 따라야 할 절차가 있었다. 그는 혼자서 힘든 결정들을 내렸다. 병원비를 지불하고, 집으로 돌아가는 택시 안에서는 온몸이 마비된 듯 멍하니 창밖만 내다보았다. 아파트를 찾아 계단을 올라갈 때는 발밑이 허전한 기분이었다. 평소 같았다면 에라스무스가 있었을 텐데. 오른손도 허전하기 이를 데 없었다. 평소였다면 에라스무스의 목줄을 쥐고 있었을 테니까. 한참 만에 열쇠 구멍에 열쇠를 맞추고 아파트 안으로 들어갔다. 동물병원에서 있었던 일을 세라에게 말해야 한다는 게 겁났다. 세라는 배 속에 생명체를 잉태하고 있지 않은가. 따라서 세라는 생명체에 다정다감했고 생명체에 대한 걱정도 깊었다.

세라는 현관 복도, 멘델스존이 항상 서 있던 곳에서 눈을 크게 뜨고 걱정스러운 얼굴로 그를 기다리고 있었다. 그러나 그는 아무 말도 하지 않았다. 하지만 세라는 헨리가 빈손으로 돌아온 걸 보고, 생명체들에 닥친 비극적인 결말을 곧바로 눈치챘다.

그들은 누가 먼저라 할 것도 없이 눈물을 터뜨렸다. 세라는 친구 집을 다녀와서 너무 피곤해 곧바로 침실에 갔다고 엉엉 울면서 말했다. 에라스무스가 미친 듯이 짖고, 헨리가 침실에서 나오지 말라고 소리친 것도 나중에야 알았다고 말했다. 세라는 집에 돌아왔을 때 에라스무스와 멘델스존에게서 평소와 다른 점을 보지 못했고, 따라서 녀석들을 찾지도 않았다. 멘델스존을 보았는지도 기억하지 못했다. 너무 피곤해서 그저 낮잠을 자고 싶을 뿐이었다. 따라서 그때까지는 에라스무스가 멘델스존을 공격하지 않았을 가능성이 컸다. 세라는 멘델스존을 찾지 않은 걸 자책하며 후회했다. 헨리는 에라스무스가 예전과 달리 뚱한 모습을 보이던 변화를 무심하게 넘긴 걸 자책하며 후회했다.

그들도 광견병에 걸렸을지도 모른다는 걱정이 무섭게 밀려왔다. 세라는 아기를 잃게 될까 봐 걱정했다. 그러나 녀석들을 주로 돌본 것은 헨리였고, 세라는 에라스무스와 멘델스존에게 물리거나 할퀸 적이 없다고 말했다. 헨리는 광견병에 걸리지 않았을 거라고 확신했지만, 마지막 순간에 녀석들을 다루었기 때문에 광견병 백신 주사를 맞았다.

∞

어느 날 저녁, 극단에서 연습이 시작되기 전에 한 동료가 헨리에게 다가왔다.

"헨리, 당신이 그렇게 유명한 작가인 줄 몰랐습니다. 당신이 카페 웨이터인 줄만 알았다고요."

유능한 변호사로 알려진 그는 농담하듯 말했지만, 헨리는 그의 말투에서 다른 뜻을 읽어낼 수 있었다. 그는 속으로 '당신은 누구요? 대체 정체가 뭐요? 나는 당신을 안다고 생각했지만, 아무래도 그런 것 같지가 않소!'라고 말하고 있었다. 그의 말투에 어떤 원망감이 감춰져 있었던 것일까? 그때부터라도 헨리를 다른 식으로 대하겠다는 뜻이었을까? 헨리가 자신의 신분을 조금이나마 감추었던 것이 잘못이라는 뜻이었을까?

변호사가 계속 말했다.

"지난번에 어떤 남자가 당신을 찾아왔습니다. 당신이 떠난 뒤에요. 당신을 잘 안다면서 당신 모습을 설명했지만 다른 이름을 대더라고요. 그래서 비슷한 사람은 있지만 이름이 다르다고 했더니, 그 사람이 신문에 실린 사진을 내게 보여주더군요."

지난주에 극단의 연습 장면을 담은 사진과 짤막한 기사가 그 도시 신문에 실린 적이 있었다. 분장을 하고 의상을 입은 데다가 그의 이름이 신문에 언급되지도 않았지만, 헨리도 사진에서 자신의 얼굴을 분명히 알아볼 수 있다.

헨리는 그 사람이 누군지 어렴풋이 눈치를 챘다.

"그 사람 이름이 뭐라던가요? 혹시 키가 크고, 꽤 늙고 무척 진지해 보이지 않던가요?"

"이름을 밝히지는 않았지만, 누군지는 압니다. 장의사처럼 진지한 사람이지요. 당신도 그 노인을 압니까?"

"예, 압니다."

"여하튼 그 사람이 이걸 당신에게 전해달라고 했습니다."

그리고 변호사는 봉투 하나를 헨리에게 건네주었다.

극단을 찾아온 사람이 박제사라는 건 봉투에서도 확인됐다. 그런데 왜 그는 자기 이름을 밝히지 않았을까? 헨리는 박제사의 편집증과 비밀스러운 행동이 마음에 걸렸다. 박제사가 그의 진짜 이름을 모른다고는 생각해본 적도 없었다. 그들은 언제나 단둘이서 만났다. 따라서 실제 이름이든 필명이든 굳이 이름을 사용할 필요가 없었던 것이다.

봉투에는 박제사의 희곡에서 또 다른 장면을 쓴 원고가 들어 있었다.

베아트리스   목록을 넉넉히 만들었어.

    버질   나도.

        (베아트리스는 한숨을 내쉰다. 그리고 머리를 땅바닥에 대고 잠이 든다. 버질은 여기저기를 서성대다가 덤불에서 커다란 천 조각을 발견한다. 아무런 무늬도 없는 선홍색 천이다. 식탁보인가? 옷감에서 떨어진 조각일까? 버질은 천 조각을 집어 가지고 논다. 이리저리 흔들어보기도 한다. 하늘에 힘껏 던지고는 땅에 떨어지는 모양을 유심히 관찰하기도 한다. 천을 몸에 두르고는 뒤로 벌렁 넘어져 천과 씨름을 벌인다. 붉은 천이 버질을 위에서

덮고, 버질은 땅바닥에 누운 자세다. 갑자기 버질이 행동을 멈추고, 관객석을 쳐다본다.)

버질 어떤 사람들이 죽어가고 있는데, 그들은 죽어갈 때 고통의 붉은 천을 움켜잡고, 바싹 끌어당겨 찢으며, 그때까지 어떤 것도 붉은 천만큼 그들의 감정을 완벽하게 사로잡았던 것은 없었고, '나는 죽어간다! 나는 죽어간다!'라는 강박감을 안겨주며 그들의 지적 능력까지 마비시킨 것도 없었으므로 붉은 천은 그들이 보고 느끼는 모든 것이 되고, 그들이 존재하는 방의 벽과 천장 모두에 붉은 천이 둘러지고, 건물 밖에서 죽어갈 때는 둥근 하늘 전체가 붉은 천으로 뒤덮이지만, 고통의 붉은 천은 시시각각으로 다가와 마침내는 옷처럼 그들의 몸을 휘감지만 좀 더 갑갑할 뿐이며, 그러고는 수의처럼 그들의 몸을 휘감지만 좀 더 갑갑할 뿐이고, 다음에는 붕대처럼 그들의 몸을 휘감지만 좀 더 갑갑할 뿐이고, 이리하여 결국 붉은 천이 그들을 질식시키므로 그들이 마지막 숨을 내쉬는 순간, 붉은 천은 자석이 끌어당긴 것처럼 사라지며 그들의 몸만이 남는데, 그들을 에워싼 사람들도 겨우 숨만 붙어 있는 존재여서 붉은 천을 보지 못하지만, 그래도 결국에는 삶이 승리를 거두고 계속될 거라고 말할 사람이 있을지 모르겠습니다만, 붉은 천이 여러분의 눈앞에서 펄럭이며 여러분에게도 다가오고 있다는 걸 깨닫는 날, 여러분은 깜짝 놀라 어떻게 저런 걸 전에는 보지 못했을까, 어떻게 저런 걸 무시할 수 있었을까 궁금해하겠지만 여러분의 그런 생각은 금세 끝나고 말 텐데, 왜냐하면 그때쯤이면 여러분은 이미 뒤로 나자빠져 고통의 붉은 천과 씨름하며, 그 천에서 벗어나려 몸부림치고 있을 테니까요.

(버질이 다시 붉은 천과 씨름하기 시작한다.)

베아트리스 (잠에서 깨며) 뭐 하는 거야?

버질 (갑자기 멈추며) 아무것도 안 해. 그냥 이 천을 접고 있었어.

(버질은 천 조각을 깔끔하게 직사각형으로 접어 내려놓는다.)

베아트리스 어디서 난 거야?

버질 (손가락으로 가리키며) 저기.

베아트리스 어떻게 그게 저기에 있었을까?

버질 나도 모르지.

(침묵.)

버질 작은 격려도 목록에 넣을 수 있을 것 같아.

베아트리스 그럴 수도.

버질 재밌게.

베아트리스 아주 재밌게.

버질 하지만 공허한 격려는 아니어야 해.

베아트리스 맞아.

버질 공허한 격려라도 격려가 아예 없는 것보다는 낫지 않을까.

베아트리스 나는 그렇게 생각하지 않아. 공허한 격려는 절망을 더 깊게 할 뿐이야. 이런 점에서 공허한 격려는 절망과 완전히 상극이야.

버질 하지만 극한적인 상황에서 공허한 격려라도 있으면, 진정한 격려를 얻어 절망을 딛고 일어설 수 있지 않을까? 그런 중대한 순간에는 공허한 격려라도 완전한 깨달음을 향한 철학의 사다리에서 첫 단계 역할을 할 수 있지 않을까?

베아트리스 그럴 가능성은 희박해.

버질 우리가 한번 실험해보는 게 어떨까? 우리가 정말 절망적인 상황에 빠질 때 공허한 격려를 최후의 수단으로 사용하지 못할 이유가 없잖아?

베아트리스 그래, 실험해보자.

버질 그런데 지금 우리가 정말 절망적인 상황에 있는 건가?

베아트리스 (격려하듯이) 아니, 그렇지 않아.

버질 (명랑하게) 한 단계 올라갔어! 이걸 목록에 써둬야겠어.
(버질은 손가락 끝으로 베아트리스의 등에 쓴다.)

헨리는 버질의 독백 부분을 다시 읽어보았다. 하나의 긴 문장이었다. 헨리는 배우가 온 힘을 끌어 모아 그 대사를 읊조리는 장면을 상상해보았다. 대명사의 변화도 인상적이었다. '어떤 사람'에서 '그들'로, 다시 '여러분'으로 변했다. 또 그 사이에 빈정대듯 내던진 '결국에는 삶이 승리를 거두고 계속될 거라고 말할 사람'이라는 말의 주어로 불특정한 대상을 가리키는 '사람'을 선택한 것도 흥미로웠다. 반짇고리에 담긴 '극한적인 상황에서의 공허한 격려'라는 항목이 헨리의 기억에 떠올랐다. 원고의 끝에는 타이프라이터로 친 짤막한 구절이 있었다. 박제사 특유의 짤막하면서도 의미심장한 글이었다.

내 이야기에는 어떤 줄거리도 없다.
내 이야기는 살인이라는 사실에 근거한 것이다.

인사말도 없었고 서명도 없었다. 헨리는 박제사가 이런 글까지 덧붙여 이 장면의 원고를 특별히 보낸 이유가 무엇일까 생각해보았다. 고통의 붉은 천, 이것은 박제사의 불안감을 상징하는 것일까? 그렇다면 공허한 격려는? 그에게 도움이 필요하고, 그가 극한적인 상황에 빠진 기분임을 알리려는 신호일까? 헨리는 조만간 박제사를 다시 만나봐야겠다고 생각했다.

'비밀 신분'이 밝혀진 후, 헨리와 동료 아마추어 배우들의 관계는 예전과 같지 않았다. 헨리는 예전과 다름없는 사람이었지만, 동료 배우들이 그를 다른 눈으로 보는 게 확연히 느껴졌다. 그가 말을 꺼내면 중간에 가로채는 빈도가 크게 줄어들었다. 하지만 그들의 대화에 헨리를 끼워주는 경우도 눈에 띄게 줄어들었다. 연출자는 헨리를 지나치게 가혹하게, 때로는 지나칠 정도로 친절하게 대하며 심한 변덕을 보였다. 하지만 어떤 식으로든 해결되지 못할 일은 없었다. 시간이 지나면서 새로운 방향에서 친밀한 관계가 다시 회복되었다. 그러나 개막일이 코앞에 다가오면서 압박감은 점점 심해졌다.

헨리의 클라리넷 선생은 예전부터 알고 있었다. 교습을 받기 전후로 많은 대화를 나누었던 탓에 우연히 헨리의 진짜 신분이 드러나고 말았다. 그때 선생은 이마를 탁 치며 빙그레 미소를 지었다. 그는 딸을 통해 헨리의 유명한 소설을 알았고, 재밌게 읽었다고 말했다. 헨리에게 클라리넷을 가르치게 돼 자부심을 느끼고 행복하다는 말도 잊지 않았다. 하지만 클라리넷을 가르치는 동안에는 헨리를 예전과 똑같이 대했다. 다만, 비유하는 방법만 약간 달라졌을 뿐이다. 구체적으로 말하면, 헨리의 클라리넷은 더 이상 어리석은 황소가 아니라 길들여져야 할 야생동물이었다.

부랴부랴 모든 준비를 시간에 맞춰 끝내고 마침내 〈현자 나탄〉의 공연이 시작됐다. 무대에서 안절부절못하고 온갖 실수를 저질렀지만, 그 모든 것이 '진정성'이라는 이름으로 인정받고 용서받았다. 공연은 목요일부터 일요일까지 이 주 동안 계속됐다. 공연에 참여한 배우는 공연을 직접 보지 못했으니 공연에 대해 왈가왈부할 자격이 없겠지만, 공연 자체는 순조로웠다. 적어도 지역 언론은 호의적이었다.

그 후, 세라의 양수가 터졌다. 세라는 숨을 헐떡이며 괴로워했고, 곧 진통에 시달렸다. 그들은 서둘러 병원으로 향했다. 그로부터 스물네 시간 동안 세라는 더러운 동물로 변해 눈물과 콧물을 쏟아내며 수없이 비명을 지른 끝에 자신의 몸에서 아기, 솔직하게 표현하면 주글주글하고 끈적끈적한 붉은 살덩어리를 토해냈다. 어머니와 아기가 질척질척한 우리에서 꿀꿀댔다면, 그만큼 동물적인 사건도 없을 듯했다. 힘없이 버둥대는 갓 태어난 아기는 반은 원숭이, 반은 외계인처럼 보였다. 하지만 그 아기만큼 헨리에게 인간적인 본능을 격렬하고 확실하게 불러일으킨 것은 없었다. 헨리는 아기에게서 눈을 뗄 수 없었다. 얼떨떨한 가운데서도 헨리는 '내 아들, 내 아들 시오야!'라고 생각했다.

그러나 에라스무스와 멘델스존이 죽은 후 〈현자 나탄〉을 공연하고 아들 시오의 탄생이 있기까지, 헨리는 틈틈이 박제사와 그의 희곡에 대해 생각했다. 창조적인 글을 쓰려는 박제사의 눈물겨운 투쟁에서 헨리는 많은 용기를 얻었다. 작가로서 그들의 처지는 비교할 바가 아니었지만, 박제사는 동료 헤파이스토스(불과 대장장이 일을 주관하는 그리스 신 - 옮긴이)로서 대장간에서 땀 흘리고 있었다.

헨리는 다른 이유에서도 박제사를 쉽게 잊지 못했다. 어느 날 밤, 희곡의 진정한 주제에 대한 그의 의혹이 확신으로 변했기 때문이다.

시오가 집에 온 후로 헨리는 밤잠을 설치기 일쑤였다. 그 확신을 얻은 날에도 헨리는 시오의 울음소리에 한밤중에 잠을 깼다. 또한 깊은 슬픔과 긴장과 기쁨으로 뒤범벅된 지난 몇 주간의 혼란도 적잖은 역할을 했다. 심리학은 어떻게 설명할지 모르겠지만, 헨리가 숙면을 빼앗긴 잠을 억지로 청하며 뒤척이던 때 그의 머릿속에 그 이름이 문뜩 떠올랐다. 너무나 충격적인 이름이었다. 그 이름은 헨리의 잠을 완전히 망쳐놓았다. 헨리는 자리에서 벌떡 일어남과 동시에 잠에서 완전히 깨서 소리를 질렀다. "엠마누엘 링겔블룸!"

헨리는 비틀거리며 컴퓨터 책상에 앉았다. 그리고 밀려오는 피곤과 싸우며, 옛날에 쓴 플립북 평론을 훑어보았다. 링겔블룸을 언급한 부분은 찾아냈지만, 그 주소는 없었다. 헨리는 역시 컴퓨터에 담긴 자료조사용 파일을 뒤적이기 시작했다. 세세한 부분까지 기록해둔 파일이었던 까닭에 링겔블룸에 대해 쓴 글까지 찾아냈지만, 거기에도 문제의 주소는 쓰여 있지 않았다. 결국 그는 애초부터 손댔어야 할 곳, 즉 인터넷에서 그 주소를 찾아냈다. 인터넷은 정말 '그물'이라는 이름에 손색이 없었다. 눈이 미치는 곳보다 훨씬 멀리 던질 수 있고, 아무리 무거운 것이라도 끌어 올릴 수 있는 그물이었다. 어떤 압력을 받아도 그물눈이 끊어지지 않고, 놀랍기 그지없는 것까지 거둬들이는 그물이었다. 헨리는 검색란에 '노볼리프키 거리 68번지'라고 쳤고, 0.4초 만에 원하던 답을 얻었다.

바로 다음 날, 헨리는 면도도 하지 않은 채 노숙자처럼 덥수룩하고 피곤에 찌든 모습으로 오카피 박제상회로 달려갔다. 많지는 않았지만 박제사의 희곡에 관련된 모든 자료, 즉 배를 묘사하는 장면, 헨리가 직접 버질의 울음소리에 대해 썼던 장면, 그리고 박제사가 극단에 들러 떨어뜨려놓고 간, 고통의 붉은 천과 공허한 격려에 대한 장면을 다룬 원고를 가슴에 꼭 끌어안고 달렸다. 헨리는 그 원고들을 갖고 간 이유를 설명할 수 없었다. 어쩌면 모든 원고를 책상에 올려놓고 박제사와 함께 모든 것을 다시 시작하고 싶었던 것인지도 모른다.

박제상회를 향해 한 발씩 다가가며 헨리는 박제사가 타이프라이터로 쓴 짤막한 글을 떠올렸다.

내 이야기에는 어떤 줄거리도 없다.
내 이야기는 살인이라는 사실에 근거한 것이다.

누구를 죽였다는 걸까?

헨리는 오카피를 보자, 처음 보았을 때만큼이나 놀랍고 반가웠다. 그는 상점 문을 열었다. 이제는 익숙해진 작은 종소리가 그를 반겨주었다. 그리고 동물들의 경이로운 동굴이 눈앞에 펼쳐졌다. 에라스무스와 멘델스존을 생각하자 헨리는 목이 멨고, 눈가에는 눈물이 맺혔다. 두 녀석을 박제로 만들겠다는 생각을 한 번도 해보지 않았다는 생각이 문득 떠올랐다. 그는 녀석들을 마지막으로 보고 마지막으로 안아주고는 화장을 허락하고 말았다.

　박제사는 평소처럼 소리 없이 모습을 드러냈다. 그는 꼼짝 않고 서서 헨리를 뚫어지게 쳐다보았다. 하지만 곧 아무 말도 없이 작업장으로 들어가버렸다. 헨리는 박제사가 방금까지 서 있던 곳을 물끄러미 쳐다보았다. 도무지 믿기지 않았다. 그가 단지 면식이 있는 사람에 불과하단 말인가. 그들이 박제사의 창작품인 희곡을 논의하며 꽤 많은 시간을 보내기는 했다. 그렇다고 기본적인 예의마저 무시해도 된다는 말인가? 하지만 어쩌면 헨리가 그의 희곡에 대해 깊이 알게 됐기 때문에 박제사가 헨리를 가족처럼 생각해서, 우리가 아주 가까운 사람에게는 흔히 그렇듯이 무뚝뚝하게 대하는지도 몰랐다. 헨리는 박제사의 행동을 그런 호의적인 관점에서 받아들이기로 마음먹었다. 헨리는 짜증나고 피곤했지만, 얼마 전에 아버지가 된 사람답게 기분을 풀었다. 게다가 조금 전에 에라스무스와 멘델스존에 대해 품었던 생각 때문에도 마음이 누그러진 상태였다. 헨리는 박제사와 신경전을 벌이고 싶지 않았다. 그는 숨을 깊이 들이마시고 작업장으로 들어갔다.

　박제사는 책상 앞에 앉아, 어지럽게 놓인 원고들을 살펴보고 있었다. 헨리는 평소대로 등받이가 없는 의자에 앉았다.

　박제사가 고개조차 들지 않고 퉁명스레 물었다.

　"당신 진짜 이름이 뭡니까? 또 내게 감추고 있는 건 없습니까?"

　헨리는 나지막이 대답했다.

　"내 이름은 헨리 로트입니다. 글은 필명으로 씁니다. 한참 동안

오지 못해 죄송합니다. 그동안 무척 바빴습니다. 아들이 태어났습니다. 내 개, 에라스무스를 기억하시지요? 그 녀석이 죽었습니다."

헨리는 그렇게 말하면서도 '아니, 내가 내 아들이 태어나고 내 개가 죽은 걸 사과해야 할 이유가 뭐야!'라는 생각을 떨치지 못했다. 박제사는 아무런 반응도 보이지 않았다. 헨리는 '이 노인네가 화가 난 거야, 마음이 상한 거야?'라고 생각했지만 박제사의 속내를 알 길이 없었다. 하지만 엄격히 말하면, 박제사는 화를 낼 이유도 없었고 상심할 이유도 없었다. 헨리는 박제사에게 어떤 신세도 지지 않았다. 그러나 헨리는 작가로서 행운을 누렸지만, 박제사는 그런 행운을 누리지 못했다는 차이가 있었다. 박제사는 희곡을 두고 골머리를 썩였지만 별다른 성과를 얻지 못한 반면, 헨리는 성공한 소설 한 편으로 행복하게 지내며 아들까지 얻었다. 사정이 그렇게 다른데, 불쌍한 노인에게 화를 낸다고 헨리에게 무슨 이득이 있겠는가?

헨리가 다시 말했다.

"호러스의 반짇고리에 '노볼리프키 거리 68번지'라는 게 있습니다. 그곳이 어디입니까?"

"호러스의 모든 흔적이 정리되고 보관된 가공의 주소입니다. 호러스와 관련된 모든 기억과 보도와 역사, 모든 사진과 필름, 모든 시와 소설, 여하튼 모든 것이 있는 곳입니다. 호러스와 관련된 모든 것이 노볼리프키 거리 68번지에 있습니다."

"노볼리프키 거리 68번지는 어딥니까?"

"모두의 마음 한구석, 모든 도시의 현판에 있습니다. 그 주소는 상징입니다. 베아트리스가 생각해낸 것이기도 하고요."

"왜 하필이면 노볼리프키입니까? 왜 그런 이상한 단어가 선택됐습니까?"

"베아트리스는 울고 싶었고, 그때 '지금, 아 입술을, 떨지 말아야 해'라고 생각했습니다. 그리고 그 생각을 축약한 겁니다."

"그러면 나우-오-립-킵-프럼-트렘블링Now-oh-lip-keep-from-trembling 거리를 줄인 거군요. 68번지인 이유는요?"

"별다른 이유는 없습니다. 그냥 아무 숫자나 내가 고른 겁니다."

박제사는 뭔가를 감추고 있었다. 노볼리프키 거리는 예부터 바르샤바에 있는 거리였고, 노볼리프키 거리 68번지는, 2차 대전이 끝난 후에 온갖 자료가 빼곡히 들어찬 열 개의 금속 컨테이너와 두 개의 우유통이 발견된 거리였다. 문서는 연구 논문과 법정 진술서, 도표와 사진, 데생과 수채화, 지하신문 스크랩 등으로 무척 다채로웠다. 법령 같은 공식 문서와 벽보, 식량 배급카드, 신분증명서도 있었다. 나중에야 밝혀졌지만, 이 방대한 자료는 1940년부터 게토의 폭동으로 1943년 해체할 때까지 바르샤바 게토에서 벌어진 계획적인 도살과 힘겨운 삶에 대한 기록이었다. 역사학자 엠마누엘 링겔블룸의 지휘하에 역사학자와 경제학자, 의사와 과학자, 랍비와 사회운동가 등 많은 사람이 합심해서 남겨놓은 기록이었다. 그들은 주로 토요일에 만났기 때문에, 히브리어로 '안식일의 즐거움'을 뜻하는 오네그 샤바트라는 암호명으로 활동했다. 그들 대다수가 게토에서, 또는 게토가 파괴된 여파로 목숨을 잃었다.

그 주소와 절박한 상황에서 남긴 기록물을 기억해내자, 헨리는 박제사가 무엇을 하고 있는지 확실히 알 수 있었다. 박제사는 홀로코스트를 이용해서 동물의 멸종에 대해 말하고 있는 게 분명했다. 자신을 변호하지 못하는 불운한 동물들에게, 그와 비슷한 운명을 겪었던 인간의 목소리를 주고 있었다. 박제사는 유대인의 비극적인 운명을 통해 동물의 비극적인 운명을 보고 있었다. 홀로코스트는 알레고리였다. 따라서 버질과 베아트리스는 끝없이 먹을 것을 갈구하고, 두려움에서 영원히 벗어나지 못했던 것이다. 그들이 어디로 가고, 무엇을 해야 할지 선뜻 결정내리지 못하는 이유도 여기에 있었다. 박제사가 호러스 손짓이라며 헨리에게 보여주었던 그림은, 버질이 손을 가슴에 올린 후에 손가락을 어떻게 움직이느냐가 중요한 것이 아니었다. 그제야 헨리는 그 그림에서 중요한 것은 팔의 첫 위치란 걸 깨달았다. 히틀러식 인사법과 너무 유사하지 않은가?

헨리가 자신이 삼 년 전에 출간을 거절당한 책에서 시도하려고 했던 것을 그대로 해내며 고군분투하는 작가를 만난 것은 운명이었다. 그도 홀로코스트를 다른 관점에서 그려내고 있었다.

헨리가 말했다.

"어르신의 희곡에서 다른 장면을 읽어주시겠습니까? 일단 그렇게 시작해보지요."

박제사는 고개만 끄덕일 뿐, 아무 말도 하지 않았다. 그는 한 움큼의 원고를 집어 들고 헛기침을 했다. 그리고 절제된 목소리로 원고를 읽기 시작했다.

베아트리스 내가 겪은 일을 너에게 얘기했던가?

버질 어떤 일? 언제 있었던 건데?

베아트리스 내가 체포당했을 때.

버질 (불안한 얼굴로) 아니, 그런 얘기 듣지 못했어. 내가 묻지도 않았고.

베아트리스 그 얘기를 듣고 싶니?

버질 내가 꼭 들어야 한다면.

베아트리스 적어도 한 사람에게는 전해줘야 할 것 같아. 그래야 내가 겪은 일이 기록으로 남겨지지도 못한 채 사라지지 않을 테니까. 내가 너 말고 누구한테 얘기하겠어?

(휴지.)

베아트리스 처음 얻어맞은 때가 아직도 기억에 생생해. 끌려 들어가자마자 얻어맞았으니까. 그때쯤에는 이미 기본적인 신뢰마저 영원히 잃어버렸어. 아름다운 마이센 자기 세트가 있는데 어떤 사람이 컵 하나를 집어 일부러 바닥에 떨어뜨려 산산조각 낸다면, 그 사람은 다른 그릇들까지 깨뜨리지 못할 이유가 없을 거야. 마이센 자기를 하찮게 여기는 사람에게 컵과 수프 그릇이 무슨 차이가 있겠어? 처음 얻어맞은 후에, 자기 그릇 같은 것이 내 안에서 산산조각 났어. 정말 심하게 얻어맞았어. 우격다짐으로 때렸어. 무슨 이유로 때리는지도 말하지 않았어. 나한테 누구냐고 묻지도 않았으니까. 나한테 그런 짓을 한 사람들이 더 악한 짓을 못 할 이유가 어디 있겠어? 그들이 스스로 중단할 거라고 기대할 수 있겠어? 한 번의 구타는 점, 무의미한 점에 불과해. 점 하나에 어떤 목적과 방향을 주려면, 점과 점을 잇는 선이 있어야 해. 그래서 한 번의 구타는 또 다른 구타를 낳으면서 끝없이 계속되는 거야.

나는 어떤 복도로 끌려갔어. 그래서 감방에 끌려가는 거라고 생각했지. 복도로 통한 문들은 모두 닫혀 있었어. 바닥에 사다리꼴 빛을 던지던 문 하나만 빼고. 나를 끌고 가던 젊은이가 퉁명스러운 목소리로 말했어. "여기다." 기다리는 버스가 오지 않을 때 우리가 투덜대는 목소리랑 비슷했어. 젊은이는 어느새 재킷을 벗고 윗옷 소매까지 둘둘 말아 올렸더군. 키가 크고 뼈가 앙상한 젊은이였어. 다른 두 사람이 있었지만, 그들은 젊은이의 명령을 따랐어. 나는 아무런 장식도 없이 조명만 밝혀진 방에 끌려 들어갔어. 한가운데 욕조가 있었는데 물이 가득 채워져 있었어. 그들이 나를 욕조 쪽으로 밀었어. 그리고 내 무릎을 잡고 들어 올리는 바람에 내 몸이 욕조 가장자리와 수직을 이루게 됐지. 그들은 내 얼굴을 물속에 강제로 밀어넣고, 내 뒤통수를 힘껏 눌렀어. 하지만 그들도 쉽지 않았을 거야. 내가 목 힘이 무척 세잖아. 그래서 셋 모두가 달려들어 내 머리를 눌렀어. 그래도 나는 발버둥치면서 어깨로 그들을 밀어젖혔지.

결국 그들이 해결책을 찾아냈는지, 나를 일으켜 세우고는 앞발을 묶고, 뒷발도 묶었어. 그리고 나를 욕조와 나란히 놓고는 옆으로 욕조에 밀어넣었어. 다리는 공중에 뜨고 등이 욕조 바닥에 닿는 꼴이 됐지. 난 머리를 욕조에 부딪히면서 발버둥쳤지. 물을 엄청나게 튕겼을 거야. 하지만 그들은 물을 더 가져와서 욕조를 채웠어. 물이 얼음처럼 차가웠지만, 그런 건 금방 잊히더라고. 나는 발버둥쳤지만 그들은 별로 힘들이지 않고 나를 괴롭혔어. 한 사람은 내 뒷발을 잡고, 또 한 사람은 내 앞발을 잡았어. 그래서 나머지 한 사람은 아주 편하게 내 얼굴을 물속에 밀어넣을 수 있었지. 네발로 땅을 딛고 서서 물을 마시는 것처럼 물속에 머리를 넣어 죽는 거랑은 완전히 달라. 그런 자세에서는 아주 편하게 죽을 수 있어. 물론 끔찍한 일이지만, 적어도 중력을 의식할 수 있고, 머리를 조금이라도 편하게 놓을 수 있잖아. 또 물속에서 숨을 쉴 때도 조금은 호흡을 조절할 수 있고. 하지만 어떤 사람이 너를 뒤집어놓고 손바닥으로 네 턱을 누르면서 네 머리를 억지로 물속에 밀어넣으면, 물이 곧바로 코로 들어와 금방 죽을 것만 같을 거야. 게다가 필사적으로 머리를 쳐들려고 발버둥치면, 오히려 강한 목 힘이 죽음을 재촉할 수 있어. 물을 삼킬 때마다 물이 칼날처럼 목구멍을 찌르거든. 정말 무섭고 끔찍했어. 그런 일을 당해본 적이 없었거든.

그들이 내 머리를 풀어줄 때마다 나는 얼굴을 물 밖에 내밀고 기침을 해댔지. 하지만 겨우 숨을 쉴 만하면 그들은 다시 내 머리를 물속에 처박았어. 내가 저항할수록 내 머리를 누르는 힘도 세졌어. 나는 물을 꿀꺽꿀꺽 마시는 수밖에 없었지. 그랬더니 갑자기 몸이 축 늘어지는 기분이 들었어. '아, 이런 게 죽는 거구나' 하는 생각이 들더라고. 하지만 그들은 전문가였어. 내가 죽음을 맞기 직전에 그들은 고문을 중단하고, 나를 욕조에서 끌어내 바닥에 내동댕이쳤어. 나는 기침을 하면서 물을 토해냈지. 그리고 바닥에 축 늘어진 채 '시련이 드디어 끝났구나!' 하고 생각했지.

하지만 그것은 시작에 불과했어. 그들은 내 앞발을 풀어주고는 나를 주먹으로 때리고 발로 찼고, 꼬리를 마구 잡아당겼어. 내 뒷발은 여전히 묶인 상태였지. 그들은 내 갈기를 움켜잡고 나를 옆방으로 끌고 갔어. 나는 앞발로만 깡충깡충 뛰어가야 했지. 일종의 마구간 같은 곳이었어. 거기에서 그들은 내게 마구를 채웠어. 가슴 아래까지 이어져 몸의 앞부분을 꽉 죄는 마구였어. 거친 나무로 만들어진 색이 거의 바랜 임시 마루판에 내 앞발을 올려놓더라고. 그러더니 한 사람은 내 얼굴을 팔로 옥죄고, 다른 사람은 뒤에서 내 왼쪽 무릎을 세게 걷어차서 내 발을 바닥에서 들어 올렸어. 그래서 그 사람이 내 발굽을 검사하려는 대장장이인 줄 알았다니까. 그런데 그는 내 왼발을 허공에 들고만 있었어. 젊은이가 무릎을 꿇고 앉아 내 오른쪽 다리로 다가와서는 긴 못을 쏜살같이 내 발에 박았어. 내가 오른발은 바닥에 대고 있었잖아. 젊은이가 발굽의 테두리 바로 위에서부터 깊이 들어가도록 비스듬히 못을 박아서, 내 발은 나무판에 단단하게 박히고 말았지. 지금도 망치와 그놈의 팔이 위아래로 움직이고 그놈의 정수리가 뱅글뱅글 돌아가는 게 눈앞에 선해. 망치질 소리가 들릴 때마다 온몸이 부들부들 떨렸어. 내 발에서는 피가 흥건히 흘러나왔어. 그런데 갑자기 세 놈이 나를 놓아주더니 뒤쪽으로 가더라고. 내가 안도의 한숨을 내쉴 틈도 없이, 그놈들은 내 꼬리를 잡았어. 여섯 개의 고약한 손이 내 꼬리를 잡았다고 생각하니까 무서워 미칠 것만 같았어. 예상대로 그놈들은 있는 힘을 다해 내 꼬리를 잡아당겼어. 내 꼬리와 내 발굽이 줄다리기를 하는 셈이었지.

나는 비명을 지르고 발버둥치면서 그놈들을 발로 차려

고도 해봤어. 하지만 앞다리 하나가 바닥에 못으로 단단히 고정되었고 뒷다리도 묶여 있어서 속수무책으로 당할 수밖에 없었어. 앞다리 하나로 뭘 해볼 수 있었겠어. 그놈들은 계속 꼬리를 잡아당겼어. 엄청난 고통에 견디다 못해, 그렇게 고통을 받을 바에는 차라리 죽고 싶었어. 쥐새끼처럼 허둥지둥 어둠 속으로 도망쳐서 모든 걸 끝내고 싶었어. 결국 나는 의식을 잃고 말았지.

당시 내가 겪은 일을 말로 다 설명하기는 어려워. 온몸에 상처를 입고, 지독히 고통스러웠어. 굳이 말로 표현하자면 그렇게 말할 수밖에 없어. 정말이야. 하지만 어떤 고통이었을지 상상해봐! 우리는 성냥불 하나에도 움찔하잖아. 그런데 나는 커다란 화염 한복판에 있었어. 그런데 그것도 끝이 아니었어. 의식을 되찾은 후에야 내 발굽이 없어진 걸 알았어. 발굽이 완전히 찢겨 나갔더라고. 나는 이제 고통이 끝났을 거라고 생각했어. 그렇게 심한 고통을 견뎌냈으니 더 이상 고통은 없을 거라고 생각했어. 그런데 그렇지 않았어. 그놈들은 내 머리를 옆으로 비틀더니, 펄펄 끓는 물을 내 오른쪽 귀에 부었어. 또 내 항문에는 얼음처럼 차가운 쇠막대를 억지로 쑤셔넣고는 그대로 놔두었어. 그래서 내장이 얼어붙는 줄 알았다니까. 그것만이 아니었어. 그놈들은 내 배를 발길질하고, 심지어 성기 부근도 인정사정없이 발로 찼어. 그렇게 몇 시간 동안 고문이 계속됐어. 놈들이 담배를 피울 때만 겨우 숨을 가눌 수 있었지만, 그때도 나는 마구에 씌워진 채 바닥에 맥없이 누워 있었어. 놈들은 복도로 통하는 문을 열어놓고 복도에서 담배를 피우기도 했지만, 때로는 내가 아예 옆에 없는 것처럼 내 옆에 서서 담배를 피우기도 했어. 나는 여러 번 의식을 잃었어.

그놈들은 나한테 쉴 새 없이 욕을 퍼부었어. 하지만 그놈들이 정말로 화가 나서 욕을 하는 건지, 그냥 흥분해서 욕을 하는 건지 모르겠더라고. 여하튼 놈들이 자기들에게 맡겨진 일을 하는 건 확실했어. 그렇게 나한테 욕을 하다가도 피곤해지면 입을 꾹 다문 채 나를 괴롭혔어.

고문은 오후 늦게, 다섯 시쯤에야 끝났어. 지금 생각해 보면, 하루의 일과가 끝난 거였어. 퇴근해야 했을 테니까. 놈들은 마구를 벗기고 나를 조그만 독방에 내동댕이쳤어. 고통에 시달리고 아무것도 먹지 못한 채 이틀 밤낮을 독방에 갇혀 지낸 후에야 석방됐어. 그놈들은 독방 문을 열고 들어와 나를 일으켜 세우더니 억지로 걷게 해서 건물 밖으로 데리고 나가 내던졌어. 한마디도 하지 않았어. 나는 어디가 어딘지 모르겠더라고. 절룩절룩 무작정 걸었지. 그러다가 강둑을 만났고, 한적한 곳에 기절해 쓰러졌지. 바로 거기에서 네가 나를 찾아냈잖아.

버질 나는 너를 찾으려고 사방에 묻고 다녔어. 그렇게 묻고

다니다가 나까지 의심을 받을까 봐 무섭기도 했어. 나도
잡혀갈까 봐 무서웠어. 하지만 무슨 수를 써서라도 너를
찾아야만 했어. 결국 네가 옛날에 일하던 집까지 찾아갔
지. 가족들이 너를 쫓아냈지만, 네가 어디 있는지는 모른
다고 했어. 그래서 내가 그 집을 나오려는데 여종이 내게
몰래 다가와서는 다른 사람한테 들었다며 네가 어떤 경
찰서로 끌려갔다고 말해주더라고. 나는 그 경찰서로 가
서 조심스레 물었지. 그리고 그곳에서부터 사방으로 너
를 찾아다녔어. 다리 밑, 뒷골목, 덤불 속, 여하튼 뒤지지
않은 데가 없었어. 그러다가 결국 너를 찾아냈지.

베아트리스 네가 내 몸에서 처음 만진 데가 목이었다는 건 알아?

버질 그래, 기억나.

베아트리스 여기.

버질 맞아, 거기.

베아트리스 부드럽고 조그만 손으로.

버질 부드럽고 따뜻한 목이었지.

(그들은 눈물을 흘린다.

베아트리스는 잠이 든다.

침묵.)

희곡 속의 침묵은 희곡 밖에서도 계속됐다. 박제사는 아무 말도
하지 않았고 헨리도 입을 꾹 다물고 말이 없었다. 헨리가 입을 다

물 수밖에 없었던 것은 당나귀에 대한 제도권의 치밀한 고문 때문만은 아니었다. 다른 무엇, 고문 책임자에 대한 묘사 때문이기도 했다. 베아트리스는 그를 '키가 크고 뼈가 앙상한' 젊은이라고 말했다. 두 번째 수식어는 자주 사용되지 않는 단어여서, 헨리는 순간적으로 그 뜻을 잘못 해석해 그야말로 모골이 송연한 으스스한 모습을 머릿속에 잠간 그렸다. 그러나 '호리호리하고 여위고 살이 없는 사람'이라는 원래의 뜻을 기억해냈다. 헨리는 '키가 크고 뼈가 앙상한 사람'의 모습을 머릿속에 그려보았다. 그리고 박제사를 힐끗 쳐다보았다. 이것도 우연의 일치일까?

마침내 헨리가 먼저 입을 열었다.

"정말 소름이 끼쳤습니다."

박제사는 대꾸하지 않았다.

"희곡에 등장하는 인물들로 어르신은 한 소년과 그의 두 친구를 언급하셨습니다. 그들은 언제 등장합니까?"

"연극이 거의 끝날 즈음에 등장합니다."

"동물들의 세계에 인간이 갑작스레 침입하는 셈이겠군요."

"그렇습니다."

그리고 박제사는 더 이상 아무 말도 하지 않았다. 무표정하게 밖을 내다볼 뿐이었다.

"그 소년에게는 어떤 일이 일어납니까?"

박제사가 서너 장의 종이를 집어 들며 말했다.

"버질이 반짇고리를 충분히 채우고 거기에 든 도구들을 큰 소

리로 읽고 난 직후에 소년이 등장합니다. 반짇고리를 기억하시지
요?"

"물론입니다."

박제사가 원고를 읽기 시작했다.

베아트리스　시작치고는 괜찮은데.

버질　내 생각도 그래.

　　　　(침묵.)

버질　호러스는 더러운 셔츠니까 빨아야 해.

베아트리스　그래, 무척 더러운 셔츠야.

　　　　(침묵.

　　　　한쪽에서 시끄러운 소리가 들린다.)

소년　(덤불을 헤치면서 무대에 등장한다. 한 손에 소총을 들고 있다.
　　　　버질과 베아트리스를 보고는 깜짝 놀란다.) 뭐야?

　　　　(두 친구가 소년을 뒤따라 등장한다. 버질과 베아트리스가 벌떡
　　　　일어서서 바싹 붙어 선다.

　　　　모두가 얼어붙은 듯 꼼짝하지 않는다. 버질은 털을 바싹 곤
　　　　두세우고, 베아트리스는 귀를 머리에 납작하게 붙인다. 그들
　　　　은 너무 놀라 움직이지 못한다. 배가 고파 약해진 탓이기도 하
　　　　다.)

박제사가 말했다.

"버질과 베아트리스는 소년을 알아봅니다. 전날, 그들이 머물렀던 마을에서, 그 소년이 어떤 끔찍한 짓을 선동한 주동자 중 하나이기 때문입니다."

헨리가 말했다.

"계속 읽어주십시오."

박제사가 다시 읽기 시작했다.

소년　(처음의 놀란 표정을 거두고 미소를 지으며) 기다려. (손가락 하나를 좌우로 흔들면서) 너희였구나. 전에 너희를 봤어. (소년은 히죽 웃는다.) 어디로 도망갔었어? 어떻게 감쪽같이 사라진 거야? (소년은 위협적인 자세로 한 발씩 다가온다. 그리고 친구들에게 말한다.) 이놈이 누군지 알아. (버질과 베아트리스에게) 우리는 저 길로 갈 거야. 할 일이 아직 많이 남았거든. 내 말이 무슨 뜻인지 알지? (어제 마을에서와 똑같은 미소를 띠고 으쓱거리며 다가온다. 두 친구는 두 동물 주위를 빙빙 돌면서, 두 동물을 흉내 내며 놀리기 시작한다.) 내가 무슨 말을 하는 건지 알지?

버질　(베아트리스에게 필사적으로) 베아트리스, 베아트리스, 너 기억하지? 검은 고양이와 테니스 강습. 호루스에 숨어야 해. 또 극한적인 상황에서의 공허한 격려도 기억해야 해. 한순간도 헛되이 보낼 수는 없어. 지금 행복해야 해. 지금 행복해야 한다고. 나는 너와 함께 있어 정말 행복해. 정말 너무 행복해. 그래, 도자기 구두를 신고 춤을 추자. 그럼, 모든 것이 괜찮아질 거야. 나는 이렇게 미소를 짓고, 또 웃고 있잖아. 나는 행복해. 너무너무 즐거워. 덤벼! 덤벼! 덤벼! (이렇게 말하는 동안 내내 버질은 손을 가슴 앞으로 가져간 후에 두 손가락으로 아래를 가리키고, 다시 손을 아래로 내린다. 이 동작을 계속해서 반복한다. 버질은 첫 번째 호러스 손짓을 하는 것이다.)

소년   뭐라고 지껄이는 거야, 미친 원숭이?

베아트리스   (떨리는 목소리로) 알았어! 나도 행복해! 나도 정말 행복해!

소년   그 소리를 들으니 반갑군.

(소년은 소총을 휘둘러 개머리판으로 버질의 머리를 때리려 한다. 버질은 소년이 그렇게 공격하리라는 것을 예상하지 못한 터라 피할 엄두를 내지 못한다. 개머리판이 버질의 머리를 때리는 소리가 들린다. 버질이 비명을 내지르며 쓰러진다. 베아트리스도 소리를 지르며 그 자리에 풀썩 주저앉는다. 버질의 전두골 왼쪽 부분이 깨지면서 전두엽이 손상되고, 뇌출혈을 일으킨다. 버질은 필사적으로 의식을 잃지 않으려 애쓰며 베아트리스의 몸을 잡고 놓지 않으려 하지만, 상태가 급속히 위독해지고 있다. 소년은 다시 소총의 개머리판을 버질에게 휘두른다. 버질의 얼굴에 심각한 타격이 가해진다. 턱과 왼쪽 광대뼈가 깨지고, 윗니와 아랫니 몇 개가 부러진다. 오른쪽 안구도 터진다. 오른쪽 갈

비뼈도 몇 개가 부러지고, 오른쪽 대퇴골도 부러진다. 버질은 의식을 잃고 곧바로 죽음의 늪으로 빠져든다.

베아트리스도 꼼짝하지 못하고 개머리판으로 두들겨 맞고 발길질에 걷어차인다. 이런 와중에도 베아트리스는 발굽을 밀며 버질에게 다가가려 애쓴다. 버질과 함께 있어 행복하다고, 너무 행복하다고 외친다. 또 호러스는 더러운 셔츠니까 빨아야 한다고도 소리친다. 베아트리스는 또 다른 단어, 자기만의 단어, 즉 하나의긴단어를 찾아 머리를 굴린다. 그리고 "아우키츠!"라고 소리친다. 그러나 베아트리스는 곧 고통과 두려움에 짓눌려 침묵의 늪에 빠져든다.

소년들이 풀어주자 베아트리스는 온 힘을 다해 팔을 뻗어 버질을 만지려 한다. 소년이 베아트리스에게 세 번 총격을 가한다. 한 발은 베아트리스의 어깨에 박히고, 또 한 발은 심장 부근에서 가슴을 관통한다. 마지막 한 발은 베아트리스의 왼쪽 안구를 뚫고 들어가 뇌에 박힌다. 이 총알이 베아트리스에게 죽음을 안겨준 직접적인 원인이다.

소년은 베아트리스의 등에서 이상한 표식을 발견한다. 표식을 없애버리고 싶은 욕망도 있지만, 그 표식이 뭔지 살펴보고 싶은 욕심도 적지 않아 표식들을 만지작거린다.

소년은 조그만 칼을 꺼내 버질의 꼬리를 잘라낸다. 소년은 그 부드러운 꼬리를 채찍처럼 허공에 휘두르며 친구들과 함께 걸어간다. 잠시 후, 소년은 꼬리를 바닥에 던져버린다.)

박제사가 다시 입을 다물었다.

헨리가 물었다.

"희곡은 그렇게 끝납니까?"

"예, 그렇게 끝납니다. 그 후에 막이 내려가니까요."

박제사가 일어나 카운터로 걸어갔다. 헨리는 곧바로 그의 뒤를 따라갔다. 박제사는 카운터 위에 깔끔하게 펼쳐놓은 종이들을 바라보고 있었다.

헨리가 물었다.

"이건 뭡니까?"

"지금 쓰고 있는 장면입니다."

"뭐에 대한 장면인가요?"

"구스타프."

"구스타프는 누굽니까?"

"발가벗겨진 채 죽은 사람으로, 버질과 베아트리스의 나무 근처에 항상 누워 있습니다."

"인간의 시신인가요? 구스타프는 인간인가요?"

"그렇습니다."

"노천에 누워 있습니까?"

"아닙니다. 덤불 속에 누워 있습니다. 버질이 발견하지요."

"그전에는 시신이 썩는 냄새를 맡지 못합니까?"

"때로는 살아 있는 사람도 시체만큼이나 고약한 악취를 풍깁니다. 그래서 버질과 베아트리스가 시체 냄새를 맡지 못한 겁니다."

"그 죽은 사람이 구스타프라는 걸 베아트리스와 버질은 어떻게 알게 됩니까?"

"그런 게 아닙니다. 버질이 그 이름을 붙여준 겁니다."

"발가벗겨진 이유는 뭡니까?"

"버질과 베아트리스는 그 사람이 옷을 벗으라는 명령을 받은 후에 사형당했을 거라고 추측합니다. 붉은 천이 그 사람의 것이었을 거라며, 그 사람이 떠돌이 행상이었을 거라고도 생각합니다."

"그런데 그들은 그곳에 계속 머문 겁니까? 시신을 발견한 후에는 도망가는 게 자연스러운 반응 아닐까요?"

"그들은 그곳이 이미 약탈을 당했으니 지금은 안전하다고 생각합니다."

"그래서 그들은 구스타프를 어떻게 처리합니까? 그를 묻어주나요?"

"그렇진 않습니다. 게임을 합니다."

"게임이오?"

"예. 그들이 찾아낸 호러스에 대해 말하는 도구 중 하나입니다. 이것도 반짇고리에 들어 있습니다."

그랬다! 헨리는 '구스타프를 위한 게임'이라는 도구를 기억해냈다.

"하지만 시신을 바로 옆에 두고 게임을 한다는 게 너무 이상하지 않습니까?"

"그들은 구스타프가 살아 있다면 그 게임을 좋아했을 거라고 생각합니다. 게임을 하는 것도 살아 있다는 걸 자축하는 방법 중 하나니까요."

"어떤 게임입니까?"

"그걸 당신에게 묻고 싶었던 겁니다. 당신이라면 여러 게임을 생각해낼 수 있으리라 생각했습니다. 당신은 재밌는 사람인 것 같았거든요."

"그거야 뭐, 숨바꼭질 같은 겁니까?"

"그런 것보다는 약간 생각해야 하는 게임을 바랐습니다."

"베아트리스와 버질을 죽인 소년이 못된 짓을 주동했다고 말씀하셨지요?"

"그렇습니다."

"베아트리스와 버질이 그 짓을 보았습니까?"

"그랬습니다."

"그들이 본 게 어떤 짓이었습니까?"

박제사는 대답하지 않았다. 헨리는 다시 질문을 하려 하다가, 생각을 바꾸고 기다렸다. 한참 후에야 박제사가 입을 뗐다.

"처음에는 그들도 보지 못했습니다. 듣기만 했습니다. 그들은 덤불에 둘러싸인 마을 연못에서 목을 축이고 있었습니다. 그때 비명이 들렸습니다. 그들은 고개를 들었습니다. 긴 치마를 입고 무거운 농부 신발을 신은 두 젊은 여자가 가슴에 꾸러미를 끌어안고 연못 쪽으로 달려오는 걸 봤습니다. 몇몇 남자가 그 여자들을 뒤쫓아 왔습니다. 하지만 있는 힘을 다해서 쫓지 않고, 여자들을 놀리면서 쫓아오는 것처럼 보였습니다. 여자들의 얼굴은 두려움에 질려 완전히 일그러져 있었습니다. 두 여자가 앞서거니 뒤서거니 연못에 도착해서는 조금도 주저하지 않고 연못에 뛰어들었습니다. 물이 허벅다리까지 올라오는 곳에 이르자, 그 여자들은 가슴에 안고 있는 걸 연못에 내려놓았습니다.

그제야 버질과 베아트리스는 꾸러미가 강보에 싸인 아기라는 걸 알았습니다. 두 여자는 아기들을 물속에 밀어 넣고 떠오르지 않게 눌렀습니다. 물거품이 보글보글 수면에 올라오는 게 멈춘 후에도 여자들은 팔을 들어 올리지 않았습니다. 오히려 그녀들은 비틀거리면서 치마를 걷어차며 더 깊은 곳으로 들어갔습니다. 남자들, 열 명쯤 됐을 겁니다. 그 남자들은 연못가에 줄줄이 늘어서서 여자들에게 도움을 주기는커녕 여자들을 놀리면서 비웃었습니다.

검은 연못물이 허리춤까지 올라오는 곳으로 들어간 한 여자는 물속에 꽉 누르고 있던 아기가 죽었다는 걸 확신하자, 갑자기 곤두박질치며 물속에 들어갔습니다. 그녀는 곧바로 죽고 말았습니다. 그녀도 아기도 수면에 다시 떠오르지 않았습니다. 둘 모두 연못 바닥에 가라앉았습니다. 다른 여자도 똑같이 하려고 했지만 뜻대로 해내지 못했습니다. 다른 아기처럼 그녀의 아기도 죽은 게 확실했지만, 그녀는 숨을 쉬려고 수면 위로 얼굴을 쳐들었고, 그때마다 기침을 해대고 코를 킁킁댔습니다. 남자들은 그 모습을 보고 낄낄대며 웃었고, 확실하게 물에 빠져 죽는 방법을 그 여자에게 소리쳐 가르쳐주었습니다. 첫 여자의 죽음에는 중력 법칙이 신속하게 작용했지만, 두 번째 여자의 경우에는 시간이 좀 더 걸렸습니다. 그 여자는 물속에 서서 바들바들 떨었고, 수면을 뚫어지게 바라보다가 연못가에 서 있는 남자들에게 눈길을 돌리고는 다시 죽으려고 물속에 얼굴을 처박곤 했습니다. 과시하거나 용기를 자랑하려는 건 아니었습니다. 자살하려는 사람의 진지한 표정이었습니다. 아기가 죽은 마당에 그녀도 아기 뒤를 바로 따라가겠다고 결심한 게 분명했습니다. 마침내 그녀는 하늘을 쳐다보며 물에 흠뻑 젖은 아기를 물 위로 들어 올리고 가슴에 끌어안았습니다. 그리고 몸을 앞으로 던져 세상을 하직하려 했습니다. 그녀는 한 손으로 수면을 더듬었고, 진흙투성이인 신발 한 짝이 떠올랐습니다. 치마가 잠깐 부풀어 올랐지만 그 여자도 결국 그렇게 죽고 말았습니다. 잔물결이 점점 사라지고 연못은 다시 잔잔해졌습니다. 그제야 남자들은 환호성을 올리며 돌아갔습니다."

헨리가 나지막이 물었다.

"그런 일이 벌어지는 동안 베아트리스와 버질은 무얼 했습니까?"

"그들은 움직이지도 않고 소리를 내지도 않았습니다. 누구의 눈에도 띄지 않았습니다. 남자들이 돌아가자마자 그들은 그 마을에서 도망쳤습니다. 그때의 장면이 그들의 머릿속에서 계속 어른거렸습니다. 베아트리스는 한 아기, 먼저 죽은 아기의 얼굴을 볼 수 있었습니다. 온갖 상념이 스치게 하는 덧없는 분홍빛 살덩어리였습니다. 게다가 아기가 조그만 팔을 어머니에게 뻗는 모습도 얼핏

보았습니다. 한편 버질의 마음을 괴롭힌 얼굴은 다른 얼굴, 한 소년의 얼굴이었습니다. 기껏해야 열여섯, 열일곱밖에 되지 않은 소년이었습니다. 여자들을 쫓던 소년은 느릿하게 걷다가 갑자기 땅을 걸어차며 흙과 자갈로 먼지를 일으켰고, 한쪽 다리를 공중에 높이 차올리며 뛰어올랐다가 반대 방향으로 착지하곤 했습니다. 젊은 사람답게 멋지게 그런 동작을 해냈고, 그때마다 기합을 크게 내질렀습니다. 그러고는 다시 여자들을 추적하기 시작했습니다. 그 소년이 연못가에서 가장 흥분해서 크게 소리 질렀던 사람 중 하나였습니다."

"그 소년이 베아트리스와 버질이 며칠 후에 만나게 되는 소년입니까?"

박제사가 대답했다.

"그렇습니다. 내가 방금 읽은 대로."

"그럼, 베아트리스와 버질이 배에 대한 얘기를 나눈 곳에 도착한 것은 마을에서 도망친 후입니까?"

"맞습니다."

그리고 침묵이 이어졌다. 박제사가 개인적으로나 희곡에서나 흔히 사용하는 침묵이었고, 모든 것을 성장시키거나 썩어가게 하는 침묵이었다.

이번에는 박제사가 먼저 침묵을 깼다.

"버질과 베아트리스가 놀이하려는 게임을 만드는 데 도움이 필요합니다."

'게임'과 '놀이', 하지만 두 단어는 가장 음침한 목소리로, 또 가장 어두운 표정으로 말해졌다. 헨리는 머리가 지끈거렸다.

"희곡에서 소년이 베아트리스와 버질을 죽인 후에 소년에게는 어떤 일이 일어납니까? 그것도 동물을 주인공으로 한 얘기에서 다루어지나요?"

"그렇지 않습니다. 나는 동물들에 대한 얘기를 할 뿐입니다. 보드판이나 주사위 같은 것이 있어야 하는 게임을 원하는 건 아닙니다."

헨리는 박제사가 자신에게 보내주었던 단편소설 「호스피테이터 성 쥘리앵의 전설」을 기억에 떠올렸다. 박제사가 플로베르의 그 단편소설에 지대한 관심을 기울였던 이유가 이제야 이해되는 것 같았다. 쥘리앵은 죄 없는 동물들을 무수히 도살하지만, 그 사건은 그의 구원에 별다른 영향을 미치지 않는다. 동물들을 무차별적으로 학살했지만, 그에 대한 양심의 가책을 느끼지 않고도 쥘리앵은 구원받는다. 뭔가를 감춰야 할 사람이라면 충분히 관심을 가질 만한 줄거리였다.

길 건너편 식료품점 주인의 말이 옳았다. 박제사는 미친 노인네였다. 세라도 한눈에 박제사를 알아보았다. 징그러운 늙은이였다. 카페의 웨이터도 제대로 보았다. 그런데 왜 헨리는 그걸 깨닫는 데 그렇게 오랜 시간이 걸린 것일까? 헨리는 그 노인, 한때 악취를 풍기는 나치스 부역자였지만 이제는 죄 없이 죽어간 동물들의 옹호자로 변신한 노인과 어깨를 맞대고 있었다. 그 노인은 죽은 동물을 취해 보기 좋게 꾸며놓았다. 무모한 살상이 깔끔하게 포장되고 감추어질 수 있을까? 박제사는 그렇게 해냈다. 헨리는 전시실에서 모든 동물이 그처럼 조용한 이유를 그제야 이해할 것 같았다. 모든 동물이 박제사를 지독히 겁낸 때문이었다. 헨리는 온몸에 소름이 돋았다. 헨리는 이 남자 곁을 떠나 손을 씻고 싶었다. 영혼까지 깨끗이 씻어내고 싶었다. 이 남자 때문에 자기까지 더럽혀진 기분이었다.

헨리는 박제사를 쳐다보며 말했다.

"이만 가보겠습니다."

"잠깐만요."

헨리가 퉁명스레 말했다.

"왜요?"

"내가 쓴 원고를 가져가십시오."

그렇게 말하며 박제사는 카운터에 놓인 종이들을 주워 들었다. 일고여덟 장쯤 됐다.

"원고 전체를 드리겠습니다."

그리고 그는 책상으로 걸어가 큼직한 손으로 책상에 펼쳐진 종이들을 서둘러 쓸어 모았다.

"읽어보시고 당신 생각을 말해주기 바랍니다."

헨리가 대답했다.

"그럴 필요 없습니다. 그냥 놔두십시오."

"왜 그러십니까? 도움이 될 텐데요."

"어르신을 돕고 싶지 않습니다."

"나는 이걸 거의 평생 동안 써왔습니다."

"상관없습니다."

헨리는 베아트리스와 버질을 바라보았다. 다시는 그들을 보지 못할 것이라고 생각하니 마음이 울적했다. 너무나 사랑스러운 동물들인데.

헨리는 박제사를 돌아보았다. 박제사가 희곡 원고를 헨리의 재킷 주머니에 쑤셔 넣고 있었기 때문이다. 헨리는 원고 뭉치를 움켜쥐고 카운터에 내팽개쳤다.

"말했잖습니까, 당신 희곡을 읽고 싶지 않다고! 이것도 이젠 필요 없습니다."

이렇게 말하며 헨리는 집에서부터 갖고 온 희곡 원고까지 카운터에 던져버렸다. 종이들이 허공에 날리며 바닥에 스치듯이 내려앉았다.

박제사가 차분한 목소리로 말했다.

"알겠습니다. 대신 이걸 받으십시오."

헨리가 순간적으로 고개를 돌렸다. 헨리를 뚫어지게 쳐다보는 박제사의 손에는 짧고 뭉툭한 칼이 쥐어 있었다. 박제사가 헨리를 단도로 찔렀다. 그는 서두르지도 않았다. 헨리를 쳐다보며 단도를 헨리의 몸, 갈비뼈 바로 밑에 밀어 넣었다. 헨리가 자신에게 어떤 일이 닥쳤는지 깨닫는 데는 많은 시간이 걸리지 않았다. 믿기지 않는 현실에 순간적이나마 통증마저 느끼지 못했다. 박제사는 다시 헨리를 찔렀다. 하지만 본능적으로 헨리는 칼을 두 손으로 막았다. 그들은 몸싸움을 벌였다.

헨리가 숨을 헐떡이며 말했다.

"대체 왜, 왜……."

헨리는 셔츠 속이 젖어드는 걸 느낄 수 있었다. 두 손도 피로 홍건했다. 갑자기 두려움과 고통이 전기처럼 밀려왔다. 자기도 모르게 날카로운 비명이 터져나왔다. 넘어지지 않으려고 카운터를 붙잡고 뒤로 돌아섰다. 그리고 납처럼 무거운 다리를 내딛으며 작업장 문으로 향했다. 틀림없이 뛰었지만, 발이 질질 끌리는 것만 같았다. 심장이 고동칠 때마다 온몸이 뒤흔들렸고 피가 용솟음쳤다. 박제사가 금방이라도 뒤를 쫓아와 자신을 죽여버릴 거라고 생각하자 온몸이 굳는 것 같았다. 머릿속에서는 '세라! 시오!'라는 두 단어만이 맴돌았다.

마침내 작업장 입구에 도착했다. 문을 지나며 뒤돌아보자 박제사의 모습이 얼핏 보였다. 박제사는 핏기 없는 얼굴로 그의 뒤를 따라 터벅터벅 걸어오고 있었다. 그의 손에는 붉게 물든 칼이 여전히 쥐여 있었다.

헨리는 호랑이 가족에 부딪혀 넘어졌다. 횡격막을 파고드는 통증이 너무 심해 견디기 힘들었다. 그래서 오히려 실로 조정하는 꼭두각시 인형처럼 단숨에 몸을 일으켜 세워야 했다. 그리고 있는 힘을 다해 상점 현관문을 향해 달려갔다. 문이 잠겨 있을까? 현관을 향해 다가갈수록 현관에 도달할 가능성이 줄어드는 것만 같았다.

금방이라도 박제사의 손이 그의 어깨를 잡을 것만 같았다. 게다가 박제사의 칼날이 그의 등을 파고들 것만 같았다.

헨리는 현관의 문고리를 잡았다. 문은 잠겨 있지 않았다. 문이 서서히 묵직하게 열렸다. 헨리는 상점 밖으로 몸을 내던졌다. 비틀 거리며 인도를 지나 도로로 들어섰다. 바로 그때 자동차 한 대가 다가오고 있었다. 헨리는 자동차를 막아섰다. 자동차는 급히 멈춰 섰고, 헨리는 뜨뜻한 보닛 위에 무너지듯 쓰러졌다. 그때까지는 신 음만 간신히 흘리던 헨리가 이제는 목이 터져라 비명을 지르기 시 작했다. 숨을 거칠게 내쉬고 기침을 할 때마다 코와 입에서 피가 흘러나왔다. 자동차에서 두 여자가 뛰쳐나왔다. 헨리의 처참한 모 습을 보고 그녀들도 덩달아 비명을 내지르기 시작했다. 식료품점 주인이 달려왔다. 다른 사람들도 시끄러운 소리에 조심조심 모여 들기 시작했다. 헨리는 그제야 안전하다고 안심할 수 있었다. 누가 많은 사람들이 보는 앞에서 살인을 저지르겠는가?

사람들이 모여드는 걸 눈가로 흐릿하게 보았지만, 헨리는 박제 사가 혹시라도 뒤쫓아 올지 모른다는 두려움에 힘겹게 목을 돌려 오카피 박제상회를 돌아보았다. 그러나 박제사는 가게에서 나오 지 않았다. 박제사는 닫힌 현관문의 유리창을 통해 차분히 밖을 내 다보며, 화창한 햇볕에 감탄하고 있는 듯했다. 그들의 눈이 마주쳤 다. 박제사는 헨리에게 미소 지어 보였다. 얼굴까지 환히 밝아지는 미소였다. 가지런한 치아까지 드러내 보였다. 헨리는 그를 알아볼 수 없을 정도였다. 극한적인 상황에서의 공허한 격려가 바로 저 미소였을까? 박제사는 자신의 가게 앞에서 벌어진 소동에도 관심 없다는 듯 등을 돌려 가게 안으로 사라졌다. 헨리는 기절하고 말았다. 그의 복부는 그야말로 피바다였다.

구급차가 도착하기 전에, 오카피 박제상회는 화염에 휩싸였다. 소방대가 황급히 달려왔지만, 그들이 할 수 있는 조치는 거의 없었다. 목재로 지어진 건물과 바싹 마른 털, 그리고 많은 인화성 화학물질 때문에 박제상회는 순식간에 타버렸다. 지옥불이 따로 없었다.

불은 그 안에 있던 박제사까지 태워버렸다.

∞

건강한 사람이라면, 뼈가 부러져도 적절하게 치료받으면 오히려 그 부위가 가장 단단해진다. 헨리는 혼잣말로 중얼거렸다. 너는 절대 죽지 않을 거야. 너한테 공정하게 주어진 몫만큼 살 거야. 하지만 그의 생활방식은 바뀌었다. 폭력을 당한 사람은 누구나 그 이후로 평생 함께할 동반자를 얻게 되기 때문이다. 의심과 두려움, 불안과 절망, 그리고 즐거움을 잃어버린 삶이 그것이다. 자연스러운 미소가 사라지고, 과거에는 자연스레 즐기던 것에도 시큰둥해진다. 헨리는 그 도시가 원망스럽기만 했다. 그래서 세라와 시오를 데리고 그 도시를 서둘러 떠나기로 했다. 그러나 그들이 어디에서 정착할 수 있을까? 그들이 어디에서 행복을 되찾을 수 있을까? 헨리는 어디에서 안심하고 살아갈 수 있을까?

헨리는 베아트리스와 버질을 구하지 못해 안타까웠다. 가슴이 아리도록 그들이 보고 싶었다. 그 그리움은 몇 년이 지난 후에도 사라지지 않았다. 그것은 헨리가 시오와 조금만 떨어져 있어도 밀려오는 가슴앓이와 비슷한 것이었다. 말하자면, 반드시 옆에 있어야 할 것이 옆에 없을 때 느끼는 허전함이었다. 헨리는 자신을 꾸짖었다. 베아트리스와 버질은 애초부터 존재하지 않았다. 그들은 연극 속의 등장인물에 불과했다. 게다가 동물이었고, 그것도 죽은 동물이었다. 그럴진대 설령 그들을 구했더라도 무슨 의미가 있었겠는가? 그가 처음 만난 때부터 베아트리스와 버질은 이미 영혼을 상실한 동물이었다. 그러나 헨리는 그들이 미치도록 보고 싶었다. 박제사의 작업장에 서 있던 그들의 모습이 머릿속에 떠올랐다. 그래, 버질은 그랬어. 베아트리스는 이랬고. 헨리는 가능하면 뚜렷하게 그들의 모습을 머릿속에 그려보려 애썼다. 그러나 그들의 모습은 점점 희미해졌고, 기억도 가물가물해졌다.

이제 남은 것이라곤 그들에 대한 이야기가 전부였다. 기다리고, 무서워하며, 소망을 품고 대화를 나누는 미완성의 이야기만이 남았다. 헨리는 그들의 이야기를 러브 스토리로 결론지었다. 결코 이해할 수 없는 정신세계를 지닌 미치광이가 남긴 이야기지만, 러브 스토리였다. 헨리는 박제사의 희곡을 갖고 나오지 않은 게 아쉽기만 했다. 분노에 눈이 멀어 희곡을 내팽개친 것도 후회스러웠다. 그러나 운명적으로 잊혀야 할 이야기도 있는 법 아니겠는가. 적어도 부분적으로는.

그 후, 헨리는 고함원숭이를 찍은 사진을 때때로 보았다. 대부분이 열대의 나무에 높이 매달린 고함원숭이를 찍은 사진이었다. 그러나 그들의 모습에서는 야생성이 뚜렷해 버질의 모습을 조금도 찾아낼 수 없었다. 그러나 당나귀의 경우는 달랐다. 언젠가, 살아 있는 동물들로 꾸민 그리스도 탄생 장식을 보고, 헨리는 당나귀에게 다가갔다. 당나귀도 헨리를 물끄러미 쳐다보았다. 그리고 헨리를 아는 듯이 고개를 살랑살랑 젓고 귀를 쫑긋거렸으며 나지막이 콧소리까지 냈다. 물론, 먹을 것을 바라는 행동이었을 뿐이다. 헨리도 머릿속으로는 그렇게 생각했지만, 자기도 모르게 "베아트리스!" 하고 속삭이듯 이름을 불렀다. 그의 눈에서는 눈물이 주르륵 흘러내렸다. 헨리는 당나귀를 보면 어김없이 베아트리스와 버질이 생각났고, 그들을 향한 슬픔과 안타까움을 주체하기 힘들었다.

칼에 찔린 후, 헨리는 자신이 겪은 일을 기억해 정확히 써내려고 애썼다. 기억을 되살리기 위해 박제술까지 철저하게 연구했다. 조금이라도 귀에 익은 정보는 빠짐없이 기록해가며, 박제사가 그에게 읽어주었던 시론을 다시 써냈다. 한 박제 관련 잡지에서는 박제사에 대한 기사와 소중한 사진들을 찾아냈다. 이 자료들은 오카피 박제상회를 머릿속으로 재구성하는 데 토대가 됐다. 이야기에서 가장 중요한 부분, 즉 박제사의 희곡을 되살리는 게 가장 어려웠다. 믿음의 태양이 있고 나서 포근한 바람이 불기 시작한 건 확실했다. 하지만 검은 고양이와 세 개의 농담 중 어느 것이 먼저 이야기됐던가? 반짇고리 목록에서 박제사가 따로 언급하지 않은 항목들, 예컨대 노래와 음식 접시, 한쪽 소매가 떨어져나간 셔츠, 도자기 구두, 퍼레이드의 장식 꽃수레는 정말 기억해내기 힘들었다. 그러나 헨리는 정성을 다해 조금씩 희곡을 복원해나갔다.

헨리가 병원에서 수혈과 수술을 받은 후에 병실에서 쉬고 있을 때, 간호사가 찢어진 종이 한 장을 건네주었다. 구깃구깃하고 피가 묻은 종이였다. 간호사는 그 종이가 헨리의 것이라고, 병원에 실려 올 때 손에 꼭 쥐고 있었다고 말해주었다. 헨리는 그 종이가 뭔지 어렵지 않게 알아차릴 수 있었다. 칼에 맞은 후, 엉겁결에 손으로 카운터를 짚었고 박제사의 원고 중 한 장을 무의식적으로 움켜잡았던 것이다. 종이의 반쪽은 상점을 빠져나오던 길에 어딘가에서 뜯겨져 나간 게 분명했다.

붉은 손자국 아래로, 타이프라이터로 친 글씨가 검게 멍든 상처처럼 어렴풋이 보였다. 박제사의 희곡에서 유일하게 남겨진 부분이었다. 베아트리스와 버질이 나무 근처에서 시체를 발견하는 장면과 관련된 부분이었다.

> **버질**   우리가 할 수 있는 건 다 했어. 신문사에도 편지로 알렸고, 거리를 행진하며 시위도 했어. 투표도 했고. 그랬는데 우리가 즐겁게 지내지 못할 이유가 없잖아? 즐겁게 지내지 않으면 우리가 그들에게 지는 거야.
>
> **베아트리스**   시체를 옆에 두고?
>
> **버질**   저 시체에게 이름을 붙여주자. 구스타프라고 부르자. 그

래, 구스타프 옆에서 재밌게 지내는 거야. 구스타프를
위해서라도. 게임을 하자.

베아트리스 구스타프?

버질 그래, 구스타프를 위한 게임.

헨리는 자신이 칼에 맞은 사건을 다룬 이야기에 처음에는 '20세기의 셔츠'라는 제목을 붙였지만, 나중에 '박제사 헨리'로 바꾸었다. 그러나 결국은 만남을 주제로 삼아 '베아트리스와 버질'로 제목을 결정했다. 헨리에게 이 이야기는 사실을 기반으로 한 이야기, 즉 회고록이었다. 그러나 병원에서 지내는 동안, 더 정확히 말해 『베아트리스와 버질』을 쓰기 전에 헨리는 다른 글을 썼고, 그 글에 '구스타프를 위한 게임'이라는 제목을 붙였다. 장편소설이라 하기에는 너무 짧았고, 토막토막 단절된 글이어서 단편소설이라 말할수도 없었으며, 너무도 사실적이어서 시라 할 수도 없었다. 그러나 그 글이 무엇이었든 간에 그것은 헨리가 오래전부터 써온 소설의 첫 조각이었다.

구스타프를 위한 게임

게임 1

열 살인 아들이 당신에게 말한다.
굶주린 가족을 배불리 먹일 수 있는 감자를
얻는 방법을 알아냈다는 것이다.
아들이 사로잡히면 죽을 것이 뻔하다.
그래도 당신은 아들을 보내겠는가?

게임 2

당신은 이발사다.

당신은 사람들로 가득 찬 방에서 일하고 있다.

당신이 그들의 털을 깎으면,

그들은 어디론가 끌려가 죽임을 당한다.

당신은 매일 하루 종일 그 일을 한다.

한 무리가 다시 끌려왔다.

그들 중에서 당신은 절친한 친구의 아내와 여동생을 알아본다.

그들도 당신을 알아보고 반가운 눈인사를 보낸다.

당신은 그들과 포옹을 나눈다.

그들이 앞으로 자신들에게 닥칠 운명에 대해 묻는다.

당신은 그들에게 뭐라고 대답하겠는가?

게임 3

당신은 손녀딸의 손을 잡고 있다.

먹지도 못하고 마시지도 못한 채 먼 길을 왔기 때문에

모두가 기진맥진이다.

군인이 당신들을 한꺼번에 '진료소'로 데려간다.

하지만 그곳은 진료소가 아니라

군인의 표현을 빌리면

'알약 하나로 병을 고치는' 웅덩이다.

달리 말하면, 뒤통수에 박히는 총알 하나로

이 세상을 하직하는 웅덩이다.

웅덩이는 시신들로 가득하다.

아직 살아서 꿈틀대는 몸뚱이도 보인다.

지금 당신 앞에 여섯 명이 서 있다.

손녀딸이 당신을 쳐다보며 질문을 한다.

뭐라고 물었겠는가?

게임 4

무장한 경비병이 당신에게 노래를 해보라고 윽박지른다.

당신은 노래를 한다.

경비병이 당신에게 춤을 춰보라고 말한다.

당신은 춤을 춘다.

경비병이 당신에게 돼지 흉내를 내보라고 말한다.

당신은 돼지 흉내를 낸다.

경비병이 당신에게 자기 군화를 핥으라고 명령한다.

당신은 그의 군화를 핥는다.

이번에는 경비병이 당신에게 "_____"라고 말한다.

외국어여서 당신은 무슨 말인지 알아듣지 못한다.

이때 당신은 어떻게 행동하겠는가?

게임 5

명령은 총구에서 온다.

당신과 당신 가족, 그리고 주변의 모든 사람이

실오라기 하나도 남기지 않고 발가벗어야 한다.

당신 옆에는

일흔두 살인 아버지,

예순여덟 살인 어머니,

배우자와 여동생과 사촌,

그리고 열다섯 살, 열두 살, 여덟 살인

세 자식이 있다.

이런 상황에서 완전히 발가벗은 후에

당신은 시선을 어디에 두겠는가?

게임 6

당신은 죽음을 앞두고 있다.

그런데 당신 옆에는 생면부지인 사람밖에 없다.

그가 당신을 돌아본다.

그리고 당신이 알아듣지 못하는 외국어로 뭐라고 말한다.

이때 당신은 어떻게 하겠는가?

게임 7

당신 딸은 확실히 죽었다.

딸의 머리를 밟고 올라서면,

조금이라도 맑은 공기를 마실 수 있다.

그렇다면, 당신은 딸의 머리라도 밟고 올라서겠는가?

게임 8

얼마 후, 모든 것이 끝나고 당신은 깊은 슬픔에 젖는다.

소모적이고 결코 잊히지 않는 슬픔이다.

당신은 그 슬픔에서 벗어나기를 원한다.

이런 상황에서 당신은 어떻게 하겠는가?

게임 9

얼마 후, 모든 것이 끝나고 당신은 하느님을 만난다.
당신은 하느님에게 뭐라고 말하겠는가?

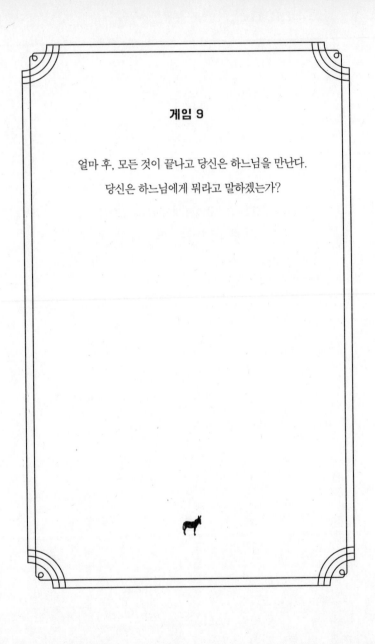

게임 10

얼마 후, 모든 것이 끝나고 당신은 농담을 우연히 엿듣는다.

펀치라인에서 모두가 손으로 입을 가리고

웃음을 참으려 하지만

결국에는 모두가 웃음을 터뜨린다.

그 농담은 당신의 고통과 상실에 관한 것이다.

이때 당신은 어떻게 반응하겠는가?

게임 11

1650명이 살던 당신 고향에서 122명만이 살아남았다.

당신의 가족은 모두 죽었다고 한다.

또 당신 집은 생면부지인 사람들이 차지하고,

당신 재산은 모두 도난당했다는 얘기도 듣는다.

게다가 새로 들어선 정부가 재건을 위해

과거의 잘잘못을 따지려 한다는 소문까지 듣는다.

당신은 고향으로 돌아가겠는가?

게임 12

의사가 당신에게 말한다.

"이 약이 당신의 기억을 지워줄 겁니다.

이 약을 먹으면 당신은 모든 고통과 상실감을 잊을 겁니다.

하지만 좋은 기억까지도 완전히 잊을 겁니다."

당신은 그 약을 먹겠는가?

게임 13

이야기는 의미를 만들어가는 삶이다

우리에게 『파이 이야기』로 널리 알려진 얀 마텔이 신작을 내놓았다. 미국 판권만 200만 달러에 팔렸을 정도로 출간 전부터 화제를 모았던 소설이다. 난파된 배에서 간신히 살아남아 동물들과 함께 구명보트를 탄 채 태평양을 떠돌던 소년 파이의 표류기를 그린 전작에 이어, 이번 소설에서도 동물들이 주된 역할을 한다. 마텔이 동물의 입을 통해 자신의 이야기를 하는 이유는 간단하다. 우리가 인간의 목소리에는 냉소적인 반응을 띠더라도, 똑같은 이야기가 동물의 입을 통해 전해질 때는 사뭇 진지하게 받아들인다고 믿기 때문이다. 예부터 우화 형식의 이야기가 발달한 것도 이런 이유 때문이 아닌가 싶다.

마텔이 이번 소설에서 동물의 입을 빌려 말하려는 주제는 홀로코스트다. 홀로코스트는 원래 짐승을 통째로 구워 신전에 바치는 유대교의 제사인 전번제全燔祭를 가리킨다. 그러나 이제 이런 의미는 사라지고 2차 대전 당시 나치에 의한 유대인 대학살을 뜻한다. 이런 의미의 홀로코스트를 다룬 글은 헤아릴 수 없이 많다. 그러나 마텔은 홀로코스트를 주제로 한 글들이 사실적인 틀을 벗어나지 못한 데 주목하고, 홀로코스트 이야기에 상상력과 창조적인 비유를 더해 『20세기의 셔츠(원제:Beatrice and Virgil)』를 써냈다. 따라서 이 소설에서 홀로코스트는 나치의 강제수용소에서 희생당한 사람들만의 이야기가 아니다. 지금 우리가 살아가는 세상, 더 구체적으로 말하면 세계화된 자본주의 현상을 홀로코스트적 관점에서 보는 가능성을 제시한다.

『20세기의 셔츠』는 분명 홀로코스트를 진하게 떠올리게 한다. 마텔은 홀로코스트에 개인적으로 관심을 가질 만한 뚜렷한 이유가 없다. 그는 유대인도 아니고 동유럽인도 아니다. 독일계도 아니다. 그는 홀로코스트에 관한 한 철저한 아웃사이더지만, 역사가 예술로 표현되지 않는다면 인류의 기억에서 사라질 수 있다고 믿는 까닭에, 홀로코스트에 대한 소설을 써야 한다는 작가로서의 의무감을 느꼈다고 말한다. 그러나 이 소설은 그렇게 좁은 의미에서만 읽을 것이 아니다. 소설 속에서 주인공 헨리가 '모든 것을 홀로코스트적 관점에서 보려고 애썼다'라고 말하듯이 시야를 넓혀야 한다. 우리 주변에서 일어나는 사건들을 홀로코스트적 관점에서 보면 어떻게 보일까? 지금도 세계 곳곳에서 상징적인 의미의 홀로코스트가 자행되고 있다는 것은 부인할 수 없는 사실이다. 이렇게 생각해야 하는 이유는 저자가 소설의 배경을 특정한 도시로 삼지 않은 이유에서도 밝혀진다. 저자는 "소설의 배경을 특정한 도시로 한정하지 않은 이유는…… 내가 사는 도시에도 끔찍한 사건에 가담한 사람이 있고, 나는 매일 그 사람과 만나면서도, 그 사람이 어떤 짓을 했는지는 모르고 살아간다"라고 말한 바 있다.

『20세기의 셔츠』에서도 『파이 이야기』처럼 많은 동물이 등장한다. 하지만 이번에는 살아 있는 동물이 아니라 박제된 동물이다. 박제剝製. 요즘엔 듣기 힘든 단어다. 박제는 껍데기다. 속은 사라지고 없거나 완전히 감추어진 것이다. 왜 박제된 동물을 등장시켰을까? 왜 단테의 『신곡』에 등장하는 두 주인공, 베아트리체(영어식 이름은 베아트리스)와 베르길리우스(영어식 이름은 버질)라는 이름을 동물들에게 붙여주었을까? 박제는 우리가 살아가는 세상에 대한 비유일지 모른다. 속내를 감추고 겉으로만 반듯하게 보이는 사람들이 우리 주변에 들끓고, 어쩌면 우리 자신도 그런 모습인지 모른다. 눈이 있어도 보지 못하고 귀가 있어도 듣지 못하는, 껍데기만 인간을 닮은 존재인 것이다. 이런 상황에서 벗어나 올바른 길을 걷기 위해서는, 올바른 인간성을 찾기 위해서는 『신곡』에서처럼 베르길리우스와 베아트리체를 안내자로 삼아 지옥과 연옥과 천국을 여행하는 수밖에 없다. 달리 말하면, 홀로코스트와 세상을 정확히 보려면 그런 안내자가 우리에게 필요하다. 마텔은 당나귀 베아트리체와 원숭이 버질을 그런 안내자로 우리에게 소개한다. 그렇다고 구체적인 방향을 제시하는 것은 아니다. 두 동물이 나누는 대화, 지독히 상징적인 대화와 소설의 전체적인 맥락에서 우리 스스로 방향을 찾아가는 수밖에 없다.

희곡의 인상적인 첫 부분에서 베아트리스와 버질은 배에 대해서 긴 대화를 나눈다. 배를 본 적도 없고 먹어본 적도 없는 베아트리스를 위해 버질은 배의 모양과 빛깔과 촉감, 향과 맛과 식감 등 다양한 면을 설명하고, 베아트리스가 익히 아는 개념, 사과와 바나나와 아보카도를 끌어들여 비교한다. 흔한 과일인 배에 대해서 말하는 것도 이렇게 어려울진대, 그 주제가 홀로코스트나 인간, 삶이라면 어떻겠는가. 베아트리스와 버질이 자신들이 겪은 일을 말하기 위해 끊임없이 새로운 표현과 개념을 고안하고 반짇고리에 기록하듯, 독자 역시 스스로의 경험과 말이라는 한정된 도구를 통해 이 소설을, 그리고 이 세상을 읽어나가게 될 것이다.

설령 마텔이 구체적인 방향을 제시하더라도 그 방향은 마텔의 방향일 뿐이다. 우리가 굳이 그 방향을 선택해야 할 이유는 없다. "내 생각에 믿음은 햇살을 받으며 지내는 것과 비슷한 거야. 햇살을 받고 있을 때 그림자를 만들지 않을 수 있어? ……그림자는 의심을 뜻해. 햇살을 받고 있는 한 네가 어디를 가든 그림자는 따라다녀. 그런데 햇살을 받고 싶지 않은 사람이 있을까?"라는 버질의 말처럼 세상에는 빛과 어둠, 확신과 의혹이 동시에 존재하지만, 흑과 백 둘 중 하나만 선택하는 데 길들여진 우리는 이 둘을 동시에 포용하기가 힘들어 항상 구체적인 답을 요구한다. 그러나 구체적인 답은 우리를 틀에 가두기 마련이다. 우리 스스로 구속복을 입는 셈이다. 올바른 길을 걷기 위해서는 그러한 틀에서 벗어나야 한다. 마텔은 그 방법의 하나로, 소설의 끝에 구스타브를 위한 게임을 제시했다. 한결같이 고민스러운 질문들이다. 빛과 그림자가 교차하는 질문들이다. 그리고 마지막 질문은 빈칸으로 남겼다. 그것은 결국 이 세상은 어떤 식으로든 우리 각자가 채워가야 하는 몫이라는 뜻이 아닐까?

충주에서
강주헌

20세기의 셔츠

초판　1쇄 발행일　2013년 6월 13일
개정판 1쇄 발행일　2018년 2월 13일

지은이 / 얀 마텔
옮긴이 / 강주헌
펴낸이 / 박진숙
펴낸곳 / 작가정신
편집 / 김종숙 황민지
디자인 / 용석재
마케팅 / 김미숙
홍보 / 박중혁
디지털콘텐츠 / 김영란
관리 / 윤선미
인쇄 및 제본 / 한영문화사

주소 (10881) 경기도 파주시 문발로 207
대표전화 031-955-6230　팩스 031-944-2858
이메일 editor@jakka.co.kr　블로그 blog.naver.com/jakkapub
페이스북 facebook.com/jakkajungsin 인스타그램 instagram.com/jakkajungsin
출판등록 제406-2012-000021호

ISBN 979-11-6026-069-4 03840

이 도서의 국립중앙도서관 출판시도서목록(CIP)은 서지정보유통지원시스템 홈페이지(http://seoji.nl.go.
kr)와 국가자료공동목록시스템(http://www.nl.go.kr/kolisnet)에서 이용하실 수 있습니다.
(CIP제어번호 : CIP2018002647)